U0091971

巧手回春 6 完

風 文創 434

芳菲 著

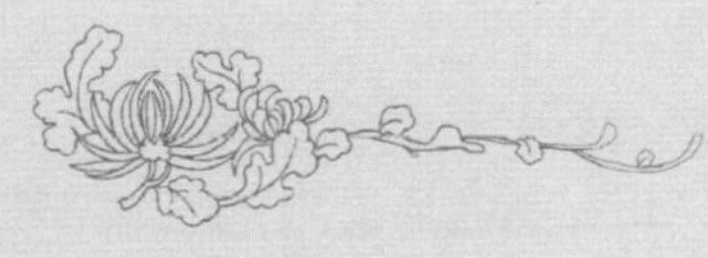

目錄

第一百五十五章……005
第一百五十六章……015
第一百五十七章……025
第一百五十八章……035
第一百五十九章……043
第一百六十章……051
第一百六十一章……061
第一百六十二章……071
第一百六十三章……081
第一百六十四章……091
第一百六十五章……101
第一百六十六章……111
第一百六十七章……121
第一百六十八章……131
第一百六十九章……141
第一百七十章……151
第一百七十一章……161
第一百七十二章……171
第一百七十三章……181
第一百七十四章……191
第一百七十五章……201
第一百七十六章……211
第一百七十七章……221
第一百七十八章……231
第一百七十九章……241
第一百八十章……251
第一百八十一章……263
第一百八十二章……273
第一百八十三章……283
第一百八十四章……293

第一百五十五章

寧夫人話音剛落，寧家少奶奶的臉頰就有些微微發熱，寧夫人便道：「妳姑母也不是外人，再說妳表嫂還是專門看這事的，妳大可不必怕羞，這種東西妳若是不說出來，我們如何知道？妳瞞得了一時，還能瞞得了一輩子？」

寧夫人心裡頭著急也是正常的，寧家也有四十無子方可納妾的祖訓，這就代表寧大少奶奶要是生不出孩子來，寧大少爺就要等四十歲之後才能納妾。說句不中聽的話，男人四十歲的時候，能不能行還是個問題了……

寧家少奶奶聽了這話，心裡頭自然越發難過了起來，臉頰脹得通紅，卻也不敢說什麼。劉七巧也瞧出來了，寧夫人大概沒有杜大太太這樣心寬，拿捏媳婦自然也是個中高手了。

寧夫人接著道：「還有靜瑜的婚事，也要回來物色物色了。在雲南那邊，一來，沒什麼好人家。二來，將來老爺也是要回來的，留她一個人在那麼遠的地方，我也不捨得。」

杜大太太聽寧夫人這麼說，笑著道：「這妳倒是不用著急，京城裡頭的年輕公子哥多得是呢，自然能找到一個好的。」

姑娘家被說起自己的婚事，難免都有些羞澀，便低下了頭，鼓著腮幫子不說話。

寧夫人略略點了點頭，又問道：「二老爺家的幾位姑娘也都找了人家了吧？」

杜大太太往引枕上一靠，慢悠悠道：「可不是？都是去年才定下的人家，算不得頂好，卻也是不錯的。大姑娘給了原姜太傅家的公子哥兒；二姑娘給了湯尚書家的二公子當續弦；三姑娘配了一個將軍，也是不錯的。」

雖說古來有「高門嫁女，底門娶媳」的說法，可一般疼女兒的娘親是不會讓閨女嫁太高門的，畢竟娘家的實力若比不上夫家，那閨女在夫家的日子只怕也過不好。杜大太太雖然沒生女兒，可這慈母的心腸和大多數人都是一樣的。

寧夫人點了點頭。「我聽著都不錯，杜家雖說也是望族，畢竟是商賈之家，雖也有京官，卻不算什麼大權在握，說白了，在那些朝臣的眼中也不知道是怎麼想的。二姑娘雖然是續弦，但能攀上湯家，確實是一門不錯的親事。」

寧夫人一語中的，二姑娘雖然是續弦，但在這三人中明顯是高嫁了，況且一般續弦的媳婦，婆婆也不會太過為難。

又略略聊了一會兒，杜大太太便覺得有些精神不濟，寧夫人見狀，便起身道：「我顧著聊天，還沒去拜見老太太，倒是失禮了，王嬤嬤去幫我通報一聲吧，直說我一會兒就過去。」

這會兒正好是老太太歇完午覺的時間，這會兒過去倒也合適，劉七巧便起身道：「我陪著舅母一起去吧，順便請丫鬟把三位姑娘也請來給靜瑜作伴。」

姑娘成家後和沒成家之前，聊天的話題都是不大一樣的，成家之後會從閨閣小趣轉到後宅上頭，這些都是姑娘們不愛的話題，自然和寧家姑娘談不到一塊兒去。

眾人起身去了福壽堂，杜老太太也派賈嬤嬤親自迎了出來，可見杜老太太對這位舅太太也是很喜歡的。等閒人過來，她都喊了丫鬟來迎接，但凡要動到賈嬤嬤的，那都是一些老客了。

一行人進了福壽堂之後，才瞧見杜家的三位姑娘也都來了，杜老太太便道：「我才起來就聽說舅太太來了，於是喊了丫鬟把姑娘們都帶了過來，心想著妳少不得也要帶上靜瑜丫頭來的。」

寧靜瑜見杜老太太念起了她來，便大大方方上前行禮。「給老太太請安了。」

杜老太太上下打量了她一眼，笑著道：「越發出落得好看了，真是花一樣的，兩年沒見就快要認不出了。」

寧夫人笑著道：「老太太您可別誇她，還把她誇傲了呢，不過就是普普通通的丫頭片子罷了。」寧夫人又喊了寧家的大少爺、二少爺過來給杜老太太請安。

杜老太太瞧了一眼寧家二少爺，心眼稍稍動了動，問他。「娶親了沒有？」

那孩子白白淨淨的，聽老太太這麼問便紅了臉，自己沒吭聲，倒是寧夫人開口道：「還沒呢，年紀小，並不想這麼早就結親，等今年年底他爹回了京城，後年考了科舉，再找人家吧。」

杜老太太便點了點頭，又瞧了一眼端坐在一旁的杜芊，心裡想著，當初怎麼就沒想到寧家二少爺呢！真是白白便宜了那莊稼漢了！

兩位少爺給杜老太太行過禮之後，就跟著下人去了外院裡坐坐。女眷們的話題他們也插不上嘴，上頭又坐著三個姑娘，雖說都有了人家，終究也是要避嫌的。

眾人坐下之後，又是一番閒聊，一直到了申時三刻寧夫人才起身告辭。杜老太太自然請她留下來用晚膳，可寧夫人推說人才回京城，家裡事情也多，便推辭了過去。杜老太太也不強留，命賈嬤嬤親自送出去，才留了三位姑娘在福壽堂用晚膳。

杜若從太醫院下值回來，這幾日因為杜大太太坐月子，深怕吵著她了，他們兩夫妻便在百草院用晚膳，難得也算是在自己家裡吃起團圓飯了。

劉七巧跑了一天，早有些累了，見杜若進來，也沒什麼精神招呼，倒是杜若見了她這懶洋洋的樣子，高高興興進來道：「今兒太后娘娘傳了我去請平安脈，還問起妳來了呢，說原本是想傳妳進宮的，可念在妳有了身子，就不折騰了。」

劉七巧聽了，問道：「她老人家身子還好嗎？」

杜若點了點頭道：「大年初一的時候去水月庵上香，可能是有些著涼了，這幾日稍微有些頭疼，我和二叔都看過了，不礙事。」杜若說著，挾了一塊肉放進劉七巧的碗中。

劉七巧也挾了一塊給杜若。「你以後也吃一些肉。你不吃，我也不想吃了。」

杜若笑了，挾起排骨吃了起來，開口問道：「聽說今兒舅太太來了，妳都見過了吧？我有兩個表弟，都是一表人才，原本我一直以為老太太會想著把芊丫頭給我那二表弟的。也怪我舅舅不巧，正好前年去了雲南，只怕老太太就沒想起來。」

劉七巧聞言，立馬換上一臉正色，開口道：「你倒是提醒我了，今兒老太太問他有沒有娶親的時候，還一臉的捨不得呢！改明兒我得讓春生給王老四送信，這提親的事情到底辦得怎麼樣了？」

杜若一邊吃一邊道：「不如這樣，妳明兒去安靖侯府走一趟，偷偷問問他們家大少奶奶。聽說王老四打算求了她來給三妹妹提親，要是他自己還沒求成，妳就當場提一提，這事情夜長夢多的，萬一老太太反悔了，倒是白開心一場了。」

劉七巧點了點頭，支著腦門想了想，開口道：「糟了，我忘了一件正事了！老太太嫌棄王老四名字不好聽，還讓我給取名來著，我怎麼好隨隨便便就給人改名字了，少不得也得讓老四自己同意才行。」她想了想，拉住了杜若的袖子道：「好相公，你才高八斗、才思敏捷，快點幫忙給取幾個好名字，我明兒就派人給老四送去，讓他自己選一個……」

杜若這會兒也鬱悶了，連連推辭道：「我自己孩子的名字還沒取呢，怎麼倒給別人取起名字來了，這不合適。」

「怎麼不合適？就當練習唄！橫豎將來你也得給自己娃兒取名的！」劉七巧一錘定音道。

兩人用過了晚膳，杜若無奈，只好去了客廳右邊的小書房裡頭，翻了字典給王老四想名字。他在紙上寫寫畫畫了半天，想了半刻才開口道：「若是個男孩子，就取名叫文韜；若是個女孩兒也索性歸在了文字輩分，就叫文靜吧。」

劉七巧正好從外面進來，接了連翹手中的茶遞給他，道：「讓你給老四取名呢，你怎麼倒給自己孩子取了？快點，給老四想個名字，字不要太難，他字寫得不好，別到時候不會寫自己的名字，可就讓人笑話了。」

杜若這回是真的被劉七巧給趕鴨子上架了，擰著眉頭，紙上寫了幾個「王」字，一時覺得頭大如斗。劉七巧也自知有些為難他，便開口道：「老四家前頭還有三個哥哥，我們在村裡頭的時候，都是老大、老二、老三地喊，也沒名字，如今老四要取名了，少不得也得在他們幾個之後。依我看，不妨就用『謙恭禮讓』四個字，老四就叫王讓，這樣多方便？」

杜若笑了笑，將「謙恭禮讓」四個字寫在了「王」字的後頭，正好四個名字一排，杜若便道：「橫豎老四的哥哥們也用不著大名了，不如就讓老四在這四個裡頭選一個，他喜歡哪個就哪個吧，把老太太糊弄過去了也就算了。」

劉七巧聽杜若說得有道理，便也跟著點頭道：「那就聽你的。明兒把春生留下，我請他往軍營去找一趟老四，看看他什麼時候有空，把這事情辦一下。」

杜若知道劉七巧素來就是風風火火的性子，也就點了點頭，隨她去了。

第二天一早，劉七巧派了春生去軍營裡頭讓王老四選名字，自己用過了早膳，又睡了一會兒的回籠覺。這幾天她每日下午都去如意居陪杜大太太聊天，早上不睡足一點，就怕下午打瞌睡。

一時間，已經用過了午膳，如意居那邊的丫鬟也來傳了話，說杜大太太已經起身了，今兒還起來走動了一圈，只是不出房間。劉七巧心裡正高興，換了衣服想要過去，外頭門房上派人來傳話，說親家太太來了。

劉七巧一聽，便知道是李氏來了，急忙喊了紫蘇道：「妳去外頭迎一迎，我估摸著是來看太太的，直接領到如意居去就好了。」

紫蘇答應了一聲，領著兩個小丫鬟一起去迎人，連翹和綠柳兩人則陪著劉七巧往如意居去了。

劉七巧還沒進門，就聽見裡頭丫鬟勸著杜大太太道：「太太快去裡頭歇一歇，小心一會兒吹了風，要是著了風，可要頭疼的。」

杜大太太這會兒倒是精氣神不錯，笑著道：「我睡了這幾天，身子都軟了，這會兒就下來稍微走動走動而已，大少奶奶不是也說了，早幾天就可以下來走動了，我不過就是下面疼，才躲這個懶的。」

連翹正要上前挽簾子，劉七巧攔住了她，開口道：「太太還是裡面去吧，我正要進來，當心掀了簾子吹風。」

杜大太太見是劉七巧來了，也讓清荷等扶著回了裡間，在榻上半躺了下來，背後拿著大迎枕靠著。清荷見劉七巧還沒進來，便走到外間，開口道：「大少奶奶進來吧，太太已經躺好了。」

劉七巧這才命連翹上去挽簾子，自己矮身進去，清荷忙上前為她解開了斗篷，掛在衣架上，又道：「太太非要起來，我們勸不住她，就讓她起來走兩圈了。」

在古代坐月子的規矩可多了，等閒不能輕易下床的。劉七巧上回和杜大太太說過幾日就要下來走動，丫鬟婆子們還驚訝道：「那怎麼行呢？少說前半個月也是絕對不行的。」

「太太自己心裡有數，妳們防著有穿堂風吹過來就好了，比如外頭的窗子，倒是可以稍微開一點，我方才進來就覺得有些悶了，這樣對孩子也不好。」房裡還燒著地龍，若是不夠透氣，保不准要一氧化碳中毒了。

清荷聞言，便吩咐小丫鬟道：「去把西邊廂房裡的窗戶開著，簾子也挽起來，這樣既透氣，又不會凍著這邊的人。」

劉七巧笑著點了點頭。

杜大太太靠在軟榻上，旁邊正放著榮哥兒的小床，小娃娃在那兒睡得正香甜。

「回太太話，我娘來了，我想著太太這會兒正醒著，便讓丫鬟直接把她帶到這邊來了。」

杜大太太聽聞，便道：「親家母來得正好，娃兒正睡著，我還覺得無聊呢，正巧陪我說會兒話。」

裡頭正說著，紫蘇已經迎了李氏進來。李氏這也不是頭一次來杜家了，雖說還有些拘謹，到底也是在王府住了好一陣的人了，談吐已不像是個普通的村婦了。

「昨兒才回京城，就聽說了親家太太的好消息，今兒就來了。」李氏今天是帶著錢喜兒一起來的，錢喜兒穿著一件大紅色的對襟小襖，頭上紮著雙鬏，一雙眼睛大大的，倒是越發可愛了。

李氏才進門，便有一群丫鬟婆子上前給她請安，李氏也稍稍尷尬地受了，又讓錢喜兒去給杜大太太請安。

杜大太太聽杜若說起過劉家的事情，大抵也清楚這錢喜兒是什麼人，便笑著道：「快起來吧，我這裡悶得慌，讓妳姊姊帶著妳出去玩吧。」

錢喜兒脆生生地應了，跟著紫蘇出去了。李氏就從小丫鬟青兒手上拿了一個小紅木匣子，遞給了劉七巧道：「這是我送給哥兒的見面禮，我們鄉下人家也不知道什麼好的，不過就是意思意思。」

劉七巧打開來看了一眼，是一條帶鏈子的小金鎖，上頭刻了萬事如意的吉祥話，雖然不算名貴，但做工倒是精美得很。她襯著帕子翻過來一瞧，底下刻著珍寶坊的字眼，看來這回李氏也是下了血本了。

王嬤嬤見了，開口道：「太太快看，這是上回在珍寶坊瞧見的樣式呢，那時候想著這個上頭沒法嵌玉珮上去，就換了別的，太太還捨不得呢，可巧親家太太就給送來了！」

劉七巧將盒子遞給了杜大太太，杜大太太用手指撫摸著上頭的花紋，笑著道：「我就喜歡這上頭的兩句話：長命富貴、萬事如意。」

劉七巧知道杜家從來都不缺這些東西，杜大太太這麼說，也都是給她和李氏臉面，不然大戶人家誰會稀罕一個金鎖？杜大太太這一點，也一直是劉七巧最敬服的。杜二太太就不同，明顯看人就有高低，如今趙氏娘家好了，她就老實了。

「本來早該來的，只是回牛家莊過年去了，老爺子不肯跟著過來，一家人就在那邊多住了一陣，這幾日眼看著八順要上學了，這才回來的。」李氏一邊笑，一邊接了丫鬟送上來的茶，打量了杜大太太幾眼，笑著道：「親家看著倒是精氣神不錯，我生九妹那時候，這個時節還不能起來呢，覺得身子虛得很，虧得七巧照應我，才略略好得快一點。」

杜大太太便笑道：「我這也是七巧照應得好，不然怎麼可能這麼順呢？按照那些老辦法，這會兒我別說起身，就是稍稍靠一會兒，還得有人看著我呢！」

第一百五十六章

兩個人正聊得高興，誰想睡在小床上的榮哥兒忽然就哭了起來，哇哇地哼了幾聲，奶媽正要上去抱他，他略略扭了個頭又繼續睡了。

李氏越瞧越覺得可愛，開口問道：「親家太太若是不介意，我抱抱哥兒可好？」

杜大太太自然是不介意的，李氏把榮哥兒抱起來，又瞧了一眼劉七巧的腰身，這會兒已經略略能看出一點凸起，便開口道：「七巧若是生了，正巧可以和哥兒作伴呢！」

劉七巧哈哈笑道：「我們正說呢，到時候我二叔家的幾個姪兒反倒帶著小叔一起玩了！」

李氏聞言，也笑了起來。「輩分就是這樣的，那也沒辦法，橫豎他這麼小，還不是妳的小叔嗎？」

劉七巧一邊點頭一邊笑，李氏手托著小娃兒的屁股，略略摸了摸，皺了皺眉笑道：「妳小叔怕是尿了，我摸著小屁股上熱呼呼的一片呢！」

眾人聞言，都哈哈大笑了起來，奶娘連忙上前把榮哥兒給抱了下去。

李氏又陪著杜大太太聊了好一會兒，直到丫鬟上前催了杜大太太休息，李氏才和劉七巧兩人離開了如意居，去了福壽堂給杜老太太請安。

從福壽堂請安回來，劉七巧便讓李氏去了自己的百草院。說起來自己嫁到杜家也有一段時間了，因為去了一趟南方，在家裡待著的日子倒不算長，自己的親娘李氏也沒上自己的院子瞧過。

百草院是杜若和劉七巧定下婚約之後，杜大老爺命人重新整修過的。杜家在京城頗有根基，杜家的宅子在這一片都算是大的，如今除了住人的小院，還有一個老太太原先住的品芳院，和姜家搬走的梨香院沒有人住。

劉七巧原先有把李氏他們接過來的念頭，可後來想一想，李氏和劉老二都是要臉面的人，如今雖然住著王府的宅院，可畢竟劉老二是王府的二管家，說出去也知道這是主人家給的臉面；但若是住到了杜家，那就真的成了一個打秋風的窮親戚了。

兩人進了百草院，丫鬟們忙不迭迎了出來。

雖然是冬天，可百草院裡頭種的冬青修剪得乾乾淨淨，讓人瞧一眼就覺得精神。李氏點了點頭道：「妳這院子倒是精緻得很。」

劉七巧便道：「這是大郎從小住的院子，前面三間正房，後頭還有一排，帶著後面一個小院子，左右又是廂房，正好夠丫鬟僕婦們住，以後有了小孩子，就在對面如今大郎的小書房裡頭隔出一塊地方給奶娘和孩子睡，靠得近我才放心。」

「是要這樣的。」

李氏點了點頭，丫鬟上前挽了簾子，跟著劉七巧一起進了正廳。杜若也是一個清幽的性子，並不喜歡那些華麗貴重的東西，所以這廳裡的家具都是純色梨花木的，多寶閣上面放的古董，一應都是青花或者純色的，沒有三彩類型的。一般人瞧著覺得素淨，但是有品味的人見了，才知道這素淨背後的富貴更是不得了的。

李氏並不懂這些，倒是覺得挺好的。她在王府見慣了那些珠光寶氣的東西，心裡還默默地想，杜家雖然富貴，倒是並不鋪張浪費，可見是個有底蘊的好人家。

丫鬟端了茶水上來，劉七巧知道李氏平素也不愛喝茶，便吩咐綠柳道：「去廚房端兩碗酥酪來，讓夫人和姑娘嚐嚐。」

這幾日杜大太太催奶，就愛吃著酥酪，廚房裡一天到晚都備著，劉七巧偶爾也會喝一碗，不過她懷著孩子，吃這個覺得膩味，便沒多吃。

綠柳應了一聲往外頭去，這時候李氏才開口道：「我回來之前，妳王大娘又往我家來了，囑咐我一定要來問問妳，老四的婚事到底有沒有譜？妳也知道，王大娘的嘴厲害，這次回去把妳周嫂子罵得找不著北了，這事情一澄清，三村八里的姑娘家都上門去問了。」

劉七巧這會兒也正在等春生的消息，聽李氏這麼說，低頭抿了一口茶，道：「娘放心，事情已經成了，如今就等著老四上門來提親了。我今兒差人去問了，一會兒應該就有消息了。」

誰知說曹操曹操就到，外面丫鬟來回話，說春生已經回來了，正在二門口候著等奶奶問話呢。劉七巧忙讓小丫鬟去把他帶了進來。

春生見了李氏，急忙跪下來請安。李氏受了禮，喊了他起來，劉七巧便問道：「王將軍怎麼說的？我讓你帶的話你可都帶到了？」

「回奶奶，自然都帶到了。王將軍那日受傷之後，在軍營裡躺了幾天，正巧前幾日元宵，皇上接了京郊的兵到城裡頭維和，所以才耽誤了兩天，安靖侯家少奶奶已經答應了下來，說這個月二十六是個好日子，到時候就來提親呢！」一時間丫鬟送了茶上來，春生端著茶盞喝了一大口，繼續道：「王將軍的名字也已經選好了，說自己是老四，不敢選其他的，就叫王讓了，其他三個名字他替他們家三位哥哥留著，從此以後，他們就也是有大名的人了。」

劉七巧就猜到王老四是這個性子，不過這個「讓」字，倒也很配他的脾氣。從小到大，王老四可不就是處處禮讓著別人，最是一個憨厚的性子。他這性子配上杜芊，那倒真是一個蘿蔔一個坑，絕配了。

「你下去吧，既然這樣，倒省得我跑一趟安靖侯府了。」劉七巧這幾日見客也有些累了，倒是很想在家休息幾天。

劉七巧和李氏又閒聊了幾句，李氏便起身告辭了，劉七巧知道八順和九妹都在家裡頭，李氏自然是不放心的，少不得回去還要張羅兩個孩子，讓她留下來吃晚飯只怕比登天還難，故而也就放了李氏回去。

過了十五，年節也算過得差不多了，劉七巧倒是越發空閒起來。家裡頭的事情，如今趙氏完全就一把抓了，劉七巧覺得和古代姑娘比管家，那簡直就是自取其辱，完全不是對手。

劉七巧為了讓杜老太太安心，把安靖侯世子夫人要來提親的事情也說了一說。雖然杜老太太沒催促，可總要讓老人家知道，劉七巧是怕萬一半路殺出一個程咬金來，會把全盤的事情給搞砸了。

這日，劉七巧在杜大太太房裡聊天，老太太房裡頭的小丫鬟來傳話。「湯夫人和梁夫人來杜家下聘了，請大少奶奶過去見一見呢。」

劉七巧知道古時候結婚是要保媒的，當初杜苡和湯鴻哲雖然是兩家家長自己看上的，但請媒這一步自然也是不能少的。湯夫人和梁夫人兩人又是至交好友，梁夫人就當起了這個大媒人。

湯家大抵也是派人打聽過的，雖然家資豐厚，但聘禮卻沒有比姜家多多少，不過就是差不多的級別。畢竟湯家求娶的是庶女，在這嫡庶分明的年代，他們也是要重禮數的。

杜老太太看過聘禮單子，臉上雖然沒什麼表情，心裡頭還是暗暗嘆了一口氣。一年嫁三個女兒，對於寶善堂來說也委實不簡單了，幸好這十幾年杜家還算節儉，公中還能拿得出銀子來。

劉七巧矮著身子從外面進來，丫鬟們忙打了簾子相迎。梁夫人瞧見劉七巧進來，便笑吟吟起身道：「有些日子沒見了，前幾日剛去瞧了王妃，她說妳也有喜了。」

劉七巧上前行禮，瞧著梁夫人比起去年見時倒是又老了一些，笑著道：「還沒恭喜夫人，聽說二姑娘也有了人家。」

梁夫人便笑著道：「也不是什麼好人家，不過就是一個窮小子，我們家老頭子見他能認幾個字，就喜歡上了，說出來怕妳們笑死，半點根基也沒有的，家裡窮得只剩下一個老娘。」

話說今上算得上是一個勵精圖治的皇帝，且是經歷過二十多年前那場韃子入侵的人，所以可能在他的心裡留下了不小的陰影，對滿朝文武有著強烈的不信任。這幾次科舉，除了上一回的狀元湯鴻哲太過優秀了，大多數的進士都是寒門子弟。培養一批和自己一起成長起來的朝廷官員，是皇帝最大的願望，所以這一屆的三甲，狀元是個窮小子、榜眼是個窮老子、探花是一個窮包子……

皇帝可能覺得，這樣的人提拔上來，將來對帝王的忠誠也會高一些。

梁家二姑娘看上的這個人，就是一個窮書生狀元。有句俗話說：「莫欺少年窮。」像這樣的人，若是攀上了梁大人這樣的人家，那將來的仕途可以說是前程無量。

梁大人自己雖然身居高位，奈何兒子在科舉上頭沒什麼建樹，不過就是一個同進士及第，皇帝賞了一個六部員外郎的位置，這也是梁大人每日睡不著覺的原因，只怕自己死了，梁家就要後繼無人了。

湯夫人也不是頭一次見劉七巧，不過上回見到劉七巧的時候，那都是一年多前，王府小少爺做滿月酒的時候，那時候她還是一個姑娘家，如今成了杜家的少奶奶，越發讓人覺得氣派了。

湯夫人以前就認識杜家三姊妹，也知道杜苡的品貌都是三人中的佼佼者，不過那時候湯鴻哲早已經有了自小指腹為婚的媳婦，她哪會亂想什麼？

「是我們家二郎的福氣，這個年紀還能遇上二姑娘這樣的姑娘家，我沒來之前心裡一直打鼓，終究是大了姑娘一輪，怕姑娘過去受委屈。」

杜老太太便笑道：「妳是想多了，老夫少妻才和美呢，如今但凡是娶續弦的，有幾個不往年輕的挑？這大好的哥兒，若是為了年紀上相仿，難不成能挑一個二嫁的寡婦了？」

湯夫人見杜老太太半點也不介意年齡，倒也是釋懷了。

「老太太這話說得是，依我看，也是我們二姑娘的福分，嫁個現成的狀元爺，那也是幾世修來的福氣了。」一直坐在一旁沒出聲的二太太終於發話了。看了這足以和姜家比肩的聘禮單子，杜二太太的心上一直懸著一把刀呢！要讓她拿銀子出來，她現在可真的沒有了，只盼望老太太能大方一點。雖然杜苡不是她肚子裡出來的，可作為嫡母，能讓庶女風風光光地嫁了，也是自己的體面。

杜老太太前一陣子覺得杜二太太老實了，對她的態度也緩和了一些，可這會兒聽了她話中透出來的酸溜溜氣息，心裡頭到底還是不受用的。這樣的話在客人面前說算什麼？難道庶女嫁得好了，不是她的風光不成？再說杜茵嫁得也不差，姜家是沒落了，可祖上畢竟當過太傳，只要姜梓丞能考上進士，一個庶起士總能混上的，到時候杜茵有的是後福。

杜二太太的眼光就是不夠長遠。杜老太太嘆了一口氣，接著杜二太太的話道：「姑娘家嫁得好，也是父母的體面。」

劉七巧便笑著接話道：「可不就是這個道理？前幾日我娘來，還說每次過來都跟打秋風一樣地回去，可見女兒嫁得好，自然是好的，有嫌親戚窮的，哪有嫌親戚富的呢！」

杜老太太也跟著笑了起來。

「妳這丫頭，又拿妳自己打趣逗大夥笑了，怪不得我最近照鏡子老覺得臉上多了些什麼，原是妳害我笑出來的皺紋變多了。」

眾人被逗笑了一回，梁夫人臉上倒是又回歸了正色，扭頭看著趙氏道：「還有一件事情，想要勞煩一下二少奶奶。」

趙氏便笑著道：「夫人有什麼話儘管吩咐，說什麼勞煩，倒是怪見外的。」

湯夫人便替梁夫人回了道：「梁夫人想要妳家三弟弟的一個八字，不知道方不方便？」

趙氏聞言，頓時就明白了，趙氏的父親先前是做御史的，得罪了不少人，不過好在皇帝信得過，調去做了大理寺卿，如今又升了吏部侍郎。說起來，雖然在這公卿滿地的京城算不上什麼大官，但勝在皇帝親信，能被皇帝隔三差五地請進宮開小會的人，哪怕就是一個小小的翰林，將來也必定是前途無量的。

「這有什麼好不方便的？不過最近家裡事情比較多，我倒是也有段日子沒往娘家去了，等明兒我回去，回了母親就託人給梁夫人帶過去。」

家裡兄弟的親事雖然不用趙氏操心，可是要是能娶上梁家的姑娘，對父親的仕途總歸是好的。況且如今還是梁家先提起來的，可見父親在朝中應該也是混得不錯的。

第一百五十七章

杜二太太這會兒是徹底淪為了背景，想要插嘴也插不上，呆呆坐在一旁，瞧著兩位夫人和趙氏還有杜老太太繼續聊天。

劉七巧冷眼瞧著瞧杜二太太，想必以前這樣的場合，她一個戶部侍郎的女兒，在人前定然也是風光無限的。

她淡淡笑了笑，索性做了一回好人，站起來道：「二嬸子有幾日沒去瞧榮哥兒了吧，這幾天他越發胖了，二嬸子不如跟我去看看哥兒？」

杜大太太生下榮哥兒之後，杜二太太並沒有多往如意居去幾趟。杜二太太對杜老太太也不過就是應個景，她和杜大太太妯娌之間又明爭暗鬥了多少年，感情也自然只是淡淡的，不過既然劉七巧這麼說了，她要是不去倒也不好意思，兩人遂帶著丫鬟們，一前一後往如意居去了。

杜大太太剛剛餵了娃兒，這會兒穿著家常的中衣，靠在軟榻上喝著一碗酥酪。她以前不怎麼愛甜食，如今因為要下奶，倒是不怎麼忌口，餵完了奶特別容易餓，不一會兒那碗酥酪就見底了。

小丫鬟挽了簾子邊讓劉七巧和杜二太太進來，邊回話道：「二太太和大少奶奶來了。」

杜大太太遞走空碗，稍稍擦了擦嘴角，見杜二太太果然從簾子外頭走了進來，便笑著讓清荷搬凳子，一邊道：「今兒怎麼有空過來，湯夫人她們走了嗎？」

杜二太太尷尬地笑了笑。「走倒是沒走，不過她們跟老太太說話，我一個晚輩也插不上這嘴。」

杜大太太是個聰明人，若真如杜二太太說的，趙氏那麼精明的人，自然也是要一起來的，可見她們跟趙氏有話說，跟杜二太太反而無話說……不過杜大太太自己也是知道這群官夫人的脾性，向來是看人說話的，就算杜大太太自己在場，也未必跟她們能有什麼話說。

「茵丫頭和苡丫頭的嫁妝備得怎麼樣了？」杜大太太靠著軟榻，柔聲問起杜二太太來。杜大太太一輩子沒生過一個閨女，對幾位姪女也都是疼愛有加的。

「茵丫頭的已經差不多備好了，只差一些繡品，她平日裡偷懶，又嫌棄家裡針線上的人手工不好，這會兒正頭疼呢。」杜二太太說到這裡，也有些不好意思。她自己是大家閨秀，針線上的東西卻也是拿不出手的，二老爺從裡到外的穿戴，全部都是那四個姨娘張羅。她平常懶得管這些，總覺得自己是做當家夫人的，這些小事壓根兒就輪不上她。如今想來，自己到底還是錯了。

杜大太太見杜二太太神色黯然，便知道她心裡在想些什麼，開口道：「我房裡的紅藤做針線最好，姜家雖然不比從前，卻也斷然不會要讓茵丫頭親自做針線的。」杜大太太說完，衝著簾外喊了一聲道：「紅藤，妳一會兒跟二太太回去，瞧瞧大姑娘那邊有什麼針線要做的，妳帶回來慢慢做，做好了，我另外賞妳。」

紅藤正在外間窗子底下給榮哥兒做肚兜，聞言就放下了手中的活計，站起來應了一聲。杜二太太連連推辭道：「這怎麼好意思呢？紅藤姑娘自己還忙不過來呢，還要給哥兒做新衣服。」

杜大太太笑道：「榮哥兒的衣服能費幾個事？再說了，之前幾個月也不知道做了多少，這會兒就算做了，也不知道什麼時候才能穿。嫁妝不興放外頭針線坊做的，不然的話也不會趕不及了。」

杜二太太聽杜大太太這麼說，也只能卻之不恭了，便笑著謝道：「那要多謝謝紅藤姑娘了，若是做好了，我也另外有賞。」

杜大太太又問道：「跟去姜家的丫鬟都定下了嗎？」

「都定下了，就玉竹和丁香兩個丫鬟，還有外頭兩個小丫鬟，陪房選了一家。姜家如今不如以前，過去的人太多了，也不過就是用茵丫頭的嫁妝養著，我尋思著，不如儉省些得好。」

「妳這麼想就對了，以後姜家若是好了再送些人過去也使得。其實人丁簡單的人家也有簡單的好處，丫鬟多了，難免有人會想些別的心思。」

杜大太太的意思，杜二太太也都清楚，京城裡多的是喜歡給兒子塞通房的老娘，美其名曰為家裡開枝散葉，其實不就是看不慣兒子娶了媳婦忘了娘，想要給新媳婦添堵嗎？

就這樣閒聊著，杜二太太發現，這是她進了杜家之後，第一次和杜大太太聊這麼長的時間。以前兩人一起管家，面上看著和和氣氣的，但心裡頭人人都清楚，如今兩人都撒手不管了，反而走近了些。

杜二太太瞧著杜大太太如今略顯白胖的模樣，用帕子壓了壓眼角道：「大嫂是有福分的人，雖說之前生了大郎身子一直不好，可如今這年歲還能添一個小的，全京城有幾個人有這樣的福分？如今想想，我卻是白忙一輩子了，閨女要嫁人了，蘅哥兒的性子又不沈穩，娶的媳婦也厲害……」

杜二太太現在才真正的明白過來趙氏是個厲害的，從一開始沐姨娘的事情，她就一直站在勝利者的位置上，蟄伏了一、兩年，如今已是破繭成蝶了。

杜大太太便勸慰她道：「媳婦厲害才好呢，有多少人巴望著能有個厲害媳婦，既收得住兒子，又撐得起內宅，到了我們這樣的年紀，是應該退居二線、含飴弄孫了。」

杜二太太想了想，又深深嘆了口氣，無奈地點了點頭。

第二天就是正月二十六，說起來從法華寺回來的二十來天，劉七巧一直都是在忙忙碌碌中度過的。好不容易才歇了幾天，總算盼到了這個日子。

劉七巧有孕在身，跑腿的事情已經很少做了，倒是在接到王老四的回話之後，派綠柳親自去了一趟安靖侯府給安靖侯少奶奶請安。安靖侯少奶奶自從幾年前流產傷了身子，便一直很難受孕，如今看著二奶奶周蕙肚子大了，心裡顯然更著急了，劉七巧便介紹她去胡大夫那邊調理。如今藥吃了有三、四個月了，雖然肚子還沒動靜，但氣色比起以前已是好了很多。一早吃過早飯，劉七巧便在家裡頭等著。王老四這事情由不得她不著急，再說她在杜老太太跟前也是發過話的，說今兒王老四必定會請了人來提親，要是沒來，只怕杜老太太也管不著什麼臉面，萬一反悔了，那就真的要出大事了。

誰知快到午時的時候，安靖侯少奶奶沒來，倒是把安靖侯老夫人給迎了來。劉七巧這會兒心裡早已七上八下得很，聽見門房的人來回話，急急忙忙就迎了出去。

安靖侯老夫人見是劉七巧親自迎了出來，急忙道：「有了身子的人，走路可得慢一些，瞧著火急火燎的，做什麼呢！」

劉七巧也不知道怎麼同安靖侯老夫人說，略略笑了笑，再沒忍住，便問道：「大少奶奶怎麼沒來？」

安靖侯老夫人聽她問起了大少奶奶，會心笑道：「她如今可要有一陣子不能出門了，所以今兒託了我一件大事情，非要讓我親自走一趟。」

劉七巧見安靖侯老夫人這麼說，頓時就猜到了，笑道：「那真是天大的喜事了！」

「同喜同喜，我前幾日來看妳婆婆的時候，心裡頭還在嘀咕，什麼時候我家太孫媳婦也能懷上就好了？沒承想這就有了，也多虧了胡大夫開的藥，倒是靈驗得很。」安靖侯老夫人臉上的喜色是蓋也蓋不住，一邊走，一邊笑。

劉七巧知道了安靖侯老夫人的來意，也放下了心來，又道：「我那同鄉真是天大的好運氣，竟能請得老夫人來給他保媒，他也算是傻人有傻福了！」

「可不是？我也是才知道的，原來那壯壯的黑臉小子竟然是妳的同鄉。那小子倒是去過我家幾次的，也沒透露說要娶親，不然的話，我那幫老姊妹家裡頭也不缺閨女的。不過如今配了杜家三姑娘，倒也不錯。」安靖侯府是行伍出生的人家，對武將沒什麼偏見，像王老四這樣的人，以後對於他們侯府來說還是不小的助力；且王老四以前又是恭王府的家將，武將之間也防結黨營私，安靖侯府和恭王府不宜走得太近，但王老四就是一條不錯的跳板。

一時間到了福壽堂，杜老太太房裡的賈嬤嬤迎了出來，笑道：「老太太方才還說呢，這一個月都見了好幾回面了，真沒想到是您老親自來的！」

安靖侯老夫人便笑道：「我倒是想躲懶呢，可年輕人都跑去生孩子去了，只有我這種老貨才有空呢！」

眾人在門口寒暄了幾句，這才進了杜老太太的房裡頭。杜老太太親自起身相迎。「為了年輕人那些破事，還勞動妳親自跑一趟。」

「可不，所以我專挑了這時候來，還能蹭妳一頓飯呢！」安靖侯老夫人說著，哈哈哈大笑了起來，又道：「原本今日是我孫媳婦來的，可一早上她覺得身子有些不舒服，就請了大夫過門稍微看了一下，誰知道竟然是喜脈。妳說說看，都這樣了我能讓她來嗎？可也不能耽誤了年輕人的好事，也算我這張老臉還有些用處，就跑這一趟了。」

聘書是一早就寫好了的，安靖侯老夫人命小丫鬟呈了上去，杜老太太翻開看了看，見王老四的名字變成了王讓，開口問劉七巧道：「這名字是妳給他取的？」

劉七巧想想王老四也算一個將軍了，以後要是讓人知道他的名字是別人隨便取的，倒是不大合適了，便笑著道：「哪能呢？他原本就有名字的，是我們鄉下人家不興喊人家大名，我這也是託人回去問了才知道的，他們一家兄弟四個，取的名字是謙恭禮讓，他排行老四，大名就叫王讓。」

「喲……這鄉下人家還能取出這樣的名字，倒是不簡單。」果然杜老太太對王老四的態度又有些改觀了。

劉七巧便又道：「王老四也唸過幾年私塾的，後來家裡窮，又要種地，就沒接著往下唸了。他唸書的時候，先生還經常誇他呢！可見聰明的人無論是學文還是從武，都必定有出人頭地的一天的。」

杜大太太顯然對劉七巧的話很受用。「他也算不容易了，年紀輕輕的能有這樣的本事，要是真的去考科舉，這個年紀能中進士的，都未必有幾個呢！」杜老太太說著，心裡頭也算安慰了一點，合上了聘書道：「這事情就這麼定了吧，娶親的日子到時候再商量，前頭兩個姑娘還沒定下呢，她是老三，也不著急。」

劉七巧聽見杜老太太這樣一錘定音的話，也終於放下了一顆心。王老四拜託她的人生大事總算是完成了，接下去的日子，她少不得要督促三位待嫁的小姑賣力做針線繡嫁妝了。

這日，杜若和七巧夫婦倆正吃好了早膳，杜若正要起身出門，跟著杜二老爺一起上太醫院，杜大老爺外書房裡頭的丫鬟朱砂忽然來傳話道：「大少爺，前面來客人了，大老爺讓你今兒不用去太醫院了，一起去前面見客吧。」

大戶人家規矩多，特別是像在京城這樣的人家，一般不會出現這種臨時有人來串門子的事情，大家都是擬了拜帖，先讓家裡的下人來送了信，然後約定了一個時間，大家坐下來好好商談的。但杜若這幾天也並沒有收到什麼拜帖，況且若是重要的人，杜大老爺也會提前告訴他，今兒這來人倒是有些隨興了。不過杜大老爺既然讓他一起留在家裡頭見客，自然也不是一般的客人。

「你知道是哪家的客人嗎？」

朱砂開口道：「是江南口音，我沒聽真切，好像是洪還是侯？橫豎大少爺去了就知道了。」

杜若一聽來人姓洪，頓時就想起了揚州洪家，一陣高興，放下手中的茶盞就要跟著她去。這時候，福壽堂也派了一個小丫鬟來傳話道：「大少奶奶，南邊二老太爺家的大少爺來了，正在福壽堂跟老太太說話呢，老太太讓我請了大少奶奶過去，問若是大少爺在的話，一起過去呢。」

劉七巧忙道：「大少爺去前頭跟著老爺見客了，我同妳們過去就好。」劉七巧想起前幾日才見過的舅太太和姑娘，頓時想起一樁美事來，笑著對杜大太太道：「太太何不跟我一起過去瞧瞧那芸哥兒？妳若是見了，肯定喜歡，真真遺傳了杜家的好皮囊呢，而且才十三、四歲已經中了秀才，後年就要考舉人了。」

杜大太太聽了劉七巧這樣的溢美之詞，自然有些心動，還有些不信，便笑道：「當真？不是我誇大，我總覺得我自家這兩位哥兒已經是好得很了，還有人能比過去不成？」

劉七巧瞧著杜大太太的樣子，笑道：「我怎麼敢騙太太呢？不是我一個人覺得他好，便是大郎對他也是讚不絕口的，而且這孩子心地也好，還想著要學醫，不過大郎覺得他既然是個讀書的料子，不如就走了科舉，反正一樣是光宗耀祖的事情。」

杜大太太見劉七巧這樣說，也便信了一半，交代好丫鬟奶娘們照顧好榮哥兒，換了衣服，帶上見面禮，一起跟劉七巧去了杜老太太的福壽堂。

杜老太太的福壽堂大廳裡頭，杜家三位姑娘睜大了眼睛打量這遠道而來的堂弟。三人瞧著他，眼角各帶著笑意，便是趙氏見了杜芸，也笑著嘆道：「可惜我家竟再沒有一個妹子了，不然這麼好的哥兒，去哪裡找呢！」

在杜二太太心中，自然是所有人都比不過杜蘅的，她看杜芸好歸好，卻沒杜蘅那種靈動，覺得木訥了些，但還是跟著讚嘆道：「年前的時候沒跟著老太太過去，倒不想大姪子是這樣的一表人才，如今老太爺可好？家裡頭人都還好嗎？」

杜芸略略低著頭，聽杜二太太問他話，便彬彬有禮地答道：「多謝二伯娘關心，祖父的病已經痊癒了，祖母的身子也硬朗，家裡頭的人都好。」

杜老太太便道：「那就好，我想著也應該是好的，不然也不會放你一個人千里迢迢地就過來了。既然來了，就在我們家多住幾天，你三個堂姊也都有了人家，自家親戚沒什麼好避嫌的。」

杜芸聞言，謙謙謝過了，又道：「姪孫是帶著棲霞書院山長的舉薦信來的，過幾日就要去玉山書院，這幾日便在老太太家裡叨擾了。」

杜老太太聞言，更是一個勁兒地點頭道：「好好好，你是讀書人，喜歡清靜，就住到我原先住的品芳院去。那邊雖然比不得梨香院清靜，終究是近一些，你一個人來，住遠了我也不放心。」

第一百五十八章

杜老太太也是當真喜歡杜芸的，想一想他爹是庶子，以她那小孀子的脾氣，她也是懂的，想必從小對這杜芸並不上心。杜老太太一想到自己是如何心疼杜若和杜蘅的，就越發覺得杜芸可憐，從小也沒有個長輩疼愛，二老太爺在外頭忙生意，怕也沒什麼閒工夫關心這些內宅瑣事。

屋裡頭人正閒聊著，小丫鬟挽了簾子進來回話道：「奴婢去請了大少奶奶過來，大太太也跟著一起過來了，如今已快到院外了。」

杜大太太自從生下了榮哥兒之後便很少出如意居，起先是要坐月子，自然不能出門。如今出了月子，她偏生又愛自己餵孩子，倒也很少出來，今兒肯出來瞧瞧，可見也是真心想見見杜芸。

杜老太太在腦子裡過了過，趙氏方才已經說了，娘家並沒有姊妹。杜二太太的娘家，杜老太太熟悉得很，齊少爺上頭的姊姊也都嫁人了，況且也不是正房的姑娘。如今想來想去，倒是那日寧家那小姑娘長得唇紅齒白、靈秀動人。

這時候丫鬟正挽著簾子讓杜大太太和劉七巧從外面進來，杜老太太見杜大太太進來，玩笑道：「妳若不來，我還正想要再派人去請妳呢。」杜老太太說完，對杜芸道：「這是你大伯娘。」

杜芸抬起頭瞧了一眼杜大太太，杜大太太剛剛出月子，身子豐盈，再加上她平常就注重保養，看上去倒是比杜二太太還年輕好幾歲。杜芸不敢怠慢，急忙行禮道：「姪兒給大伯娘請安、給大堂嫂請安。」

劉七巧對杜芸很是喜歡，加上之前在金陵的時候相處得也好，便也不見外，直接開口問道：「怎麼就跑京城來了，你若早些打定了主意，還能省一趟車馬費呢！」

杜芸謙遜一笑，恭恭敬敬回道：「是跟著洪家的船一起來的，倒是沒費什麼車馬費；來之前也有些倉促，但是山長說求學的機會不可以輕易放棄，所以就來了。」

劉七巧雖然看人算不上百分之百精準，但一般品格好的人，有出息的機會也大一點，所以她對杜芸還是很有好感的。

杜大太太見杜芸談吐有禮，相貌又果真如劉七巧說的那樣，竟然是這般芝蘭玉樹的，心裡早就喜歡了一半了。可她轉念一想，杜芸家在南京，若真是攀上了這門親戚，她那姪女可就嫁得遠了。想到這一點，杜大太太又有些遺憾，忙笑著讓清荷拿了她準備的見面禮來。不過就是一個尋常荷包，裡面放著各色的金錁子。

杜芸又謝了一回，這會兒其他房裡的丫鬟也各自拿了見面禮過來，杜芸都一一言謝收下。杜老太太的見面禮自然是不一樣的，她想了想，開口道：「既然要在家裡住幾天，我也不送你這些俗物了。我聽你大堂哥說，那訪古齋裡頭有很多古書孤本，你若喜歡什麼，儘管寫了單子送給你大堂嫂，讓她從我這兒支了銀子給你買去。」

杜芸聽說有孤本買，頓時眼珠都快放光了，可一想到劉七巧懷著身孕，怎好勞動到她，便又覺得不妥，笑道：「大堂嫂有孕在身，如何能勞動大堂嫂？老太太的好意，姪孫心領了。」

杜老太太看他那模樣，便知道他是喜歡的，笑著道：「不礙事，如今這家裡是你二堂嫂管家，你若家裡缺什麼，只管與你二堂嫂說。你大堂嫂雖然養著胎，可她也不閒著，就愛出門閒逛，不是我說，就算我不給她派這個差事，她也在家裡待不住，如今她有了這個差事，就可以光明正大地出門，還有人送銀子給她使，她高興都還來不及呢！」

劉七巧見杜老太太這麼說，笑呵呵道：「還是老太太懂我，不過找書買書這些事情，我倒不內行。芸哥兒都已經來了，不如我帶著他一起去訪古齋走一走，他在裡面挑書，我就在隔壁的雅香齋裡頭挑一些香用一用，馬上就開春了，是該換些香了。」

杜老太太覺得劉七巧說得有道理，便點頭道：「那就這樣，明兒一早用了早膳，妳就帶著他出去吧。」

劉七巧笑道：「還是下午好，時間多一點，可以讓芸哥兒多挑一會兒，我也好約了幾個人，一同聊天喝喝茶。」

「去吧去吧。」杜老太太揮手道。

劉七巧和杜大太太出了福壽堂，兩人一前一後走著，杜大太太還在遺憾那杜芸家在金陵的事情，唉聲嘆了口氣。劉七巧笑著，湊到杜大太太的耳邊道：「娘，我倒是有一個主意……」

杜大太太聽劉七巧說完，眉梢立時就有了喜色，連連點頭道：「妳這個辦法好，不管如何，先讓我那弟媳婦瞧一眼，她是有主意的，要她能看對眼，這事情就八九不離十。」

卻說杜芸是搭了洪家的船來京城，前頭正在跟杜大老爺和杜若說話的人就是洪家父子。洪老爺年紀不大，看上去不過四十歲出頭的樣子，雖然是個商人，身上卻難得沒有半點銅臭味，竟然是和杜大老爺一樣的儒商模樣。

杜大老爺早年也是學醫的，做生意算是半路出家，所以在他眼裡，最佩服這種商界泰斗級人物，原本覺得洪老爺必定是那種毛髮皆白的人物，誰知道竟然和自己也不過年歲相當，頓時覺得既景仰又佩服，當下就跟遇上了知己一樣，恨不得聊上個幾天幾夜。

杜若和洪少爺早已經熟識，兩人也是各自聊得開心，幾番寒暄之後，話題天南地北地扯了一段，最後回歸到了正途上面。

洪老爺開門見山道：「這一趟來，昨兒晚上才到京城，今兒就接著送人的東風，來府上叨擾一番。說起來，還是為了年前小兒曾跟大少奶奶說起的產科醫館一事。」

杜大老爺早已知道劉七巧想開寶育堂的想法，也聽她提過在金陵遇到洪少爺，提起開產科醫館的事。前一陣子胡大夫的不孕門診剛剛開張，就引來了無數來看病的病患。杜大老爺以前從來沒覺得生孩子是件艱難的事情，但是見到了整天忙得腳不著地的胡大夫之後，這才相信劉七巧說的，絕對是一門商機啊！果然作為一個商人，洪老爺對此也很看好。

不過洪家當前的目的，主要還是以開拓在京城的人脈為主，如果做傳統行業的話，只怕也要跟杜家一樣，在京城打拚幾百年才能有現在的人脈。按照劉七巧曾經建議的，開產科醫館是一條最快速的方法，畢竟不管是天王老子、公侯府邸，還是貧民百姓，大家都要生孩子。而他們要開的醫館，更是針對大雍上層人士的產科醫館，子嗣問題關係到一個家族的興衰，是件不容小覷的事情，若是能把這人脈收下來，那洪家以後必定也能躋身京城，在天子腳下站穩腳跟。

杜大老爺捋了捋山羊鬍子，點了點頭道：「這的確是一件好事情，可七巧如今有孕在身，恐怕不能操之過急。」杜大老爺的心思也很明白，賺錢要緊，可是自己的孫子更要緊，要是累壞了七巧，那就得不償失了。

洪老爺見杜大老爺這麼說，略略一笑，朝著杜大老爺擺了擺手，從袖中掏出一張兩萬兩的銀票，推到杜大老爺的面前道：「不管大少奶奶何時有空，只要杜家還想做這件事情，還請杜大老爺讓我們洪家入個股。我雖然只是個商人，但也知道這是一件造福百姓的好事情。」

杜大老爺低頭瞧見那銀票上的面額，稍稍有些驚訝，不過他也是聰明人，自然明白洪家的意思，捋了捋鬍子繼續道：「洪老爺既然這樣堅持，杜某自然不敢怠慢，只是這銀票先拿回去，若是到時候有需要，洪老爺再給也不遲。」

洪老爺聞言，擺了擺手。「不用不用，銀票放在家裡不過也是廢紙一張，若是它在杜大老爺這邊有用武之地，也是它的造化了。」

杜大老爺見推辭不果，也只能勉強把這銀票收了下來。四人又閒聊了幾句，洪老爺和洪少爺才起身離去。

兩人上了馬車，洪少爺便不解地問洪老爺道：「爹，杜家既然不肯收銀票，您為何不把銀票拿回來？」

洪老爺看了一眼洪浩宇，笑道：「笨，他要是不拿著銀票去支銀子，那銀子始終都是我們洪家的；他若是去支了，那就說明他願意讓洪家入股，杜家是百年望族，難道幾萬兩銀子還拿不出來？我們若是不趕緊點搭上寶善堂這艘船，怕下次就沒這麼好的機會了。錢是小事情，可是錢買不來很多東西，所以我們洪家在京城權貴的眼中，仍就是個暴發戶；杜家不同，京城絕對不會有任何一戶高門大戶會認為杜家只是暴發戶，這就是杜家的底蘊。」

杜若送走洪家兩人時已經將近午時。劉七巧跟著杜大太太在如意居說話，杜大太太派人去給寧夫人送了信，也明說了自己的意思，問寧夫人明兒下午有沒有空去雅香齋坐坐，順便可以到隔壁的訪古齋也瞧一瞧。至於瞧什麼，那就不用細說了。

晚上，劉七巧陪著杜大太太用晚膳的時候，杜大太太一臉欣喜道：「沒想到妳舅母一下子就答應了，還說明天帶上妳表妹一起去瞧一瞧。」

劉七巧聽了這話也不奇怪，這個時代女兒嫁人那可是大事，丈母娘親自看看女婿也是正常的。可寧夫人還要帶上寧靜瑜，這倒讓她覺得寧夫人不是一般的開明了。

杜大太太說完，瞧了一眼劉七巧道：「妳如今日子也大了，明兒的事情弄完了就在家裡好好歇著，不要累壞了自己。」

「娘放心，這些都累不著我。」劉七巧想了想，嘆了口氣道：「其實我還巴不得日子過得稍微慢一點，一想到等孩子出生以後，三個妹妹就要陸續出嫁了，心裡頭還當真覺得捨不得。我．個剛嫁進門的外人尚且如此，可想姨娘們心裡頭指不定要有多難過呢。」

杜大太太聽劉七巧這麼一說，也跟著嘆了口氣。「所以這就是生男孩兒跟生女孩子的區別。男孩子再怎麼說將來都是自己的，娶了媳婦那還能在自己爹娘跟前。女孩子就不一樣了，都說嫁出去的女兒潑出去的水，養了這麼大，就為了有朝一日嫁給別人，光想一想那都是難過的事情。」

劉七巧原本是自己感慨，沒想倒弄出杜大太太的一番慨嘆，急忙笑道：「所以娘這是有好福分呢，生兩個都是男孩，可見娘的福分就是不一般。」

杜大太太被劉七巧逗樂了，搖頭笑道：「妳這丫頭，這張嘴也是絕了，真真讓人又愛又恨。我這是安慰妳呢，妳倒編派上我了，快吃飯吧，一會兒吃完了，早些回去陪大郎吧。」

劉七巧聞言，臉頰一紅，嘟囔道：「他今天只怕要在老太太那邊耽誤一會兒，杜芸來了，少說也要陪人家多說些話的。再說了，他那麼大一個人，也用不著我陪的。」

杜大太太知道劉七巧怕羞，也不點明，笑道：「你們小夫妻的事情我也管不著，反正你們兩個，不是妳陪他，就是他陪妳，沒準他想著要陪妳，早早就已經吃完，在百草院等著妳了。」杜大太太對杜若的性子再了解不過，不說杜若是娶了媳婦忘了娘吧，那也至少是娶了媳婦忘了半個娘了。不過杜大太太如今有了杜榮，也沒空吃這些乾醋，況且她本就是一個識大體的人，自然也不會為了這些事情和兒子媳婦鬧矛盾。

不過這話聽在劉七巧的耳裡，多少還是有些不好意思，撥了兩口飯往嘴裡，一邊吃一邊道：「他若是敢這樣，我回去一定說他，這樣可不行，客人還在呢。我今兒就晚一些回去，他要是早到了，那也活該等著。」

杜大太太見劉七巧這麼說，淺淺一笑。

第一百五十九章

第二日午後，劉七巧回了百草院換衣服，又遣了丫鬟去品芳院喊了杜芸。兩人雖然是嫂子和小叔子，終究還是要避嫌的，劉七巧喊了兩輛馬車在門口等著。

從杜家到朱雀大街算不上太遠，坐馬車不過一炷香的時間，馬車到了訪古齋門口，劉七巧正要親自下馬車送杜芸進門，杜芸已經帶著自己的小廝先下來了，朝著她的馬車拱了拱手道：「嫂子不用下車，我自己進去就好，一回兒嫂子若是要走了，煩勞丫鬟來喊我一聲。」

劉七巧知道這些讀書人但凡遇上了書，基本上就跟丟了魂沒什麼區別，便笑著道：「你自己慢慢看就好，若是今天還不完，明兒還可以再來，不急在一時。再者，我今兒可是帶足了銀子出來，不必替老太太省錢，知道嗎？」

杜芸謝過了，轉身就往訪古齋裡頭去了，紫蘇這才鬆了簾子，馬車繼續往前頭的雅香齋而去。

雅香齋今日的客人倒是不少，不過劉七巧和朱姑娘關係不一般，掌櫃的就把平常朱姑娘製香的那個小抱廈留給了劉七巧。裡頭的陳設還如之前來過時的模樣，窗臺下的長几上放著製香用的工具，看來朱姑娘還時常往這邊來。

大約過了小半個時辰，寧夫人才帶著寧靜瑜姍姍來遲，此時寧靜瑜的臉上還帶著幾分羞怯的嫣紅。女孩子家一般遇上自己心儀的人，才會有這樣的嬌態。劉七巧估摸著，只怕寧靜瑜是看上杜芸了。

寧夫人臉上倒是沒有什麼特別的表情，只是雙眸炯炯有神，想必杜芸沒讓她失望。兩方見過禮之後坐了下來，紫蘇沏了茶上來，三人便圍坐在圓桌前聊了起來。寧夫人是個直爽之人，開口道：「人我瞧見了，確實不錯。」

劉七巧聽寧夫人這麼說，略略鬆了一口氣，心道：這樣的人品相貌，舅太太若是還看不上，那要比這個更好的可是難找了，就算找到了，也未必能看上妳家姑娘了。

「不過兩個孩子年紀畢竟還小，我方才也問了他幾個問題，他說自己不是京城人氏，是來玉山書院求學的，還有棲霞書院山長的薦信，說是明年要考舉人。我瞧著他倒是有幾分讀書人的風流，弄不好不光能中舉人，以後還能考上進士。」

劉七巧聽寧夫人說出這番話，差點驚得都要吐舌頭了，怪不得整整折騰了小半個時辰才到，原來是三堂會審了。這寧夫人可真了不得的厲害，也不知道杜芸那傻小子有沒有瞧出這其中的端倪。

寧靜瑜仍是不說話，低頭臉紅。寧夫人又道：「這事情我記下了，等過了明年秋試，那小子若是能考上舉人，我就把靜瑜給他了。」寧夫人分明是提條件的話，但劉七巧聽著就覺得這寧夫人有十拿九穩的把握，越發覺得好笑了起來。

她見寧靜瑜還是羞澀，便笑道：「表妹這是怎麼了？姑娘家長大了總要經歷這些的，妳這般怕羞，以後可怎麼辦呢。」

寧夫人瞧了一眼寧靜瑜，氣勢逼人道：「我一直都跟妳說，這世上的事情從來就是天外有天、人外有人的，如今可瞧見了？好姻緣可多呢，京城裡頭有妳選的，雲南那種狗不拉屎的地方，能有什麼拿得出手的？」

劉七巧一聽，心裡頭頓時了然，難不成這表妹心裡頭有了別人？舅夫人為了讓表妹死了這份心，才會連年都沒過就急匆匆地帶著眾人回京城來了。

這世上的事情也奇怪，緣分總是那麼不經意就到了。

「依我看，這也是緣分，緣何表妹才從雲南那麼遠的地方回來，我這小叔子便也從金陵來京城了呢？若說這不是緣分，我還不信呢！這才是有緣千里來相會呢！」劉七巧弄清了寧夫人的意思，也不怕加油添醋了，笑著說了幾句討喜的空話。

寧夫人臉上不笑，眉宇裡倒是透出幾分得意，又瞧了一眼寧靜瑜道：「時候不早了，我們也該回去了，靜瑜，跟妳嫂子說再見吧。」

寧靜瑜站起身來，向劉七巧福了福身子，臉頰依舊紅彤彤的。寧夫人也起身道：「姪媳婦，那我們可回去了，妳回去替我向太太問好。」寧夫人剛起身要離去，忽然又想起了一件事，轉身對劉七巧道：「上回我去你們家的時候，也提起了我那兒媳婦的病，不過前兩日我派下人去你們寶善堂打聽過了，說是一個姓胡的大夫看這種病是最好的，可惜他那邊病人太多，說是要等好幾日之後才能有空上門，不然就得讓我們自己去店裡頭瞧病……」

婦科病說起來還是難以讓人啟齒的，所以胡大夫出診很忙，但是真正敢去他那邊瞧不孕的人反倒比以前沒開專科門診的時候少了。以前進門看病，反正大家也猜不出是瞧什麼病，可如今牌子掛了出來，進這門就是看這病，這可要了不少愛面子人的命，也就是外地來看病的人不擔心這個事情，反正沒人認識。

不過作為親戚，這些優先權還是有的。劉七巧想了想，便開口道：「店裡頭的事情我不大清楚，不過今兒我回去就跟大郎說這個事情，看看明後天能不能請胡大夫到府上去瞧一瞧。」

寧夫人聞言，臉上又是一笑，這回倒是有了幾分不好意思。「我原也不想麻煩你們，不過媳婦的身子也不能耽誤。」

當然劉七巧還知道，抱孫子自然是更不能耽誤的，誰家都一樣……

送走寧夫人，她瞧著天色還早，想起自從胡大夫開了不孕專科門診，她還沒去瞧過呢，便打算過去瞧一瞧。繞一趟不過也就是小半個時辰的事，何況這樣的事情由自己親自去說也好，至少這麼點面子胡大夫還是能給自己的吧？

按杜大老爺原本的計劃，是另外找一個地方給胡大夫開專症門診，可後來又怕老客人不識地方，所以沒換，還是在長樂巷上，把以前的寶善堂稍微改了改，裡頭由胡大夫帶著他兩個徒弟坐堂。其他的大夫則一起遷到了長樂巷上另外一家寶善堂，那家店也就是以前開在長樂巷街尾的安濟堂。

這時候差不多未時，劉七巧去的時候，店堂裡抓藥的客人倒是沒幾個，掌櫃的瞧見大少奶奶來了，急忙就迎了上來，道：「大少奶奶怎麼來了？快裡頭坐。」

劉七巧往店堂後面的簾子裡頭瞧了一眼，廊下的長凳上還坐著幾個病人。這時候，隔壁的小房間裡忽然傳來女子的慘叫聲，掌櫃的急忙道：「今兒來了幾個這條街上的姑娘，說是要打胎的，賀嬤嬤正在裡頭招呼呢，才走了兩個，這是第三個呢。」

趙掌櫃蹙著眉頭，邊說邊讓小二去給劉七巧倒茶。紫蘇忙上前道：「掌櫃的忙你的，我來服侍大少奶奶就好。」

趙掌櫃點頭哈腰地去櫃檯裡頭招呼客人，劉七巧這會兒倒是不渴，也不想喝茶，就帶著紫蘇往隔壁小房間走去。

這小房間和藥鋪正堂後面大夫看診的地方相連，方才那一聲尖叫引得幾個病人都不時扭頭往小房間裡頭看，臉上多多少少有著幾分驚懼。紫蘇挽起珠簾讓劉七巧進去，瞧見那小房間外頭的簾子是掛著的，才開口往裡面道：「賀嬤嬤，大少奶奶來了。」

賀嬤嬤正在裡頭忙著，聞言便讓一個學徒的人上來挽了簾子請她們進去。只見特製的床上還躺著一個年輕姑娘，弱不勝衣的模樣，臉上戴著面紗，一雙眼珠子生得很是好看。見有人從外頭進來，不免又羞怯了幾分。

賀嬤嬤洗完手，急忙上前請劉七巧坐，又問：「大少奶奶今兒怎麼過來了？也不先說一聲，我也好整理整理，這邊亂糟糟的。」

劉七巧環視了一周，笑道：「亂些也正常，我也是順路到這邊瞧一瞧，看著胡大夫那裡面人多，所以還沒進去呢。重新開張以來，這生意如何？」

賀嬤嬤聞言，畢恭畢敬地笑著道：「胡大夫的生意可好，忙得腳不著地的，也就今兒下午才算是坐下來看診了。如今我們也學聰明了，省得讓病人白走一趟，訂下了雙日單日的規矩。雙日胡大夫出門看診、單日下午就在這邊坐診。」

劉七巧心裡過了過，怪不得這會兒外頭還有人排隊，原來胡大夫在這邊的時間當真不多。看來這京城的高門大戶，有婦科病的還真不算少數呢。當然這些人請胡大夫自然也是偷偷請的，大多數人都是病好了才會跟人透露一下是請的哪家大夫。

劉七巧既然為了寧夫人的事情而來，自然是要進去見胡大夫一面的。胡大夫的診室重新裝修了一下，兩個徒弟在外面，胡大夫在裡面，中間隔著一道簾子。外面的徒弟先請了病人進去問清楚病情，再帶著病人進去，跟胡大夫仔細說上一遍，然後把病人留下給胡大夫看診。當然在這之前，徒弟也是要把脈把自己看出來的病情寫在紙上，一起遞交上去的。

兩個徒弟不認識劉七巧，見有陌生的女子闖進來，其中一個急忙道：「妳快出去在外頭排隊，一個個地進來。」

另外一個徒弟卻是個有眼力的，見劉七巧穿著富貴、容貌不俗，又瞧著她有了幾個月的身孕，便覺得她不是來看診的。

「這位夫人到訪，不知有何事？」另外一個徒弟迎了上來道。

紫蘇聞言，便知道他們不認識劉七巧，上前道：「大少奶奶是來找胡大夫的，麻煩兩位大夫通報一聲。」

方才那個喊著排隊的徒弟還沒反應過來，有眼力的徒弟已經驚訝地張大了嘴，急忙轉身對著簾子裡的胡大夫道：「師傅，大少奶奶來找您了。」

胡大夫正在裡頭給病人看診，聞言也急忙鬆開了脈搏，起身挽了簾子出來，見果真是劉七巧到訪，笑著道：「大少奶奶到訪，蓬蓽生輝了。」

劉七巧見胡大夫依然還是那副健康豁達的表情，且也許是在醫術上有所精進，神色都變得自信了起來，便笑著道：「胡大夫忙你的，看完這個病人還請分我一盞茶的時間，我有事相求。」

胡大夫忙道：「不敢當不敢當，那就請大少奶奶到隔壁東家的會客廳裡頭等一等了。」說是會客廳，不過就是一間小書房，裡頭擺放著茶几靠背椅，靠牆是三格書架，後面放著醫案，前頭有個書案，上面東西倒也整理得乾淨。寶善堂如今算上新開張的長樂巷那一家，已經有了六間店鋪，杜大老爺平常一天能走上一圈也是不容易，因此並不常來，若是來了，查帳、檢查醫案等等少不得也要半天時間，所以每家店裡都有那麼一個地方，讓杜大老爺處理這些瑣事。

有時杜二老爺也會在休沐時，到各個店裡頭做一回大夫，所以也要有個地方。但一般來說，若遇上杜二老爺坐診，那可就是太陽打西邊出來了，真是有了運道了。

第一百六十章

劉七巧在這邊稍稍坐了一會兒，胡大夫便從外面進來，見了她急忙就上前拱手請安。劉七巧自然是不敢受的，急忙福身還禮。

如今胡大夫名噪一時，像他這樣若是要和杜家撕破臉出去單獨開醫館，那都是有可能的事情，如今他還在替杜家打工，就知道他也是一個念舊知足的人。

劉七巧還沒開口呢，胡大夫反而先說了起來。「我正有事情想讓東家跟大少奶奶說呢，前一陣子有兩個流產不盡、惡露不止的女病人，我瞧著和當時喝了安濟堂的藥到我們醫館來看病的那幾個姑娘差不多，怕還要借助少奶奶的先進工具給清理一下。」胡大夫皺了皺眉頭，繼續說道：「我略略算了下，若是加重藥效，或許也可以根治，但容易傷及根本，只怕以後生育都成問題，不如用少奶奶那辦法，先清理，後調理，應該好得還快一些。」

之前安濟堂的藥出事的時候，杜若曾請了劉七巧來長樂巷幫忙，這事情她還記得。後來因為王府的事情忙，她便再沒有來幫過忙，不想胡大夫還記得這件事情。

說起這個，劉七巧倒是有些不好意思了，她原先是想著從金陵回來，就給杜家的穩婆培訓一下，教一些基本功，可如今肚子裡這個偏巧就來了，倒是打亂了她不少計劃。

「胡大夫別著急，這事情其實不難，像賀嬤嬤、周嬤嬤這些有經驗的婆子，其實學幾下就會了。你這邊若是有病人，改日你約好了，只管去家裡頭喊我，叫上賀嬤嬤和周嬤嬤在一旁看著，看幾遍再上手試試，也就會了。」

胡大夫看著劉七巧如今這半大的肚子，表示這事情看來還得從長計議了。他臉上的笑就有些尷尬，劉七巧也知道他的想法，笑著問道：「胡大夫，自從寶善堂肯賣這落胎藥，在這間店裡頭打掉的孩子有多少個？」

胡大夫被劉七巧這麼一問，正色地點了點手指道：「這我還當真沒數過，一天少說也有一個人來，像今天人多，還有三個，加起來七七八八的也有百餘個人了。」

劉七巧便道：「這百餘人就算把孩子生下來，能有幾個是有能力把孩子養大的？雖然打胎這事情看著殘酷，表面上似乎是損了陰德，可再仔細想想，你幫了的那些人心裡頭可不這麼想呢！若是她們沒來找你，依舊是隨便拿著方子熬了喝下了事，只怕更是後患無窮呢！」

胡大夫不住點頭，略略嘆了一口氣。有時候他回家，說起這事情，他自己倒是沒什麼，可他老伴總是說他不積德。

劉七巧又道：「且不說這些，那些吃了你的藥，最後身子好了，又懷上孩子的，還不知道有多少個呢！就算開藥打胎是傷陰德的，你治好了人家的病，讓人家又生出了孩子來，可不是積德的？這兩廂抵充，你還是積德的。」

胡大夫被劉七巧這麼一說，頓時茅塞頓開，連晚上回去搪塞老伴的理由都有了，笑哈哈道：「還是大少奶奶說得通透，我這心裡頭一些心結，一下子就解開了。」

劉七巧聞言，笑著道：「那我今兒總算沒白來了，既然這樣，我這裡有件事情倒是要請胡大夫抽空去看看的。」

如今慕名而來找自己的人也不少，胡大夫聽劉七巧這麼說，就知道是病人又上門了。「大少奶奶只管吩咐，我後天還有半日的空閒。」其實說是半日的空閒，不過也就一、兩個時辰。原本胡大夫是早上兩家，下午兩家，中間還能抽空休息一會兒，但是大少奶奶開口，少不得擠一擠，把中午休息的時間擠去一點，也可以多跑一戶人家了。

「是太太的娘家，寧大人家的媳婦，他們家也來這邊遞過帖子請你，可是聽說還要等上十天半個月的，正巧被我知道了，我想著畢竟是自家親戚，怎麼好意思讓人等那麼久？就厚著臉皮來請你開這個後門了。」

「不敢當、不敢當，老夫倒是沒在意了，一般看病的帖子都是兩個徒弟收的，東家有規定，不能因為對方是權貴就不講規矩，不然都亂了套了，還容易得罪人，所以我這邊都是照著行程走的。既然是舅老爺家的病人，那就後天午時我過去瞧一瞧，大少奶奶您看如何？」

劉七巧聽胡大夫這麼說，也有些不好意思了。她倒是不知道自己的公公是這樣鐵面無私的人，所有權貴都按著請人的先後排序，這也就是寶善堂有後臺才敢做這樣的事情；不過這樣一來，確也少了很多不必要的麻煩。可她偷偷跑來讓胡大夫開後門，被杜大老爺知道了，會不會被教訓一頓呢？

劉七巧擰著眉頭想了想，答應了人家的事情自然是不能反悔的，看來這一次，少不得要在杜大老爺跟前認個錯了。

長樂巷這邊的事情辦好了，她才又回了訪古齋，那邊掌櫃的說杜芸還在二樓挑書，劉七巧也不催他，進去稍稍坐了一會兒。

杜芸果然是鑽到了書堆裡頭就拔不出來了，劉七巧在訪古齋裡頭等他小半個時辰，紫蘇瞧著外面的天色，太陽都已經快下山了，對劉七巧道：「大少奶奶，不然奴婢去喊一聲堂少爺，他這怕是看書看過頭了，把時辰都給忘了吧。」

劉七巧擺了擺手道：「妳不懂，看書就是這樣的，我等一會兒不打緊，讓他盡興了才好。」

果然沒過多久，外頭掌櫃的就派了人來請劉七巧。「外頭少爺已經選好了書，這會兒正在打包呢，聽說裡面是姑娘們看書的地方，不敢親自來，便讓奴才來請夫人。」

紫蘇上前扶著劉七巧起來，兩人到了門口，瞧見掌櫃的正在用紙頭把杜芸選出的書包起來，一邊整理一邊道：「這位公子一看就是愛書之人，我這店裡好幾本孤本都給你選去了。」

杜芸謙虛笑了笑，又說了幾本書名，對那掌櫃道：「要是這幾本有了，掌櫃的可要通知我。」

掌櫃的便問道：「這好說，可是去哪兒通知公子呢？」

劉七巧便笑著道：「掌櫃的往前走幾步和寶善堂的夥計說一聲，就說是少東家想要的書就好了。」

杜芸聞言，也不好意思了，急忙道：「那又要麻煩嫂子了，嫂子這書錢我自己付吧，我來時帶足了銀子的。」

劉七巧將他攔了下來，囑咐紫蘇前去結帳，拉著他到一旁道：「跟我客氣什麼？再說這是老太太的意思，老太太的心意，你忍心拒絕嗎？」

杜芸自然也不好意思推拒，便應了下來。

過了幾日，寧夫人派人遞了消息過來，說是很看重杜芸的品貌，但還是想等他明年中了舉人之後再定下這事情。杜大太太這會兒倒是著急了，像杜芸這樣好的人品，若是等中了舉人，也不知道多少人家的姑娘排隊等著，萬一要是他家裡幫他給定了人家，真是過了這村沒這店了。

不過寧夫人考慮得也不是沒有道理，她終究不捨得把女兒嫁得太遠，若是杜芸中了舉人，少不得還得在京城繼續考進士，等考上了進士，再考一個庶起士，倒是又要在京城留個幾年，以後就算是去了外地做官，總還有回京的一天。可若是杜芸沒中舉人，要麼就是在京城繼續求學、要麼就要回金陵老家。在京城繼續唸書，三年後年紀也大了，男孩子不怕，可女孩子是等不起的，自然是要在這三年裡頭就辦了婚事的，但那時候要是還沒中舉人，後面的路就難走了，寧夫人也實在不捨得自己閨女嫁一個前途未卜的人。

杜大太太嘆了一口氣道：「妳舅母就是這樣，想事情想那麼深入，其實依我看，只要人品好，便是沒考中舉人，難道以後芸哥兒就沒出息了嗎？」

劉七巧倒是理解寧夫人的想法的，勸慰道：「舅母想得也未曾不是道理，舅舅如今在朝為官，又只有一個閨女，舅母沒想著把表妹高嫁了給舅舅鋪個路子，這已經很好了，官宦人家，有幾家的閨女是會往平頭百姓家嫁的？」

杜大太太想了想，可不就是這個道理？她這輩子沒生個閨女出來，所以看重杜芸的好，可若自己也有一個閨女，按著劉七巧說的，倒也是這麼一回事。當年寧老太爺之所以肯把杜大太太嫁到杜家，第一是杜家家資殷實；第二還是因為杜家是御醫之家，雖然不是權臣，至少在皇帝和太后面前也算能說上幾句話；第三才是杜大老爺的人品相貌。

所以給閨女選婚事的時候，往往家世、背景比真正閨女要嫁的那個人更加重要。大多數能讓女方家裡屏棄家世背景、最後選為夫婿的人，個人條件肯定是非常出眾的。

日子過得飛快，一晃眼便到了恭王世子娶續弦的日子。王妃給周珅定下的人家是誠國公府的五姑娘，雖然是個庶出，卻從小一直養在了誠國公老太君的身邊，很是受寵，兩家又是世交，所以就定了這門親事。

劉七巧算是從恭王府出來的人，自然是要早一些過去的，況且聽說那誠國公府和恭王府距離不遠，只怕接新娘的轎子不會太晚到，劉七巧他們必須在新娘子進門之前就到王府候著。劉七巧也挺想李氏的，今天這個日子，王妃肯定是忙得腳不著地，她也不想去攪擾她。

眾人用過了午膳，便由杜若陪著劉七巧、杜老太太一起往恭王府去。杜大太太因為榮哥兒太小，她又要奶孩子，並沒過去。至於杜二太太，自從齊家出事之後，她就再沒敢出門應酬過，今兒又是王府的好日子，指不定會來多少以前的老姊妹，她更沒那個臉面出去；倒是趙氏沒有推託，跟著劉七巧她們一起去了。

劉七巧才到王府門口，就瞧見青梅已經在門口候著了，見了杜家的車馬，讓小廝引到了門口。劉七巧下了車，見到青梅忙開口道：「青梅姊姊，妳怎麼不在太太跟前服侍著呢？這會兒太太還不知道多忙呢！」

前一陣子王妃開恩，已經把青梅的婚事辦了，如今青梅已是一副小媳婦的打扮，見了劉七巧便道：「太太讓我過來迎妳的，今兒人多，她怕顧不過來，就讓我來了。如今我也不在太太跟前貼身服侍了，倒是做這些跑腿的活還快些。」

劉七巧忙道：「原本我是打算直接往薔薇閣那邊去的，後來想一想，既是回王府，自然還是要走王府的正門。」

「妳這麼想就對了，妳原本就是從王府正門嫁出去的，自然也要從這邊回來。不說了，跟我進去吧。」青梅說著，領著劉七巧一行人先進了王府，杜若是外男，不好直接去後院，就跟劉七巧她們分開了。

眾人一行來到了玉荷院，裡頭早已經來了不少客人，王府的大姑奶奶周芸回來了，倒是周蕙和周菁都已快到了臨產的日子，並沒回來。周芸見劉七巧進來，迎了上來道：「方才太太讓我出去迎客，我還說這人還沒來齊呢，就我們兩個怕招呼不周，所以才在這邊等著妳，就知道妳會提早過來的。」

她又向杜老太太行過了禮，笑著道：「老太太去壽康居裡頭瞧瞧老祖宗吧，還有其他幾家的老封君也都在，就等著杜老太太呢！」

劉七巧聞言，轉身對跟著來的綠柳道：「這會兒人多，也不要去麻煩府裡的丫頭了，妳對王府比較熟，帶著老太太過去吧。」

綠柳笑著道：「大少奶奶放心，保證跟好了老太太，大少奶奶儘管忙您的去。」

杜老太太笑道：「我就不去了，這會兒老王妃那邊人多，只怕也顧不到我來，不如尋一個安靜的地方坐一坐，等下午客少一些了，再過去不遲。」

劉七巧想了想道：「老太太若是不嫌棄，就到我娘住的薔薇閣去坐坐吧，那邊偏僻，人一向不多，一會兒用午膳的時候我再請丫鬟去喊您。」

杜老太太雖說和劉家結了親，不過還真沒往薔薇閣去過，聽她這麼說，點頭道：「這樣也好，我過去坐坐，七巧妳也別太忙了，有了身孕小心些。」

杜老太太瞧了一眼趙氏。「蘅哥兒媳婦，妳也不必跟著我了，自己出去玩吧。」

趙氏方才進來的時候，瞧見不少客人在花園裡頭各自三五成群地坐著，其中還有幾個是以前閨中的姊妹，如今各自成家，能聚在一起說話的機會本來就少了很多，趙氏更是因為帶孩子和管家務，忙得連出門的機會也少，這種偶爾參加聚會的日子，少不得是要和她們聊幾句的。可此時要是笑嘻嘻地就走了，倒顯得自己沒禮數了。

「不用了，我陪著老太太，一起去大嫂子家坐坐。」

杜老太太如何不知道趙氏心裡的想法，見她這麼說，揮揮手道：「我們老婆子一起說話，妳一個年輕媳婦在一旁也不方便，我讓妳出去玩，妳就出去玩吧，跟我沒什麼好客氣的。」

趙氏見杜老太太這麼說，再推拒就顯得自己拿喬了，況且她自己也正好有這個心思，便帶著丫鬟們先走了。

老太太在薔薇閣坐了半日，和李氏說了半晌的話，直到外頭開席了，這才回了王府內院。

第一百六十一章

眾人用過午膳又聊了一會兒，天色就晚了，杜老太太那邊請丫鬟來喊劉七巧道：「老太太說了，恐晚上天黑路不好走，所以讓我先來問過少奶奶，不然我們趁著天亮先走了，留下一輛車等著大少爺他們就好了。」

劉七巧心裡也是這個意思，古代又沒有路燈，到了晚上要是沒月亮，那就是黑燈瞎火，不光馬車走不快，還容易出事。

王妃見劉七巧大著肚子，自然也不敢強留她，笑道：「既然這樣，那妳就跟老太太先回去吧，今兒我太忙了，改日妳再過來，正巧也請了妳母親一起過來，我們再好好說話。」

王妃說著便要起身相送，劉七巧忙攔住了道：「太太快別送了，在這兒坐坐吧，您都跑了一天了，雖說今兒是世子爺的好日子，可若是累壞了太太的身子那就不好了。」

王妃才又坐了下來。自從她前年受了重創之後，後來雖然各種調理，終究不再是年輕人的身子，恢復得也慢，如今剛剛才覺得好一些，自己也不敢大意，對站在一旁的青梅道：「妳去替我送送七巧。」

劉七巧和杜老太太上了馬車，杜老太太才開口道：「七巧，妳以前是王府的義女，如今是寶善堂的大少奶奶，雖說妳爹還是王府的奴才，可京城裡頭，做奴才的在外頭自己置宅子的事情那可多了去了。依我看，你們還是搬出來住，以後親戚間往來也方便些。」

杜老太太是聰明人，雖然劉七巧的王府義女身分給她添光了不少，可她終究姓劉，杜家真正的姻親還是劉家。雖然劉七巧根基淺，又是窮苦的鄉下人，可她如今已經認了劉七巧，自然不會不認劉家。

「老太太放心，這事情我會跟我爹說的，老太太的好意，七巧如何不知道？住在王府終究是客，劉家在京城總也要有一個長久的落腳之處。」

「妳懂這個道理那就好了，說句誅心的話，我當初答應妳進門，可不是看重王府那一門親戚。我們杜家雖說不上什麼有權有勢，可當太醫也有些年分了，從來就不是靠關係來的。我聽說妳弟弟如今要考童生，這倒是一件好事，將來妳弟弟要是有出息了，你們劉家也算是在京城站穩腳跟了。」杜老太太何等精明，這個道理更是一想就通了。

「老太太說得是，我爹也是這個意思，如今就盼著我弟弟出息了，能讓家裡好起來了。」

杜老太太一個勁兒地點頭道：「這是好事啊好事，我家大郎就是一塊讀書的料子，可是為了接寶善堂的招牌，愣是沒再往下唸了，不然的話，杜家總也能出個進士的。」

劉七巧聞言，笑著道：「怪不得老太太對芸哥兒這麼在意，原來是因為這個呢！」

杜老太太見劉七巧都猜到了這層意思，搖頭道：「妳這丫頭，這都被妳看出來了？」

兩人回到杜家已是掌燈時分，杜大太太早已經吩咐廚房備了晚膳。杜老太太也沒留劉七巧下來，命人請了三位姑娘到福壽堂陪她吃晚飯。

劉七巧還是按照老習慣，去了如意居和杜大太太一起用晚膳，又把杜老太太要劉家搬家的事情也說了出來。杜大太太聽完，略略點頭道：「這個事情，我和老爺還有大郎私下裡也不是沒商量過，不過很多事情不能做在明面上，一來，是怕老太太覺得我們太抬舉妳家這門親戚。二來，也怕二房那邊心裡頭不舒坦。」

杜大太太給劉七巧添了一筷子菜，繼續道：「不過如今想想，倒也是時候了。齊家出了那麼大的事情，杜家明裡暗裡借了多少錢給他們，我心裡有數，那可不是一座宅子就可以還得清的，眼下既然是老太太親自開口，我倒覺得是件好事，不過今兒妳爹和大郎都在王府應酬，這事情得過幾日才能商量了。」

劉七巧哪裡知道這事情杜大太太他們私下還是商量過的，覺得一陣感動，也畢恭畢敬地給杜大太太添了幾筷子她素來愛吃的菜，又道：「娘這麼說，我越發過意不去了，這搬家也不是小事，倒是不必急於一時。」

杜大太太點點頭道：「是啊，眼下的事情還是要以身子為重，如今妳月分也大了，以後的應酬只怕要少去了。」

且說恭王府裡頭，這會兒正是張燈結綵、紅燈搖曳的大好光景。周珅一路敬酒前來，眼看著便到了杜若那一桌跟前。和杜若坐同桌的是安靖侯家的世子爺和二少爺，和杜若都是好交情，還有一位是被安靖侯世子爺硬從外頭散客的宴席上拉進來的王老四。

說起來王老四也能算得上是一個奇才了，原本空有一身蠻力，沒想到在軍隊裡頭操練了幾天，也能練出一把好手。但王老四在軍隊裡最廣為人知的還不是他的力氣和身手，而是他那一次能喝下一整罈酒的酒量。

安靖侯世子爺長得並不孔武有力，一看就是一個儒將，對王老四卻也是佩服得很，坐在這樣一桌上，杜若就只有倒酒的分了。

「倒酒倒酒……」

王老四灌下一碗酒，大大咧咧地招呼人倒酒，杜若因為不能喝酒，所以自願擔當起了這個任務。安之遠見了，哈哈大笑道：「老四，你喝糊塗了，你喊誰倒酒呢？他可是你未來的大舅子，你喊他倒酒？」

王老四是個粗人，哪裡能想到這些，被安之遠一提醒也想明白了，見杜若起身倒酒，急忙就站起來搶過了酒罈道：「對對，大舅子，我怎麼能讓你倒酒呢！來我來給你倒酒，滿上滿上。」

杜若看著手裡的酒罈被搶走了，王老四給他倒了一碗酒，端起酒碗道：「大舅子，來，我王老四敬你一杯。」

杜若連忙擺手道：「老四，本來你敬我，我是不能不喝的，可是七巧囑咐過了，不讓我喝酒。」

「七巧不讓喝啊？那行，你別喝了，這杯我替你喝了。」王老四不愧是爽氣人，仰頭就喝了兩碗酒下去了，一旁的安之遠對王老四也是又敬又佩，起身又為他滿上了一杯，正要敬他的時候，周珅也走了過來。

桌上幾個人的酒碗裡頭都裝著酒，只有杜若的碗裡頭是空著的。周珅習武多年，膚色早已是小麥色，但還是能看出來他雙眼已經泛起了血絲，看來這一路過來，已喝了不少酒了。

「今天是本人的大喜之日，怎麼杜太醫不肯賞臉喝一杯喜酒嗎？」周珅看著杜若，勾唇一笑，招了招手，身後的小廝就上前，把他手裡的小酒杯換成了一個大碗公。

杜若站起來，朝著周珅拱了拱手道：「在下不勝酒力，不過既然世子爺前來，一杯酒，自然是會喝的，不然怎麼叫喝喜酒呢？」

周珅聞言，哈哈笑了起來。「杜太醫說得好，喜酒喜酒，就是要喝的，那杜太醫就陪我喝一杯吧。」話音剛落，方才的小廝又拿了一個碗出來，放在杜若的面前，端起酒罈，將那大大碗公給滿滿地斟上了。

周珅笑著道：「既然只有一杯，那自然要用大碗喝才暢快，杜太醫請吧！」

杜若並不是傻子，那時候他常來王府，關於周珅和劉七巧那些閒言碎語，入耳的也不少。只是想不到時至今日，周珅居然還記得那些事情。不過對於杜若來說，劉七巧最終成了他的妻子，在周珅的面前，他就是個勝者！

杜若端起那碗酒，臉上帶著微微的笑意，就算是為了劉七巧，他也要笑著把這碗酒喝下去。

「等一下！」

杜若正想喝酒，卻被王老四攔住了道：「世子爺，杜太醫身子不好，這一碗酒我替他喝了吧，您看行不？」

王老四從來不知道周珅和杜太醫之間的恩怨，還以為這就是普通的敬酒喝酒。可他想起劉七巧對杜若的交代，少不得又擔心起來了。杜太醫的身子不好，這一碗酒下去萬一被撂倒了，那可不是鬧著玩的。

周珅笑了笑，扭頭看杜若，冷冷道：「喔，是這樣嗎？既然杜太醫身子不好，那這碗酒不喝也無妨。」

杜若平素不是一個愛逞英雄的人，可男人到了這種關頭，也總會有幾分血性。

「不用了，一碗酒而已，既然是喜酒，自然是要喝的。」杜若淡淡一笑，略略皺眉，將那一碗酒緩緩喝下。烈酒入腹，還帶著一股火燒火燎的感覺。他放下碗公，抬起頭看著周珅道：「世子爺，喜酒喝過了，杜某和七巧一起，祝你和尊夫人舉案齊眉、白頭偕老。」

安之遠看著杜若將那一碗酒乾了下去，開口道：「杜大郎，你不要命了，忘了以前那一碗酒造成的血案了？」

安之遠作為杜若從前喝酒吐血的目擊者，看見這一幕簡直是驚訝得無與倫比。

杜若這會兒有了一些醉意，笑著擺了擺手道：「早好了，自從娶了媳婦，什麼病都好了。」

周珅聞言，也跟著淡淡一笑，扭頭又向其他幾位敬過了酒，這才離開了這一桌。杜若這會兒覺得胃裡燒得厲害，他原本就沒預備喝酒，身上便沒帶著藥。眼見著周珅走遠了，杜若這才急急忙忙起身告辭了。

才走到車上，他就覺得眼睛都已經看不清路了，趴在車外頭一個勁兒地吐。春生見了這光景，著急道：「大少爺這是怎麼了，好端端的喝什麼酒呢？小心大少奶奶回去說您！」

杜若給自己灌了幾顆藥丸，緩過勁來道：「回去要是敢跟大少奶奶說這事情，小心我抽你！」

杜若向來溫文爾雅，從來不會說這樣沒頭腦的話，春生一拍腦門，笑道：「這下可好了，真的喝多了。」他見王府裡還沒散客，就跟其他人打了個招呼，先趕著車子往薔薇閣那邊去了。

「李大娘，快開門，大少爺喝醉了！」酒勁上來快得很，春生才到薔薇閣門口，杜若都已經醉得不省人事了。

李氏這會兒正在家裡納鞋底，一聽這聲音耳熟，急忙就喊了婆子去開門，那婆子是認識春生的，見杜若醉得厲害，兩人便一起扶著杜若進來，對著裡頭道：「夫人，是姑爺喝醉酒了，這會兒正暈著呢！」

李氏聞言，急忙就放下了鞋底，匆匆跑了出去，只見果然是杜若喝醉了，連忙讓人扶到了房裡躺下。

劉八順這會兒正練字呢，聽見外面的動靜也跑出來，李氏便喊了劉八順道：「八順，你快去王府裡頭把你爹找回來。」

劉八順正要走，李氏又喊住了春生道：「春生，親家老爺是不是也在？大郎這身子不能喝酒，喝成這樣子萬一有什麼好歹可了不得，你跟著八順一起去，把親家老爺請來給大郎把把脈吧！」

李氏吩咐完眾人，命小丫鬟打了一盆溫水為杜若擦臉。杜若這會兒人昏昏沈沈，可胃裡還是燒的，一陣陣痙攣，李氏才擦兩下，就忍不住翻身要吐，李氏急忙送了痰盂上去，杜若對著痰盂吐了半天，鬆了一口氣，把自己摔在床上，就再沒動靜了。

李氏大驚，急忙搖著杜若的身子喊了兩聲，可杜若愣是半點動靜也沒有，李氏當場就急得落下了眼淚。過了不一會兒，果然見劉八順和春生帶著杜家兩位老爺和劉老二一起過來了。

李氏見了杜大老爺，揪著帕子大喊。「親家老爺快進去看看，大郎也不知怎麼了，喝成這樣，這會兒都沒動靜了！」

杜二老爺聞言，急忙甩袍往裡頭去，才走進房裡，就聞到杜若吐出來的東西裡面除了濃烈的酒味還有淡淡的血腥氣。杜二老爺氣得三步併兩步走上前，搭上杜若的脈搏測了起來，搖頭道：「大郎這是不要命了？喝這麼多酒！」

春生一直在外頭候著，並不知道事情的始末，小聲道：「回兩位老爺，奴才沒瞧見大少爺喝酒，是大少爺出來說自己喝多了，才沒說兩句清醒話，就倒下了。」

杜二老爺鬆開了杜若的手腕，問春生道：「大郎的藥帶著了嗎？」

「帶了，方才已經吃下去幾顆了，這會兒又吐了，是不是還得再餵幾顆？」

杜大老爺看看天色，搖頭道：「老二，你開一副醒酒藥、一副大郎常吃的藥，我讓春生去鴻運路分號抓藥去，這裡離鴻運路還近一些。」杜大老爺說完，又回頭看著李氏道：「親家母，麻煩妳照顧一下大郎，他現在這模樣可沒法走，今晚少不得要在妳這邊叨擾一夜了。」

李氏聽說過杜若身子不好，這還是第一回看見杜若犯病，不過李氏想起那一碗硬米飯的故事，忍不住就心疼起來了。這好好的小夥子，怎麼就偏生胃不好呢？

談話間，杜二老爺已經開好了藥方。劉老二也沒見過杜若發病，看他這架勢挺嚇人的，忍不住問道：「杜太醫，大郎這沒事吧？你看那臉上一點血色也沒有。」

杜二老爺安撫道：「喔，沒事沒事，沒什麼大礙。從現在的情況看來，大郎之前已經吐掉了一點酒了，這會兒是稍稍勾起了他的舊疾，養幾天應該沒什麼大礙。就是這酒，只怕他真的不能再沾了，都是他年輕不懂事，以為這麼長時間不犯病，病就好了，其實這種病就算是養上個三年五載的，也未必就能全好了。」

杜大老爺方才是著急，這會兒杜二老爺既然說了無礙，他的一股怒氣就衝了上來，指著昏睡不醒的杜若罵道：「不懂事的傢伙，如今七巧正大著肚子呢，弄出這種事來，你這是讓誰擔心呢！」

杜若原本睡得沈，聽見七巧兩個字，忽然就在床上掙了掙，口齒不清道：「七巧，我……我媳婦。」

眾人原本都情緒緊張，聽杜若吐出這麼一句話，不由都笑了起來。杜大老爺一腔的怒火也沒處發，數落道：「知道自己是有媳婦的人還喝成這樣，唉！」

第一百六十二章

杜大老爺和杜二老爺又在劉家坐了片刻，見杜若已經無礙了，兩人這才離開劉家，囑咐了春生留在那兒服侍杜若。

兩人在路上又和下人對好了口供，一致說是劉老二喝醉酒了，杜若留在了劉家服侍。奴才們也知道杜若這回要是讓杜老太太知道了，少不得鬧得半夜不得安生，眾人都很老實地點頭聽話。

劉七巧一早就和杜大太太用過了晚膳，也吩咐廚房煮了醒酒湯，雖然她知道杜若不會喝什麼酒，可今兒畢竟是大喜的日子，少少喝一些應景那也是有的。

杜大太太看看時辰，都已經過了戌時二刻，往常出去應酬，這個時辰也該回來了，況且杜家和恭王府離得也不算太遠，馬車過去不過就是兩炷香的時間，杜大太太就有些著急了。

劉七巧今兒沒歇午覺，這會兒難免睏勁上來，呵欠就忍不住了，杜大太太見了，急忙開口道：「連翹，時辰不早了，妳先扶著少奶奶回去休息吧。」

劉七巧稍稍醒過神，揮揮手道：「不打緊，看樣子也快回來了，再等等好了。」

杜大太太見她執意堅持，便讓丫鬟去二門遣了小廝到大門口等著，要人回來了就立馬回來稟報，也省得她們在家裡好等。

「可能今兒高興，妳爹他們多喝了幾杯，當年世子爺娶宣武侯家大小姐的時候，杜家可沒和王府攀上親戚呢，這次也算是頭一回，自然高興一點。」

劉七巧聽著也有道理，杜家和王府這門親戚，還是靠著自己的關係攀上的，雖說杜家和杜老太太說的一樣，並非需要攀附什麼權貴人家，可如今恭王府如日中天，想攀附的人家那可是排著隊的。就說這誠國公府吧，這回也是卯足了勁兒，總算將一個庶女嫁入了王府。

「嗯，那就再等等吧。有大郎陪著，娘儘管放心，大郎我是交代過的，絕對不可以多喝酒，就算是喜酒，也只准喝一杯。」杜若那副腸胃，養了這麼長時間才算有些起色，剛剛長出幾兩肉來，可禁不起折騰。

杜大太太點點頭道：「是啊，老爺和二老爺難免要貪杯的，有大郎在一旁看著也好。」兩人才說著，外頭小丫鬟已經進來回稟道：「回太太、少奶奶，老爺的車回來了。」

劉七巧熬了好一會兒，這會兒聽說人都回來了，又忍不住打了一個呵欠，對連翹道：「我們出去，到門口迎一下大少爺吧。」

連翹上前扶著劉七巧，兩人正要出門，杜大太太上前囑咐道：「迎到了就早些回去休息，明日再到我這邊來也是一樣的，外頭天冷，不要在風口上站太久。」

劉七巧點點頭，跟著連翹出了如意居，兩人在從前院到花園的必經之路等著杜大老爺一行。

杜大老爺和杜二老爺才進門，就瞧見劉七巧在那兒站著。

杜大老爺微微嘆了一口氣，給杜二老爺使了一個眼色，杜二老爺頓時就會意了，見了劉七巧笑著道：「七巧是來接大郎的吧？今兒可不巧了，大郎沒跟著我們一起回來。」

劉七巧方才看見杜大老爺和杜二老爺兩人進來，本就已經覺得奇怪了，如今見杜二老爺這麼說，正要開口發問，那邊杜二老爺繼續道：「妳爹今兒喝多了，妳娘不放心，大郎就留在妳家看著呢！」

「我爹喝多了？」劉七巧心裡越發狐疑，她自從穿越回來，還不知道她爹喝多了是個什麼樣子呢？何況這主人家辦喜事，他一個下人喝多了，這也不合規矩啊？可杜二老爺都這麼說了，劉七巧也不好反駁，略略皺眉道：「原來是這樣啊，我爹不常喝多酒，這回看來是真高興了。」

杜大老爺見劉七巧這麼說，笑道：「不礙事，年紀大了，難免就會喝多了，我已經囑咐大郎煮了醒酒湯，保證明兒就神清氣爽的，七巧妳不用擔心，早點回去歇著吧，外面冷。」

劉七巧應了一聲，福了福身子，送兩位老爺離開，轉頭對連翹道：「回去吧，看樣子春生肯定也沒跟著回來，明兒一早讓紫蘇回家瞧瞧再說。」

兩人回了百草院，劉七巧越想越不對勁，且不說她爹不會在這樣的日子喝醉，就算喝醉了，家裡頭也不是沒人服侍，杜若從來都不是服侍人的人，李氏也不可能就讓他侍著……她越想越覺得擔心，該不會是劉老二忽然間得了什麼疾病吧？可這也說不過去，若真得了急病，杜大老爺和杜二老爺也沒必要瞞著，這也是瞞不過去的事情。

劉七巧想得頭疼，命綠柳打了水洗漱，一邊又吩咐紫蘇道：「明兒一大早妳就回我家去問問，看看到底出了什麼事，早去早回。」

紫蘇點了頭道：「大少奶奶就放心吧，就這一天的工夫，不會有事的，沒準就真是劉大伯喝醉酒了。」

劉七巧這會兒也是睏極了，呵欠連連地點頭睡了。

她心裡有事，睡得不大安穩，到後半夜才算是睡實沈了，等醒來的時候，都已經過了辰時了。

連翹見她醒了，打了水來服侍她洗臉，一邊道：「紫蘇一早就走了，這會兒應該到大少奶奶娘家了。大少奶奶昨晚睡得不大實沈，奴婢已經吩咐小丫鬟去福壽堂說了，今兒不去老太太那邊請安了。太太知道了，讓我們不要擾了奶奶睡覺，等醒了再來服侍。」

劉七巧在床上翻了一個身，如今肚子一天天大了起來，翻身不容易，晚上要睡得沈也不容易了。

「我睡飽了，起來吧，這會兒過去，正好能趕上太太那邊的早膳，也省得廚房的人跑兩趟了。」劉七巧從床上坐起來，那邊綠柳已經拿了衣服來給她披上。這會兒已經開春，房裡早已經卸了火爐，但春寒料峭的，早晚還是需要注意保暖。

劉七巧披著袍子下了床，綠柳服侍她穿好了衣服，連翹已經將熱汗巾遞了過來給她擦臉。劉七巧擦了一把臉，自己往淨房裡頭漱口去了。

杜大老爺昨晚回了如意居之後，口風一直很緊，也沒有向杜大太太吐露實情。杜大太太倒是沒什麼疑心，覺得老丈人喝醉酒，女婿服侍那也是很正常的事情，況且杜若向來就孝順，做這種事情也不意外。

不過杜大太太是個周全人，今兒一早便遣了人從庫裡頭拿了幾樣補品，往劉七巧家送去，正巧遇上要回劉七巧家的紫蘇，兩人就同行一起去了。

紫蘇到了門口，命小廝在門口等著，帶著婆子一起進了劉家。李氏這會兒正親自在廚房熬粥，外頭的婆子見紫蘇回來了，急忙進來回話道：「夫人，那跟在大姑奶奶身邊的紫蘇姑娘回來了，還帶著一個婆子呢，您是不是親自去看著？」

李氏聽說紫蘇回來了，知道這是劉七巧請她回來打探消息呢。「趙嬤嬤，給我看著點火候，熬好了在這邊熱著，仔細一會兒姑爺醒了要吃，我這就出去看看。」

紫蘇平常這時候回來，李氏多半都已經在前廳的廊下做針線了。錢喜兒要是聽見她的聲音，也一早就跑出來迎人了，可今兒院子裡居然空蕩蕩的，連個人影也沒有，紫蘇正納悶呢，春生從廚房隔壁的小飯廳裡頭出來，見了紫蘇便道：「妳怎麼來了？大少奶奶跟著一起來的？」

紫蘇見春生變了臉色，便知道出事了，拉著春生的手臂道：「出什麼事了？你這一驚一乍的，快給我老實交代！」

春生一臉為難，可想著這會兒杜若沒準還沒醒過來，若是劉七巧來了，那就抓了個現形了，開口道：「妳先告訴我，大少奶奶也跟著來了？」

紫蘇搖了搖頭，抱著東西一路往廳裡頭走，一路說：「大少奶奶沒來。聽說劉大伯昨晚喝醉酒了，大少奶奶讓我回來瞧瞧。」又指著一旁婆子抱著的東西，繼續道：「這是太太送的東西，我先招呼卞嬤嬤進去坐一會兒，你別走，跟著進來老實交代。」

三人一行進了大廳，李氏從廚房趕了過來，見了紫蘇便道：「妳怎麼回來了，七巧呢？」

「大少奶奶沒回來，囑咐我回來看看。」紫蘇忙引了卞嬤嬤過去道：「大娘，這是卞嬤嬤，太太讓她送些補品給大伯，跟我同路來的。」

李氏招呼兩人坐下，命小丫鬟送了茶上來。若是都是自己人，李氏也就把杜若喝醉酒的事情給說了，可眼下還有一個卞嬤嬤在，李氏倒也不好開口了，想了想道：「妳大伯他沒什麼事情，已經好了。」

紫蘇便問道：「那大少爺呢，怎麼沒見大少爺在？」

李氏擰著眉頭想了半天，才開口道：「那個……大郎他一早就去太醫院去了。」

「春生怎麼沒去？那大少爺怎麼去的呢？」紫蘇可聰明著，李氏這樣拙劣的謊言哪裡能騙得了她？

春生虎著臉道：「實話告訴妳吧，不是劉大伯喝醉酒，是大少爺昨兒喝多了，舊病復發了。老爺怕回去讓老太太擔心，所以就讓大少爺在這邊住了一宿，這會兒還沒睡醒呢。」

紫蘇一聽，頓時拉下了臉道：「你怎麼不看著點大少爺，大少奶奶不是說了不讓大少爺喝酒嗎？」

「大少爺喝酒的地方我一個奴才怎麼可能進去呢？妳來了正好，快去服侍少爺去，我下半宿都沒合眼。」春生打了一個呵欠，紫蘇見他果然眼圈黑乎乎的，氣得搖頭嘆氣。

杜若在王府參加婚宴之後生病的事情，最後連王府的人也沒能瞞得住。起因是老王妃的藥喝完之後，去太醫院請杜若來，被裡頭的人告知杜若正在家裡養病。

老王妃對杜若也很疼愛，如今又是半個孫女婿，自然要照看著點的，誰知道一打聽，才知道在周珅大婚當夜居然發生了這樣的事情。

偏生這幾日皇帝放了周珅十天的婚假，周珅並沒有去軍營，老王妃便喊了周珅過來，讓他一定要帶上禮物去杜家負荊請罪。

周珅何等精明，已經知道那天的事情了，只是對方不提，他又何必要去領這個罪名？如今既然是老王妃發話，他倒也答應上門去請罪了。

周珅去杜家的時候，劉七巧正和杜若在花園的小涼亭裡面喝茶對弈。說起來劉七巧小時候也算是興趣廣泛，學過一陣子圍棋，雖然算不得棋藝精湛，但是陪著杜若解悶的水準還是有的。

劉七巧也是頭一次知道，杜若的這一雙手不光會給人把脈，棋藝、琴藝幾乎是樣樣精通。杜若見她一臉讚嘆，笑著道：「琴棋書畫大多是用來修身養性，也可用來交際，年少的時候和學友們一起切磋技藝，那時候並不懂什麼仕途經濟，可若是連這都不會，會被人看不起的。其實我們家最擅長這些的不是我，而是二妹妹，蘇姨娘從小對二妹妹就格外嚴格，二妹妹是姊妹三人中四藝最出眾的。」

「那是自然的，不然怎麼當狀元夫人呢？其實我之前在梁府的時候還見過二妹妹作詩，可惜我是分不出好壞的，只聽有人讚她，想必是相當不錯的，可惜……」劉七巧想起杜家三位姑娘年內都要出嫁，心裡倒也有些捨不得。

杜若看出她的心思，笑道：「男大當婚，女大當嫁，這也是沒辦法的事情。」

兩人正閒聊著，綠柳神色匆匆地前來稟報道：「奶奶、大少爺，世子爺來了。」

劉七巧一時沒想到周珅會親自前來，隨口問道：「哪家的世子爺來了？」

綠柳急得擠眉弄眼的。「還有哪家的世子爺呢？就是……就是恭王府那位啊。」

「他來幹什麼？」劉七巧對周珅沒什麼好感，但說討厭也說不上，只是彼此之間沒有往來的必要，好好的了斷豈不是更好？

「世子爺說，他是來向大少爺請罪的。」

「就說我們不在家，請他回去吧，沒什麼罪好請的。如果他不答應，就問問他，他在戰場上殺了人，是不是說一句對不起就可以解決問題了？」劉七巧得知喜宴那天的事之後，對周珅針對杜若的事情耿耿於懷，一開口便沒什麼好口氣。

杜若聞言，笑道：「七巧，來者是客，總不能讓人吃閉門羹，這不是我們杜家的待客之道。」他想了想，對綠柳道：「把世子爺帶到外院的會客廳裡頭，我和大少奶奶一會兒就去。」

劉七巧想了想，直接把人趕走似乎確實不大好。周珅那些心思她心裡也明白，可如今各自成家，該忘記的總要忘記，杜若已經喝過他敬的酒了，若是再苦苦糾纏不清也說不過去。

綠柳點頭應了，往前頭去了，但還是對周珅有些害怕，只得遣了一個小丫鬟去門口迎了周珅進來，到會客廳裡上了茶招待。

第一百六十三章

周珅站在廳裡，打量了一眼四周的陳設。杜家不愧是百年望族，根基財力都很強盛，僅僅大廳裡的陳設也能看出一個家族的底蘊，想必劉七巧嫁入杜家確實是最好的選擇。她是一個聰明人，做這樣家族的正妻，遠遠比做他的側妃風光；而他作為恭王府的繼承人，卻是不可能讓劉七巧做正妃的。

周珅嘆了一口氣，心裡長久以來的鬱結似乎正在慢慢化開，轉身的時候，正好看見杜若和劉七巧兩人並肩從外面走進來，一個笑靨如花、一個溫文爾雅，所謂金童玉女大抵也不過如此。

杜若上前向周珅行禮，周珅拱手還禮，忽然覺得這次前來似乎還是太過多餘了，笑了笑道：「府上事務繁忙，既然杜太醫無大礙，那我就先告辭了。」

劉七巧心裡暗暗高興，嘴上卻道：「義兄既然來了，何不喝一杯茶再走呢？」她和周珅撇清關係的時候總喜歡喊他一聲義兄。周珅聞言，笑著道：「義妹這裡想喝茶難道還喝不著嗎？來日方長，茶以後再喝也無所謂，今日就先告辭了。」他招呼了隨從將帶來的禮物放下，走到門口，才回頭對兩人道：「義妹、義妹夫，留步。」

劉七巧略略往前兩步，嘴角掛著笑，點點頭道：「那義兄若是有空，以後儘管來府上喝茶。杜家雖然不如王府，可一杯好茶還是拿得出的。」

周珅略略一怔，自嘲一笑道：「可惜，妳不喜歡喝酒。」

劉七巧細品了一下他話中的意思，笑道：「烈酒甘醇，可於我卻不喜。喝茶才是養生之道，不如義兄以後也改喝茶吧。」

周珅想了想，點頭道：「嗯，喝茶。」

目送周珅離去，一直一言不發的杜若才抬起頭看著劉七巧，將她慢慢摟入懷中道：「你們一個喝酒、一個喝茶，此刻，我卻是要喝醋了。」

劉七巧聞言，噗哧一聲笑了出來。「喝醋好，喝醋養胃呢，相公。」

杜若不語，抬起頭看著周珅遠去的背影，伸手握住劉七巧的手，在掌心裡細細揉捏著，湊到七巧的耳邊道：「七巧，我杜若就是妳的那一杯清茶，盼妳能飲一輩子，莫嫌棄。」

劉七巧靠在杜若的胸口，覺得心跳猛然加快，臉頰一陣緋紅，側首看著杜若那一雙亮晶晶的眸子，閉上眼睛，吻上了杜若的唇瓣……

吹過了春風，天氣就越發地熱，劉七巧眼下快到了要生產的日子，家人對她也越發地關照了。自從滿了七個月，杜老太太就下了一道禁足令，不准劉七巧再出門。便是杜大太太，也吩咐下人把每日三餐直接送去百草院，連那幾步路也都不讓她走了，深怕有個什麼閃失。

不過劉七巧自然不能因此就放棄了運動，俗話說懷胎十月、一朝分娩，為了那一天的努力，做運動那是必不可少的，故而她每天都要繞著百草院走好幾圈的路。

杜家三姊妹也時常來看劉七巧，不是帶上這個，就是捎上那個，要不就是做的一些小衣服小鞋襪的，雖然在行家的眼中看上去並不怎麼樣，可在劉七巧看來，那都是做得頂好的，比她自己不知道要好了多少呢！

「嫂子，這是我做的交領小開衫，我原本是想用緞子布做的，可我娘說得用這種棉布做，先放在開水裡頭燙得軟軟的，曬乾了再裁剪了做衣服。妳瞧瞧，這面料的顏色都給燙掉了，都不好看了。」杜芊拿著一件小衣服遞給劉七巧看，劉七巧摸了摸手感，覺得果然不錯，還是花姨娘是過來人，懂得小孩子的穿衣要領。

紫蘇把杜芊帶來的小衣服都收進了箱子裡，笑道：「大少奶奶，光夏天的衣服都有一小箱了，看樣子得準備冬天的了。雖說這孩子是夏天生的，可冬天的衣服也得備著，不然到時候怕來不及做呢。」

「瞧妳說的，他的衣服做起來有什麼費事的？不過巴掌大，妳不用急著張羅，等生下來了再做也是一樣的，還不知道是男是女呢，夏天的衣服混著穿沒事，可到了冬天加上外衣的時候，總要分個男女了。」

紫蘇又瞧了一眼劉七巧的肚子，笑道：「大少奶奶這一胎肯定是個哥兒，這還用說嗎？看肚皮就能看出來了。」

劉七巧倒是挺疑惑的，這孩子若真的是個兒子，怎麼就一點不皮呢，反而乖巧得很，雖然眼看著快要生了，倒也沒怎麼折騰自己，若真的是個男孩，少不得是像杜若這樣文質彬彬的了。

劉七巧越想越覺得高興，不禁母愛氾濫地伸手摸了摸自己的肚皮。「乖孩子，告訴娘你是男是女，若是男的你就踢娘一腳；若不是——」

誰知她的話還沒說完，孩子就一腳蹬在劉七巧的肚皮上，疼得她唉喲一聲，臉都變色了。

眾人聽見聲音，連忙圍了上來問道：「大少奶奶怎麼了？該不會是要生了吧？」

劉七巧擺擺手，略略緩了一下，對著肚子道：「才說你不皮，你就給娘調皮上了，等你出來，看我不收拾你！」

「七巧這是要收拾誰呢？」杜若這時候正好回來，見她坐在那邊自言自語的，笑著上前問道。

「你說我要收拾誰？」劉七巧站起來看著杜若，上回舊病復發，杜若這會兒還是略顯清瘦。「我自然是要收拾孩子他爹了，你說對不對？」

杜若臉上浮起笑意，上前扶著她坐下道：「收拾孩子他爹，我舉雙手贊成；要是收拾寶貝兒，那我可是一萬個也不答應的。」

劉七巧噗哧笑了。「慈父多敗兒，你看著吧，少不得以後他騎到你頭上去。」

杜若依舊笑著，拍了拍她的手道：「我剛從妳家回來，八順的童生過了。」

「真的？八順真的考過了？」

上個月在劉七巧的堅持下，劉老二也答應搬出王府，住進了富康路上杜家的宅子。劉老爺子知道劉八順要考童生，怕妨礙了孫子唸書，一直都沒肯搬出來，直到劉八順考完試，劉老二才派人把劉老爺和沈阿婆兩人一起接了出來小住一段日子。

劉七巧因為大肚子，不宜搬遷，所以劉家搬家的事情，她從頭到尾沒操心，倒是王老四向軍營裡請了兩天的假，幫劉家搬好了。如今兩戶人家的大門不過才隔一百米的距離，可惜王老四常年在軍營裡頭，家裡也沒人，倒是劉老爺出來之後，聽說王老四要娶媳婦，讓他好好把家裡收拾一下，該粉刷的地方粉刷粉刷、該換新的就換，畢竟這些事情，總不能等著新媳婦進門了再辦。

王老四哪有空管這些？於是厚著臉皮，把這些事情全交代給了劉老爺，自己還在軍營裡頭去了。

「我一早就看出來八順是個讀書的料子，等在王府跟著趙先生再唸幾年，送去玉山書院讀幾年，到時候肯定能考上進士的。」杜若在讀書方面算是個天才，雖然最後沒往科舉方面去，可是對這一門學問卻一點也不陌生，笑道：「看來，以後我要多多捧著點我這位小舅爺了。」

劉七巧笑道：「你少來了，七、八十歲的童生我也不是沒見過，八順這次不過就是運氣好而已。學問這東西還是要看基礎，我倒是覺得，也不用著急讓他考秀才，先踏踏實實唸幾年書，把心氣給調得沈穩些才好呢！你看看姜家表弟和芸哥兒，他們哪個走出去跟八順那樣？」

「八順年紀還小呢，若真是像妳說的那樣，難免妳就嫌棄他老成了。其實我覺得八順就挺好的，讀書人未必都要有讀書人的樣子，我就喜歡包公子那種的。」杜若喝了一口茶，繼續道：「說起來還有件事情沒告訴妳，也是喜事。包公子去安徽上任了，宣城那邊的縣太爺喪母丁憂，包公子上了摺子自請去那邊接任，皇上已經准了，過幾日就要出發，這下朱姑娘也不用千里迢迢地再趕回京城來了。」

劉七巧點點頭，想起朱姑娘一家走的時候，她並未親自去送，心裡多少有些遺憾。等下次再見，也不知道那孩子有多大了……劉七巧嘆了一口氣，略略抬頭看了一眼杜若，再沒有別的話。

「上回我聽說洪少爺來了，老爺和洪家的生意到底談得怎麼樣了？我如今雖然大著肚子，可這腦子還夠用呢，不如你說出來我聽聽。」

杜若搖頭笑道：「我就知道妳閒不住，要打聽這事情。爹已經答應洪家入股了，只是爹說這事情他不清楚，要等著妳生下這一胎之後再好好跟妳商量。洪少爺倒也不著急，說等著我們呢。」

杜若想了想。「其實七巧，妳想做的這件事情，我私下裡也想了很久，越想也越發覺得可行。前陣子，我聽夥計說又有兩個難產死的小媳婦，我前幾日把我們家那十幾個穩婆都叫了過來，讓她們說了從去年五月到現在一共接生的人數以及母子平安的數量，還有死了孩子的、死了產婦的，以及母子都沒保住的數量。發現十個裡面至少有一對母子保不住。有的是死了產婦的，還有是死了孩子的，而那些能活下來的孩子，如今還活著的也不過就十之八九，所以一個孩子能長大成人，當真是很不容易。」

劉七巧倒是不知道杜若私下裡已經做了這麼多的功課，笑道：「不錯啊，知道調查研究了。」

杜若謙遜一笑，接著道：「由此可見，生一個孩子風險還是很大的，所以娘子，我們還得多生幾個避避風險才是。」

劉七巧聞言，瞪了杜若一眼道：「這頭一個還沒出來呢，你就想著後頭的了？敢情你做這些調查，就是為了要我再給你生一個？」她站起來，大腹便便地來回踱了幾步路，轉身對杜若道：「也不是不能多生，那以後我若是再懷上了，我們就分床睡吧，如今肚子越來越大，兩人擠一張床，怪難受的。」

杜若聽劉七巧這麼說，急忙道：「那還是休息幾年再說吧，來日方長，娘子。」

劉七巧笑道：「相公，你能這麼想，那自然是最好的了。」

兩人用過了晚膳，杜大老爺那邊派人把杜若請了過去，劉七巧一人在房中也沒什麼事情，就想起前幾日趙氏說要給杜老太太祝壽的事情了。今年是杜老太太六十大壽，按照道理是要大辦的，可後頭幾個月接著三位姑娘的大事，都湊在一起倒是沒什麼意思，杜老太太便囑咐了趙氏，這壽辰的事情一定要從簡，請幾個走得近的親戚過來玩一玩，不必大肆鋪張。

劉七巧換了一件衣裳往如意居去。杜大太太也才用過晚膳，正在房裡抱著榮哥兒玩耍，見劉七巧來了，急忙讓奶娘抱著榮哥兒過去，上前親自扶著她道：「怎麼天黑了還過來？如今日子也快到了，要當心才好呢！」

劉七巧被杜大太太扶著坐下，笑道：「越是日子快到了，越是要多走動才好生養，娘不用擔心，丫鬟們前頭都打著燈，亮著呢。」

杜大太太忙請了丫鬟去沏茶，坐下來問劉七巧道：「說吧，大晚上的過來，可是有什麼事情？」

「也沒什麼大事，就是今兒大郎回來說我家弟弟考上童生了，我也來給太太報個喜，讓太太高興高興。」丫鬟送了茶上來，劉七巧啜了一口，又道：「還有就是老太太的壽辰，雖說這次是小辦一下，可六十歲畢竟是大壽辰，我還沒想好要給老太太送什麼禮呢！」

「不過隨常的禮就好了，老太太什麼都不缺，妳若是趕著那幾天生一個大胖小子出來，只怕連那份禮也都可以免了，等著自己收禮吧。」杜大太太打趣道。

「那可不行，娘又說笑了，其實我心裡倒是想了幾樣，讓娘給我挑一挑也就是了。」劉七巧想了想，繼續道：「老太太那邊，自然是不缺好東西的，平常我們也沒少得她的賞賜，所以我想著，那些古玩奇珍什麼的，倒是可以免了。上回我去水月庵的時候，大長公主送了我一幅歲寒三友的畫幅，我看著挺好的，想用來借花獻佛呢！」

杜大太太點了點頭，應道：「大長公主那兒可沒有差的東西，妳這幅畫拿出來也差不多了，別的東西倒也不必再補。一家人送的東西不在於貴重，不過就是一個心意罷了。」杜大太太吃了一口茶，繼續道：「至於大郎，往年老太太生辰大郎都會為老太太做一個藥枕，今年我已經吩咐紅藤繡好枕套了，妳來了，我就交給妳帶回去罷了。」

劉七巧見杜大太太想得這樣周到，越發覺得不好意思。按說如今她和杜若已經成婚，這些事情都是他們自己房裡的事情了，可每次都還是要麻煩杜大太太操心。

「娘，這些事情您以後就交給我吧，若是我想不起來，您就讓丫鬟來跟我說，我和大郎如今都已經成婚了，老是這樣麻煩娘，實在不好意思。娘如今既忙著帶榮哥兒，還要操心大郎的事情，我越發過意不去了。」

「傻孩子，妳現在還懷著身孕呢，有的事情是想不到的，等妳有了孩子，習慣了為孩子操心，到時候怕不用我提醒，妳自己都能想到，我不過就是習慣了而已。」杜大太太溫婉地看著劉七巧，笑著道：「快回去吧，時候不早了，我也不留妳了。」

劉七巧回去的時候，杜若正巧也從杜大老爺的外書房回來，兩人在門口遇上了。杜若見丫鬟手裡頭拿著杜大太太給的枕套，一拍腦袋道：「糟了，最近事情有些多，倒是把這麼重要的事情給忘了。」

劉七巧也不大好意思道：「我也沒想起來，倒是太太細心，枕套都已經給你備好了。」

杜若一把攬了劉七巧入懷，笑道：「可惜我娶的娘子，是個糊塗蟲呢！」

劉七巧嘟囔著道：「我如今能管好我自己已經不錯了，不過俗語說一孕傻三年，這才剛剛開始，三年可怎麼過呀！」

杜若想了想，一本正經點頭道：「那就等三年以後，我們再生第二個，這樣妳就一輩子聰明不起來了。」

第一百六十四章

好在寶善堂的藥材都是現成的，杜若根據最近杜老太太的身體情況，調配了新的藥枕，花了三天的時間將那藥枕做好了，最後的針腳功夫還是請了百草院裡頭針線最好的紫蘇做的。

不過紫蘇做完之後，還是覺得有些不滿意，謙遜道：「還是沒有紅藤姊姊的針腳好，我已經把線頭都藏進去了，妳瞧瞧這最後一針怎麼也藏不進去，不如一會兒我去問問紅藤姊姊這到底怎麼做，回來再重新做一遍。」

劉七巧翻來覆去地瞧了瞧，湊過去才看見枕套的邊緣露出最後一小段的線頭，笑道：「行了，我看著這樣也挺好的，拆了怕有線頭，最後還沒這個好呢。況且老太太都六十歲了，眼睛哪有那麼清亮，我都要湊過去才能瞧得見的東西，老太太哪裡能瞧見呢？」

「話是這麼說，可就算老太太瞧不見，老太太房裡的丫鬟們瞧見了，那也是不好的，總不能丟了大少爺的臉。」

連翹接過了藥枕看了看，開口道：「以前都是茯苓姊姊做的，不如一會兒請茯苓姊姊過來問一問就好了。」

劉七巧聞言，搖頭道：「跟妳說了多少次了，如今要改口叫朱姨娘，妳怎麼還一口一個茯苓姊姊？這可不行，倒是讓朱姨娘笑話我房裡的人不懂規矩了。」

連翹笑道：「大少奶奶說得是，奴婢這就遣了小丫鬟，去把朱姨娘請過來，請教一下這藥枕的做法。」

不多時，小丫鬟回來傳話道：「朱姨娘說了，這會兒翰哥兒和傑哥兒都還沒睡，等一會兒兩位哥兒睡了她就來，朱姨娘還讓我向大少奶奶問好。」

眾人用過了午膳，茯苓才姍姍來遲，見了劉七巧便上前行禮，劉七巧忙讓連翹上去扶了茯苓起來，笑道：「怪我不好，如今妳都是二房的人了，還打發人把妳請過來。」

茯苓笑著道：「在我心裡，我一直都是大房的人，大少奶奶說這話倒是見外了。」

「不管大房二房，總之都是杜家的人。來來，幫我看看，這枕頭最後一針要怎麼收呢？我們這一屋子的人都想不出來。」

劉七巧把藥枕遞給了茯苓，茯苓看了一眼，笑道：「這針腳都過得去，不過就是最後這兩針收得比較早，所以到後頭就藏不住了，看上去不平整。」

紫蘇點頭道：「對，就是這樣，我試了幾回，又不敢全拆了，怕到時候上頭有針眼，反倒不好了。」

茯苓拿起一旁的剪刀將上頭的線頭剪了，針在缺口處挑了挑，從裡頭往外縫了起來，不過一會兒，卻在那缺口處繡出了一小片的綠葉，將將把那幾個裸露在外面的針腳藏了起來。

「我平常做的時候，但凡有藏不住針腳的，就喜歡在上頭繡一些小花樣，又好看又討喜。」茯苓繡好，才將枕頭遞過去給劉七巧看了一眼。劉七巧拿在手裡翻看了下，笑著道：「可不是，一點兒不像是藏拙用的，倒是跟原本就在這兒的一樣，看來妳們幾個是要好好學學了。」

送走了茯苓，外頭下起了大雨。劉七巧看看天色，再過不多時便是杜若下值的時間，便讓綠柳帶著傘去前頭二門喊兩個小廝，到門房等著杜若回來。

等兩人都用過晚膳，一時間也不著急休息，去了一旁的小書房裡頭看書。

劉七巧原先月分小的時候還時常給杜若磨墨，倒是一副紅袖添香的好景致，如今月分大了，站一會兒就腳跟疼，也就不管杜若了，躺在一旁的軟榻上面，和杜若有一搭沒一搭地聊起天來。

「明兒就是老太太的壽辰了，你明天不去太醫院上值了吧？」

「明天我和二叔都不過去了，最近宮裡頭的主子生病的也不多，明天讓陳太醫看著點，也沒什麼。」

兩人又閒聊了幾句，杜若見劉七巧打起了呵欠，便喊了丫鬟進來，讓劉七巧先回房睡去了。

她伸了一個懶腰，扶著腰往外走了幾步，回頭道：「你今兒也早點睡，明天是老太太壽辰，少不得一早起了要去請安，別耽誤了時辰。」

杜若點頭稱是，揮手讓她先去安歇。劉七巧回身笑笑，抬起步子往外頭去。說起來這古代的門檻，她來了這麼久都沒適應，不管是往哪裡走，她都要事先把腳抬高了，深怕一不小心就絆一跤。

她方才回了一下頭，竟忘了腳下的門檻，堪堪就絆了一下，幸好綠柳和連翹扶得穩當，兩人也嚇得半死，急忙問劉七巧道：「大少奶奶沒事吧？」

劉七巧這會兒已是要臨盆的身子了，早已經不像以前一樣輕巧玲瓏，略略覺得腰下一酸，微微忍了忍道：「沒事、沒事，好像腰有些扭了。」

杜若方才正看書，聽見門口動靜，急忙丟了書就衝上來，扶著劉七巧問道：「七巧有沒有怎麼樣？肚子疼嗎？快先回房躺下。」

劉七巧方才覺得腰有些酸疼，這會兒已經沒啥感覺了，笑道：「哪有這樣嬌貴？我好著呢，你忙你的去。」

杜若這會兒哪有心思看書，恨不得上去踢那門檻一腳出氣，心有餘悸地對綠柳和連翹道：「幸好方才妳們兩個扶得牢靠，否則後果不堪設想。」

「大少爺只管放心，太太都吩咐過了，不管大少奶奶去哪兒，我們都要片刻不離地跟著，手不離身地扶著。」連翹倒了水過來遞給杜若，讓他壓壓驚。

杜若點點頭，見綠柳已經把劉七巧扶在了床上，開口道：「妳們替我打水吧，今晚我也不看書了，陪著妳們少奶奶就好。」

劉七巧這會兒躺在床上，終於又有了安全感，聽杜若這麼說，笑道：「你在這邊陪著，難道我身上就不疼不癢了？這孩子要是想出來，難道還挑日子不成？」

杜若笑著道：「我擔心嘛，妳先睡，我去洗洗就來。」

杜若去了淨房，瞧見裡頭已經放著一張劉七巧預備生產用的產床，上頭鋪著乾淨的被褥，等著她發動的時候就躺上來。他見那被褥有些歪了，便擦了擦手，親手過去鋪平整了，卻聽外頭唉喲一聲，劉七巧咬著牙哼了起來。

劉七巧方才扭了一下，腰酸得厲害，可她想著日子還沒到，應該也不會出什麼意外，誰知道才在床上躺下便一陣宮縮襲來，饒是她覺得平常自己是很能忍疼的一個人，也不由哼了起來。

杜若聽見聲音，急忙往外頭跑，嚇得連翹差點就打翻了手裡的臉盆。

杜若走到劉七巧的床前，連忙問道：「七巧，怎麼了？」

劉七巧擰著眉頭，手抓著床上的欄杆抖成一團，咬著牙道：「肚子、肚子疼起來了，你別著急……」

「肚子都疼了，我能不著急嗎？」杜若急得拍了拍腦門，急忙轉身吩咐道：「快、快去，派人把賀嬤嬤、周嬤嬤、陳嬤嬤這幾個老嬤嬤都請來，快去告訴太太、老太太，就說少奶奶怕是要生了。」

劉七巧見杜若著急，伸手扯了他的袖子道：「別、別著急，才開始疼，要生怕還要好一會兒呢，你一早讓她們過來……不是乾著急嗎？」

劉七巧接生了那麼多人，自然知道生孩子沒那麼快，尤其像她這樣的頭胎，從開始疼到生，最少也要大半天的時間。

「總不能看著妳在這邊疼吧，七巧，別說話了。」杜若拿了帕子，過來替劉七巧擦額頭上的冷汗。陣痛過去，劉七巧鬆了一口氣，對杜若道：「這會兒才開始疼呢，不著急，一會兒我覺得差不多了，再去請穩婆不遲。」

杜若見她淡定的樣子，點了點頭道：「那妳一會兒記得要說，別一個人扛著。」

「知道了。」劉七巧揉了揉肚皮，艱難地從床上爬了起來道：「我還是去淨房裡頭的產床上躺著，一會兒疼起來，可沒力氣翻騰了。」杜若聞言，親自和丫鬟一起扶著劉七巧往淨房裡頭去。

她剛剛挪了兩步，忽然肚子又疼了起來，抓住了杜若的袖子一個勁兒地顫抖，杜若一個彎腰，把她抱起來送往淨房裡去了。

杜若感覺身上的衣服忽然間就濕了一大片，低頭一看，原來劉七巧的羊水已經破了。這下他可再也沒耐心等下去了，急忙吩咐丫鬟道：「快、快去，把我剛才說要請來的人都請過來，快點！」

劉七巧咬著牙忍過了一陣陣痛，拉著杜若的手道：「相公，那……那什麼藥我能不能吃，是不是可以少疼些？」

「那藥是催生的，但不止疼，我這就去拿、拿給妳。」杜若急忙回頭對紫蘇道：「快去小書房，把我的藥箱拿過來。」

劉七巧深呼吸，稍稍緩和了一會兒，紫蘇拿了藥過來，杜若倒出幾顆，遞了溫水送給她服下。「七巧，妳別著急，這藥效還沒那麼快，妳先忍一忍。」

劉七巧點了點頭，握住杜若的手，忍著疼道：「一會兒穩婆來了，你就出去吧，聽我的。」

「我不出去，我要陪著妳，我要像我爹一樣，親手為自己的孩子接生。」

「別，沒關係的，爹為你接生那也是沒辦法，那時候在逃難，這會兒有那麼多的穩婆奶娘，我不會有事的，聽我的。」

「我什麼都聽妳的，這一點，我不聽。妳忘了那時候妳是怎麼說那些老古板的了嗎？怎麼到這個時候，自己反而跟我迂腐起來了呢？產房再不乾淨，我去的也多了，難道我娘子生孩子，我反倒要像其他男人一樣在外面等著嗎？七巧，我要親手為妳接生。」杜若斬釘截鐵道。

又是一陣陣痛襲來，劉七巧咬著牙，緊緊抓住杜若的手，最終還是重重地點了點頭。

因為是第一胎，劉七巧也做好了長期抗爭的準備。但即便如此，每當陣痛來襲的時候，她還是會忍不住抱著枕頭發抖，好像這樣才能減輕一點疼痛。

杜大太太聽到消息，倒是比穩婆來得早，由小丫鬟引著進了淨房，看見劉七巧正顰眉蹙宇地躺著，上前安撫道：「七巧，妳別怕，穩婆一會兒就到了，有大郎陪著妳呢！」

劉七巧心裡不是怕，是疼痛太過劇烈而不能控制，等一陣陣痛過後，她才稍微緩過了勁兒。「娘，我沒事，雖然生孩子我見得多了，可自己生也是第一回，看來以前是小看了這生孩子的痛了。」

杜大太太見劉七巧這會兒還有精神開玩笑，笑著道：「這就是看人容易自己難的事情。不過其實我看著別人也不容易，妳懷相好，肚子也不大，一會兒沒準很快就出來了。」杜大太太雖說一輩子也就生了兩個孩子，但在劉七巧面前也算是經驗豐富的。

劉七巧點點頭，深呼吸道：「娘說得是呢，其實也就這麼一下子，就下來了。」

杜若握住劉七巧的手，感覺到她身子又顫抖了起來，這時候外頭的小丫鬟進來回話道：「太太、大少爺，老爺也過來了，就在廳裡頭等著呢！」

杜大太太見劉七巧疼的頻率算不得太高，只怕一時半會兒也生不下來，便轉身往外頭招呼杜大老爺去了。

「怎麼回事？媳婦的產期不是要到月底的嗎？怎麼今天就發動了呢？」

幾個小丫鬟面面相覷，但也不敢騙杜大老爺，開口道：「奶奶方才走路的時候不小心絆著了門檻，扭了一下腰，起先還沒事的，可剛躺下不久，就開始肚子疼了。」

杜大老爺一聽，便知道肯定是方才不小心動了胎氣，捶著茶几憤憤道：「七巧也是一個不留心的人，如今這肚子大得都看不見腳尖了，走路更是要當心一點的，這下可好了。」杜大老爺說著，往門外看了看，又轉頭對小丫鬟道：「妳快出去看看穩婆來了沒有，到門口去迎著。」

小丫鬟被杜大老爺指揮得手忙腳亂的，急忙放下了茶盤就往門外去。杜大太太在大廳裡踱來踱去，又問杜大老爺道：「老爺，聽你這麼說，那七巧這一胎是動了胎氣才早產的，那可不是要像我當年那樣折騰很久？」

「不會的，今天離七巧的產期還剩半個月，妳當時是還有一個半月；況且七巧的胎位一向都很正，她自己也注意胎兒大小，這會兒生正好孩子不會太大，沒準對她來說還是好事。」杜大老爺一邊分析情況，一邊探頭往外頭看，果然見到賀嬤嬤正從外頭急急跑了進來，擦了一把臉上的汗水道：「老爺、太太，少奶奶的日子怎麼提前了？幸好我今兒一早沒往鄉下老家去，不然可就趕不上了。」

賀嬤嬤才進來，裡頭的連翹、紫蘇都已經出來請了，開口道：「嬤嬤快隨我進去吧，我們奶奶疼了也有小半個時辰了。」

賀嬤嬤一聽才小半個時辰，搖頭道：「那還早呢，第一胎一般沒有三、四個時辰是下不來的，我先隨妳們進去看看。」

第一百六十五章

劉七巧雖然疼得厲害，但還是記著疼痛的頻率。一般人剛開始陣痛的時候時間間隔比較長，但是越到後面開指越快，疼痛的間隔就越來越短，到兩、三分鐘疼一次的時候，也就快了。

劉七巧瞧見賀嬤嬤來了，一顆懸著的心總算是放了一點下來，只有自己生孩子的時候，才能意識到一個穩婆的重要不亞於一根救命稻草。她稍稍鬆了口氣，趁著不疼的時候跟賀嬤嬤打了個招呼。

那邊賀嬤嬤也上前向杜若和劉七巧行禮，又道：「看著大少奶奶氣色還好，我先給大少奶奶檢查檢查。」

賀嬤嬤替劉七巧檢查完之後，才開口道：「玉門剛剛才開，只怕還要有一陣子。大少爺給大少奶奶吃了催生保命丹沒有？」

「已經吃了，不過藥效一般沒這麼快，賀嬤嬤也不用著急，在一旁坐著等一下吧。」杜若雖然急得滿頭大汗，但他也知道生孩子是急不出來的事情，只能佯裝淡定地請賀嬤嬤坐下。

不一會兒，杜家的三大穩婆，賀嬤嬤、周嬤嬤、陳嬤嬤都已經來了，杜大老爺看著這三人一起進去了，多少也鬆了一口氣。杜大太太又親自進去問了情況，才知道劉七巧怕還要等一陣子，出來安撫道：「賀嬤嬤說了，這玉門才剛剛開，離生還要有一段時間，老爺不如先回去休息吧。」

「這會兒回去也沒心思休息，不如等著吧。」杜大老爺看看天色，這會兒外頭忽然淅淅瀝瀝下起了雨來，雖是五月天氣，到底入夜了還有些陰冷。裡頭的劉七巧畢竟自己也是個穩婆，愣是半聲也沒有多喊。

杜大太太還在大廳裡頭踱來踱去的，忽然從院外進來一群打傘的小丫鬟，為首的百合稍稍提起了衣裙，進門見杜大太太在廳裡頭等著，開口問道：「老太太讓我過來問問情況，怎麼大少奶奶今天就發動了？」

杜大太太也不敢說劉七巧扭著腰的事情，笑著道：「大概是孩子等不及要出來，明兒好給老太太拜壽吧。」

百合聞言，笑著道：「我看也是這原因，一會兒我就回去回了老太太，讓老太太放心。」百合見房裡頭安安靜靜的，倒是有丫鬟們說話的聲音，並不見劉七巧喊半聲，訝異道：「怎麼大少奶奶連生孩子都靜悄悄的，當年二少奶奶生孩子的時候，我可是在福壽堂都能聽見她的喊聲。」

杜大太太笑道：「這會兒正疼呢，喊光了力氣，一會兒怎麼生呢？七巧自己是穩婆，自然懂這個道理，妳快回去告訴老太太，讓她別擔心，一準讓她明天早上抱上孫子。」

「太太放心，奴婢這就回去說去。」百合原本也想進裡頭瞧瞧，可自己畢竟還是黃花閨女，這種事情多少覺得有些害羞，便告辭了。

又一陣的疼痛襲來，劉七巧剛開始還能勉強忍住，這會兒也漸漸覺得有些吃力。杜若一邊給劉七巧擦汗，一邊安撫道：「七巧，再忍一忍，一會兒就好了。」

可此時對於劉七巧來說，語言都是多餘的，要是疼痛真的能忍住，那就不叫疼了！

她索性放鬆自己，大口深呼吸，希望以此減輕疼痛。可是要真的一疼起來，她就連深呼吸的力氣也沒了。

賀嬤嬤見劉七巧又起了陣痛，連忙上前來檢查一番，笑著道：「大少奶奶再忍一會兒，這會兒玉門開了五、六分，我都快摸到孩子的頭頂了，咱一會兒就可以生了。」

劉七巧這會兒也沒什麼力氣說話，點了點頭，依舊牢牢抓住了杜若的手。

杜若微擰著眉宇，雙手把劉七巧的手包裹在其中，小聲安慰著。

劉七巧要生了的事很快就傳遍了整個杜家，杜二太太住的西跨院和百草院離得不算太近，這會兒外頭雨小了，小丫鬟也過來報了信。杜二老爺起床要往百草院那邊看一看，杜二太太披了衣服在身後道：「姪媳婦生孩子，你這當叔叔的過去做什麼？」

「我不光是叔叔，我還是太醫，自然是要過去瞧瞧的。」杜二老爺也沒跟杜二太太計較，讓丫鬟為自己更衣。

杜二太太笑道：「生孩子靠的是穩婆，又不靠太醫，再說了，姪媳婦自己就是個穩婆，準沒事，你也跑一天了，回去繼續睡吧。」

「妳見過自己給自己接生的穩婆嗎？要睡妳自己睡，我過去瞧一瞧。」杜二老爺也算是習慣了杜二太太這種小市民的自私性子了，只怕這輩子也改不過來了，也沒意願多喝斥，帶著兩個撐傘的小丫鬟就過去了。

杜二太太追到門口，見杜二老爺已經出了垂花門，氣得跺腳，那邊秀兒上前問道：「太太，那我們要不要也過去瞧一瞧？」

「瞧什麼瞧？生孩子算什麼大事，誰沒生過？我們繼續睡覺去。」

百草院中，杜大老爺和杜大太太兩人還在焦急等待，時不時有小丫鬟出來彙報一下情況。杜大老爺倒是還算淡定，杜大太太這會兒已經有些著急了，她是過來人，自然知道疼的時間越長，後面生起來的時候力氣就越發的少。

「這都一個半時辰了，老爺，怎麼裡頭還不見動靜呢？」

杜大老爺雖然這會兒神色還算淡定，但是從他坐在靠背椅上時不時的小動作，看得出其實心裡也是很焦慮，這會兒不過是佯裝淡定。

杜大老爺端著茶盞輕輕扣動了幾下蓋子，開口道：「別著急，繼續等著。當年妳生大郎的時候，可是足足在馬車上疼了一天一夜才生下來的，如今七巧才一個半時辰，也不著急。」

杜大太太跟著點點頭，想起當年她生杜若時吃的苦，如今還心有餘悸。「那時候怎麼能和現在比呢？那時候在逃難，我心裡又急又亂的，又怕又疼，只當自己是要死在路上的。」

杜大老爺見杜大太太站在面前，臉上雖然已經有了一些歲月的痕跡，可她陪伴著自己走過了人生的大半，又為自己生了兩個兒子，不由有些感動了。

「是我對不住妳，那時候妳身子沒長開就讓妳受孕，如今大郎也是，為此我已經教訓過他幾次了，誰知道還是出了意外。」

兩人正說著，杜二老爺冒著雨霧從外面進來，第一句話就問道：「這屋子裡怎麼靜悄悄的，哪裡像在生孩子，七巧現在怎麼樣了？」

「方才丫鬟出來說，玉門已開到五指了，大概再過個把時辰就可以開始用力了，七巧這會兒正忍著呢！」杜大老爺見杜二老爺來了，起身迎了出去，兩人一左一右的坐下，命小丫鬟送了熱茶過來，繼續道：「這大半夜的，你過來做什麼？也不是什麼大事。」

「誰說不是大事的，要是七巧一舉得男，那寶善堂就後繼有人了。只怕老太太這會兒雖然沒過來，也是睡不著的。」杜二老爺笑著，略略喝了一杯茶。

果然不出杜二老爺所料，那邊百合才回去，杜老太太又派了另外一個小丫鬟過來，送了一袋子的參片，交給了百草院的丫鬟道：「老太太說了，要是大少奶奶覺得沒力氣了，就含上一片參片，能長些力氣。這些都是今年老爺才送過去的最好的參片，老太太沒捨得吃，就等著給少奶奶生娃用呢。」

杜大太太急忙命人把那參片送了進去，又對那小丫鬟道：「妳回去告訴老太太，這會兒大少奶奶還沒開始生，還要等一會兒，讓她老人家先睡覺吧，老人家熬夜不好。」

那丫鬟笑吟吟道：「老太太精神著呢，聽說杜家的長孫要提前出來給她拜壽，這會兒如何能睡得著？正在房裡等著呢！奴婢先回去服侍老太太，一會兒大少奶奶這邊要是有動靜了，煩請太太去福壽堂通報一聲，也別讓老太太乾等著了。」

「那是自然的，妳快回去吧，路上地滑，小心著點。」

杜大太太送走丫鬟，進來對杜大老爺道：「只怕老太太今晚也是睡不著了，都等著呢！」

幾個人正預備坐下來一起好好等著，一直都挺安靜的房裡傳來一聲痛苦的呻吟，杜大太太急忙起身，見幾個丫鬟急匆匆地出來，回話道：「賀嬤嬤說可以生了，讓我們去預備熱水，老爺、太太不用著急，再等一會兒就好。賀嬤嬤說了，大少奶奶的胎位很正，保不準一會兒孩子就出來了。」

杜大太太一邊點頭一邊道：「那妳快去廚房打熱水，這會兒廚房的灶上全是熱水，我來的時候就囑咐丫鬟去廚房傳過話了。」

丫鬟各自出門，房裡，劉七巧用力的聲音也稍微大了一點，但她按照平日裡給孕婦接生的指示，一到疼痛的時候就開始聚氣，然後根據賀嬤嬤的指揮開始用力。

杜若坐在劉七巧的產床邊上，依舊握著她的雙手，每當劉七巧用力的時候，他也跟著一起用力。

劉七巧稍稍緩過一點力氣，見杜若憋得臉色通紅，勉強笑道：「你省省吧，你用力也不能用到我身上，到一旁歇著去吧。」

杜若哪裡肯聽，握緊了她的手。「七巧，妳還有精神打趣我？快別說話了，專心一點。」

劉七巧皺著眉頭道：「哪裡不專心了，是手被你捏疼了而已。」

杜若聞言，急忙鬆開了手，拿起帕子給她擦起額頭上的汗。又一陣劇痛襲來，劉七巧抓著杜若的袖子，死死地用力。

外頭打更的剛敲過子時二刻的梆子，產房裡忽然傳來一聲清脆的啼哭聲，那聲音雖然斷斷續續的，但是洪亮有力，一點不像是一個早產的嬰兒。

杜若從賀嬤嬤手中接過被棉布包裹住的嬰兒，笑著像個孩子一樣，湊到劉七巧的面前道：「七巧，快看，我們的兒子，我有兒子了！」

劉七巧瞧了一眼杜若懷裡那皺巴巴的小孩子，無力地勾了勾唇，懶懶打了一個呵欠道：「恭喜相公，終於當爹了。」

杜若眼中有著濕潤的淚水，聽了劉七巧這句話，抬頭凝視了她良久，才笑著道：「七巧，我也要恭喜妳，當娘了。」

賀嬤嬤見他們夫妻兩人難捨難分的，也不好意思說什麼，等兩人都不說話了，這才笑著道：「大少爺，還不快把小少爺抱出去給老爺、太太看看，這子時二刻生下來的哥兒，可是金命吶！」

杜若連忙抬起袖子擦了擦臉上的淚珠，將孩子遞給了賀嬤嬤道：「嬤嬤，麻煩妳抱出去給我爹娘看看，我在這邊陪著七巧。」

「好好，大少爺管在這邊陪著大少奶奶，我去給老爺、太太邀功請賞去！」賀嬤嬤高高興興地抱起了孩子，往廳裡頭去了。

「恭喜老爺、太太，大少奶奶為杜家生了一個大孫子！」

「果然是孫子嗎？」杜大太太這會兒還有些不相信，笑著道：「都說兒子磨娘，七巧這一胎看著還挺順當，我心裡頭還一直想會不會是個姑娘，誰知竟真是個兒子！」杜大太太越說，越發心花怒放，急忙喊了門口的一個小丫鬟道：「快去福壽堂告訴老太太，就說大少奶奶給她生了一個大孫子。」

那邊小丫鬟正要出門，杜大老爺看看時辰，又補上了一句道：「這孩子是過了子時二刻生的，和老太太同一天生辰呢，快去告訴老太太，大孫子給她拜壽了。」杜大老爺這會兒很是興奮，低頭看著賀嬤嬤懷中的小嬰兒，笑道：「跟大郎小時候簡直是一個模子刻出來了。」

杜二老爺也跟著湊上來看了兩眼，笑道：「比大郎出生時結實不少，你聽他那哭聲，多響亮，將來一定比他爹強。」

杜大老爺喜上眉梢，笑道：「老二，我也有孫兒了，總算是被我盼著了。」

杜二老爺笑道：「大哥你別著急啊，以後還會有孫女，還有孫媳婦、孫女婿。」

「對對，這樣杜家才興旺！」杜大老爺一邊說，一邊又嘆息道：「可惜我每次都跑不過你，你有閨女我就沒有。」

「大哥你想想，難道七巧這個媳婦不比閨女強？」杜二老爺典型地會說話，把杜大老爺哄得傻樂傻樂的。

杜大太太搖頭笑道：「如今七巧的孩子也生下來，眼下今年杜家的大事，倒是剩下三位姑娘了。」

杜二老爺想起三個女兒都要出嫁了，心情也很複雜，嘆息道：「男大當婚，女人當嫁，我就是再想留著她們，只怕她們自己也不樂意了。」

正說著呢，就瞧見外頭三位姑娘各由小丫鬟打傘，匆匆往大廳裡頭來，見了兩位老爺和杜大太太，急忙上前行禮。

第一百六十六章

杜芊記掛著小姪兒，笑嘻嘻地就上去看小孩子，倒是杜茵開口道：「我們三個本來都睡了，後來聽說大嫂子有動靜了，就不敢睡了，又怕來了這邊也是添亂，就三人點著蠟燭在房裡一起做針線，等聽見了好消息才過來的。」

杜二老爺聽聞，開口道：「都回去睡吧，這大晚上的，妳們的大姪兒也看見了，明兒再來吧。」

杜苡問道：「大嫂子可好？身子不要緊吧？」

「大少爺正在裡頭陪著大少奶奶呢，大少奶奶沒什麼大礙，就是累著了。」賀嬤嬤一邊說，一邊瞧著懷裡的小寶貝，笑道：「小少爺看著瘦小，身上的肉倒是結實得很呢，抱在手裡還沈甸甸的。」

杜芊伸手輕輕碰了一下小嬰兒的臉頰，笑道：「好嫩好嫩，長得真像大哥哥。」

杜二老爺見了，笑道：「翰哥兒和傑哥兒出生的時候，也沒見妳們這麼高興，快回去吧。」

杜茵點了點頭道：「大伯、大娘，那我們先回去了，明兒再來看嫂子。」

劉七巧在產床上閉目養神了片刻，才稍稍緩過一點勁兒。杜若把她抱起來送到房裡的床上，連翹端著溫熱的參湯送過來，道：「奶奶稍微潤潤喉嚨，先休息一下，外頭老爺和太太都高興著，賀嬤嬤抱著小少爺脫不開身呢。」

劉七巧略略點了點頭，平躺在床上，渾身的衣服都已經被汗水給浸得濕透了，黏在身上實在不好受。

「紫蘇，妳去幫我拿一套乾淨的中衣，我先換一下，這身衣服沒法穿了。」她這會兒已經是累極了，可聞著自己一身臭汗，她還真做不到閉眼就睡。

紫蘇聞言，急忙吩咐了小丫鬟道：「妳快去廚房灌一個湯婆子過來，把衣服烘熱了再讓大少奶奶換上，不然這冷冰冰的衣服穿上身，要是病了可怎麼好？」

那小丫鬟正要出門，又被杜若喊住了道：「紫蘇儘管把衣服拿來，這會兒去廚房還有一陣子呢，我放懷裡，貼身暖一會兒，七巧就能穿了。」

那小丫鬟只好停下腳步，又在門口恭恭敬敬站著，當真是羨慕杜若對劉七巧的體貼。

紫蘇取了衣服過來，原想著自己暖一下的，可這杜若在邊上呢，她也不好意思解開腰帶，只好將手中的衣物遞了過去。「大少爺隔著衣服暖就好，這下雨天的，布料也冰人。」

杜若哪裡顧得上這些，解開了外袍，又把中衣解開，露出胸口一片白皙的肉來，羞得紫蘇急忙避開了視線。倒是連翹服侍習慣杜若，上前幫忙又將他的腰帶繫好了道：「大少爺去那邊榻上靠一會兒吧，都折騰了大半夜，也累了。」

杜若搖搖頭，在劉七巧的床頭坐了下來。「我不累，七巧才累了，妳們也累了，都坐下來靠一會兒吧，有事我再喊妳們。」

幾個門口站著的小丫鬟早就睏得不行了，聽杜若這麼說，呵欠越發打得「不亦樂乎」。連翹見她們年紀都小，也禁不起熬夜，便開口道：「妳們到次間的炕上睡一會兒，我和紫蘇在這邊看著就行了。」

連翹才交代完，兩個小丫鬟先是不肯，無奈實在敵不過呵欠一個個地來，便道：「那辛苦連翹姊姊了，我們就歪一會兒，連翹姊姊有事儘管喊我們。」

連翹點了點頭，又跑去外頭廳裡，見幾個大人正圍著小少爺看，個個都歡喜得不得了，笑道：「老爺太太、二老爺，時辰不早了，不如早些回去休息吧。賀嬤嬤，妳也忙了一晚上了，其他兩個嬤嬤都去前頭喝酒暖身子了，妳也過去吧。」

連翹正說著，又瞧見外頭有人打著燈往這邊來，還沒進門就開口道：「剛才進門就聽說奶奶生了，是哥兒還是姊兒？快告訴我聽聽。」

連翹抬眸一看，進來的正是方才劉七巧肚子一疼，就急急忙忙奔回家裡去找她嫂子的綠柳。

「是個小少爺呢！」連翹急忙先說了，引了綠柳到一旁，上下打量了一下綠柳身邊的小媳婦，見她眉眼俊俏、鵝蛋臉盤，因也是才生了娃，所以看著略顯豐滿。「這就是綠柳的嫂子吧？我是連翹，也是這百草院的大丫鬟，以後我們哥兒可就全靠妳了。」

綠柳她嫂子低頭笑了笑，福了福身子道：「還請連翹姑娘多關照。」

連翹瞧著她很是有禮，又是綠柳的嫂子，一起從王府跟過來的，和劉七巧關係自然也是不一般，便引著她往賀嬤嬤那邊去。「賀嬤嬤，哥兒的奶娘來了，妳就放心地吃酒去，我已經讓人在外院備下了廂房，一會兒跟兩位嬤嬤吃飽喝足了，好好睡一覺，明兒等領了大少爺賞銀再回去不遲。」

賀嬤嬤見連翹預備得如此妥帖，笑道：「好姑娘，虧妳忙裡忙外地照應，既然奶娘來了，那我可就去了。」賀嬤嬤將小嬰孩遞給了綠柳她嫂子，又交代了幾句，這才由一個小丫頭領著往外頭去了。

杜大太太是個細心人，雖然聽說劉七巧自己選好了奶娘，但畢竟還是有些不放心，如今瞧見綠柳她嫂子不但長相好，看著還珠圓玉潤的，想來定然是奶水極好的人，便問道：「妳家孩子多大了？」

綠柳她嫂子知道這是杜家太太，福了福身子道：「孩子已經五個月了。」

「喔，五個月了，那妳走了，誰奶孩子呢？」古時候孩子要是沒奶喝，那可是要餓死的，況且五個月的孩子也確實能喝奶。

綠柳她嫂子稍稍低了低頭，有些不好意思道：「之前和大少奶奶說好了，能讓我帶著孩子進府上的，我奶多，奶兩個孩子也管夠，今兒來得晚，孩子睡了，所以我先進來了。」

杜大太太聞言，點了點頭，又在人家的胸口上來來回回掃了幾圈，好像在確定她說的是不是實話一樣。不過當杜大太太看清了她那高聳的胸口時，嘴角就不自覺地露出了笑意，看來還真是一個奶多的。

「一會兒哥兒要是哭了，妳奶他試試看，不過他還小，沒什麼力氣，妳可仔細著點，別嗆著他了。」杜大太太吩咐道。

綠柳她嫂子便開口道：「我左邊的奶水出得慢一點，一會兒我用左邊餵，太太放心，我一定好好照顧小少爺。」

杜大太太這會兒就算不放心也沒啥用了，便點了點頭，見兩位杜大老爺已經坐下來喝茶了，開口道：「時候不早了，老爺我們回去吧，二叔也回去吧。」

「好好，回去，明天再來。」杜大老爺樂得滿面紅光，站起來，又湊到了奶娘的身邊看了幾眼哥兒，這才樂呵呵地走了。

杜二老爺跟著一起回去，走到西跨院正院的時候，忽然就覺得沒什麼意思，轉了身子，吩咐身邊的丫鬟道：「我去蘼蕪居，妳自己回去吧。」

杜二太太其實在杜二老爺走後，也沒真睡得著，她雖然沒去，好歹也有一顆八卦的心，所以等著等著，也就等到了劉七巧把孩子生了出來，可誰知正當她等著杜二老爺回來的時候，小丫鬟回來稟報，說二老爺去了蘼蕪居了。

不過杜二老爺去蘼蕪居倒是也沒錯，作為姨娘，深更半夜是不好在杜家宅子裡亂跑的。況且說句實在話，當年趙氏生兩個兒子，她們幾位姨娘也沒去瞧過，若是現在劉七巧生孩子她們過去瞧了，只怕到時候下人們又要說道，所以她們四個人也沒過去，只是命丫鬟在百草院門口打探消息，一有消息就來稟報她們。

幾位姨娘聽聞劉七巧一舉得男，很是為她高興，正打算各自回去睡覺，不想卻瞧見杜二老爺打了傘進來。

花姨娘見了杜二老爺，笑道：「老爺莫非是在正房吃了閉門羹了，這大半夜還下著雨呢，怎麼跑到這兒來了？」

蘇姨娘見杜二老爺來了，急忙吩咐丫鬟道：「玉蕊，去沏一杯熱茶來，給老爺暖暖身子。」

杜二老爺見阮姨娘也來了，吩咐道：「妳才出月子，不能熬夜，快回去休息吧。」

阮姨娘微微欠了欠身子，起身告辭，花姨娘便也跟著道：「那我也跟阮姊姊一起回後院了。」

蘇姨娘見兩人跑得快，一時有些臉紅，也福了福身子道：「老爺，今兒我身上不爽快，讓陸妹妹服侍你吧。」

「好吧，妳也去睡吧。」杜二老爺揮了揮手，蘇姨娘也識趣地回房了，留下陸姨娘一個人在大廳裡頭服侍著。

陸姨娘倒也不羞澀，見丫鬟送了熱茶上來，親自奉了熱茶給杜二老爺道：「老爺喝一杯熱茶，暖暖身子就睡吧。明兒是老太太的壽辰，要是精氣神不好，在老太太跟前可就失禮了。」

杜二老爺想想也是，便只喝了一口熱茶，跟著陸姨娘進房休息去了。

如意居裡頭，杜大老爺和杜大太太雖然已並肩睡在了床上，可一時也睡不著覺。杜大太太想想這些年把杜若養大的情景，忍不住嘆息道：「當年就連老太爺都擔心大郎活不過二十歲，如今他不光娶媳婦了，還有了自己的兒子，老爺，大郎是真的長大了……」

杜大老爺伸手摟著妻子，唇瓣在她的鬢邊輕輕蹭過，點頭道：「是啊，大郎是真的大了，有七巧的幫忙，寶善堂以後在他的手上一定能發揚光大的。」

「老爺就想著這些事情，說句心裡話，我倒是捨不得大郎接管這家裡的生意。」杜大太太往杜大老爺的懷中靠了靠，繼續道：「當年你接管家裡生意的時候，走南闖北，遇到多少險境，我在家裡頭每日提心吊膽，過的都是什麼樣的日子……若是大郎以後也要像你一樣，除了我，便是七巧，那也是萬萬捨不得的。」

杜大老爺這下倒也是難辦了，其實這些年他也想過這事情，杜若的身子肯定不適合跋涉奔波，所以他才那樣盡心盡力地培養杜蘅，可是一旦杜老太太去世，杜家分家，寶善堂後面的路要怎麼走，杜大老爺自己也說不清楚。

第二日，杜老太太起了個大早，想著要去百草院看劉七巧去。百合在一旁一邊服侍，一邊笑著道：「老太太不必著急，還是跟往常一樣，等大家夥兒都來了，給老太太拜過壽了再過去也不遲。昨兒大少奶奶折騰到下半夜才消停，怕這會兒還沒睡醒呢。」

「妳說得也對，這時候一大早的，七巧怕還沒醒呢。她昨兒耗神了，是得要好好休息。妳去廚房傳話，今兒燉一碗鴿子湯給七巧喝，這鴿子湯是收骨架的，她才生完，得先收一收骨架了。」杜老太太說著，從凳子上站了起來，外面小丫鬟早已進來回話。「回老太太，三位姑娘都已經到了。」

杜老太太笑道：「她們倒是來得早了，百合，荷包都準備好了沒有？」

「老太太放心，都準備好了。」百合一邊去五斗櫃裡頭拿荷包，一邊站定了，想了想道：「我差點忘了，還得準備一個大荷包呢！」

杜老太太原本還一時沒想明白，等百合往那百草院的方向指了指，她才拍了拍腦門道：「可不是？百合，快開了我的私庫，我要自己進去看看有什麼東西給我的小曾孫。」

百合笑道：「老太太別著急，一會兒去看大少奶奶之前慢慢找，這會兒姑娘們都來了，老太太還是先出去吧。」

雖然昨夜劉七巧生了杜家長房的長孫，但杜老太太的生辰自然也是不能怠慢的，今兒一早，杜家眾人就來到了福壽堂給她請安拜壽，就連杜若這會兒也已經洗漱一淨，早早地跟著杜大太太和杜大老爺兩人過來了。

杜老太太見杜若也來給自己拜壽，急忙起身道：「大郎，你這個時候不在房裡好好陪著七巧，跑到我這福壽堂來做什麼？」

杜若謙遜一笑，正要說話，聽那杜蘅道：「老太太這就不知道了吧，大哥哥是來給妳報喜的呀，丫鬟說的那哪裡能算上報喜？這麼大的喜事得大哥哥親自跟妳說才行呢。」

杜老太太睨了杜蘅一眼，笑道：「少在這邊耍貧嘴，我問你，你兒子都兩個了，哪一個是你親自過來報喜的？怎麼你這麼替你大哥哥著想，就不替你自己想一想呢？」

杜蘅笑道：「老太太教訓得是，下次我一定親自來報喜、親自來報喜。」

趙氏就站在杜蘅的邊上，聽他這沒臉沒皮地說笑，覺得臉上一紅，急忙拉著他的袖子，笑著道：「老太太，時間也不早了，一會兒只怕客人也要來了，老太太還是早些用早膳好。」

眾人聞言，也跟著道：「是是是，老太太還是快些用早膳好，一會兒要是客人來了，只怕老太太這邊也要忙起來了。」

杜老太太點了點頭，笑道：「既然這樣，你們都先回去吧，一會兒我吃過了早膳，正好抽時間去看看七巧，不然過會兒人多，我可就沒時間了。」

杜若急忙道：「七巧沒事，老太太不用掛著她。」

杜老太太笑道：「我就是去看看，有什麼掛不掛著的？再說了，我也要去瞧瞧我的小曾孫，是不是？」

杜大太太笑道：「老太太儘管去，孩子跟大郎小時候一個模樣，就是比大郎長得實在些，看著小巧，肉倒是結實得很。」

杜老太太聞言，嘴巴都快笑彎了，急忙道：「那好那好，那我可要好好去看看了，你們先散了吧、散了吧。」

第一百六十七章

眾人從福壽堂散了，杜大太太一行人才走到門口，就有丫鬟前來傳話道：「回太太，親家太太來了，紅藤姊姊帶著她們去大少奶奶房裡了。」

杜大太太醒來第一件事情就是派了小廝去給劉家報喜，李氏這會兒就來了也不意外。不過這時候還沒到用早膳的時候，只怕她們是餓著肚子就趕過來看七巧了。

劉七巧這會兒剛剛醒過來，見李氏帶著錢喜兒一起來了，急忙喊了丫鬟們搬了凳子給她們坐。李氏就著凳子坐在劉七巧的床前，見女兒雖然虛弱了點，總體來說臉色還算不錯，便心疼道：「七巧，妳可辛苦了，可這還沒到日子呢，怎麼孩子倒是先等不及了？」

劉七巧心想，要是讓李氏知道自己走路不看門檻，沒準還不知要怎麼數落自己，急忙給紫蘇使了一個眼色，笑道：「他要出來，我難道還能攔著？反正一樣的，在肚子裡是長，出來了一樣長，還討個喜慶，和老太太是同一天生的。」

這時候，奶娘抱了孩子過來，李氏接過來抱在手中，滿眼寵溺地看著，笑道：「這孩子還真像大郎，不像妳小時候，都說兒子多像娘，這回倒真不是這樣了。」

劉七巧也探起身子，瞧了一眼小寶貝，伸出手指捏了捏他的小臉道：「長得像人郎才好呢，皮囊好，將來好找個漂亮媳婦。」

李氏搖頭道：「妳這話什麼意思？難不成我把妳生醜了嗎？妳娘我那時候怎麼說也是牛家莊一枝花。」

劉七巧哈哈笑了起來，見小孩子的嘴巴隨著她的手指動來動去，顯然是在尋找食物，她逗了他兩、三回，他一直沒吃到奶，就哇的一聲哭了起來。

奶娘正要上前抱了餵奶，劉七巧支起身子道：「娘，您把孩子給我，我來給他餵奶試試。」

「妳還是別餵了，妳昨晚才生產，這會兒得好好休息，要是真想餵，等過了這幾天再餵也不遲。」

「娘別勸我了，這幾天的奶才最營養呢，等過幾天，奶就沒這麼營養了，我不多餵，就餵一會兒行不？」

李氏見劉七巧堅持，只好把小孩子遞給了劉七巧。劉七巧側著身子，稍稍解開了中衣的帶子，學著餵起了孩子。

孩子這會兒真餓著，聞見了奶香便奮不顧身就湊上去，大力吸了起來。劉七巧覺得乳頭酸酸麻麻的，疼得冷汗都要出來了，硬著頭皮堅持罷了。

以前看書上說餵奶很疼，她還不相信，如今可算是相信了。

劉七巧餵了一會兒，覺得渾身的衣服都潮了，李氏見她額頭上不住地冒汗，這才把孩子接過了手。「今兒就餵到這裡吧，明天再來也是一樣的，妳現在身子沒恢復好，千萬不要累著了。」

劉七巧抱了一會兒，也覺得有些累了，點了點頭，又讓綠柳拿了乾淨衣服換下，這才覺得稍微舒服了一些。

李氏見了，勸慰道：「傻孩子，妳現在身子虛，動不動就會出汗，所以現在不能多動，如果出了汗，少不得難受。」

正說著，連翹端著盤子進來道：「老太太那邊派廚房送了鴿子湯過來給大少奶奶喝，廚房的人說，喝鴿子湯對產婦最好了，不油膩又補身子。」

李氏聞言，打開盅子上頭的蓋子，端著送到劉七巧跟前。「來，先喝一點鴿子湯，一會兒再喝些小米粥墊墊肚子。妳這會兒也不能吃什麼乾飯，也就這些湯湯水水的先吃著，等身子沒那麼虛了再吃米飯。」

劉七巧點了點頭，就著勺子喝了幾口湯，除了味道鮮美之外，裡面還有一些中藥。之前杜大太太坐月子的時候，劉七巧特意拿了一本《產婦坐褥期照料指南》給廚房的人學習，如今這鴿子湯只怕也是按照上面的方子做的。

「我這會兒倒是不大餓，就是肚子裡剛沒了一樣東西，感覺空落落的，好像怎麼也吃不飽一樣。」

李氏聽劉七巧這麼說，笑道：「生了孩子就是這樣的，孩子一下來就沒東西頂著胃了，吃什麼都跟無底洞似的，怎麼也吃不飽，這時候可真不能多吃，要是一下子吃多了，那這肚子可就真的大了起來，回不去了。」

李氏畢竟生過三個孩子，這些經驗還是有的，若是劉七巧嫁得不好，晚上要自己費神帶孩子，原本身上長上去的肉還能掉一點。

如今杜家的條件極好，怎麼可能讓劉七巧自己帶孩子呢？所以她這月子要是不注意，少不得身上的肉不但下不去，還能再長一坨出來。李氏也是見慣了生了孩子之後就沒了形象的鄉下婦人，自然害怕劉七巧毀了身材。

劉七巧倒是不怎麼擔心，她的身體自己清楚，懷孕前期也沒胖多少，就是懷孕後期她增加了一些飯量，這才稍微養出一點肉。

李氏在劉七巧房裡又說了一會兒話，杜大太太和杜若兩人也已經用過了早膳過來了，丫鬟從廚房提了食盒來，請李氏和錢喜兒到外頭用早膳，李氏推拒道：「我們來的時候吃過餑餑了，這會兒也不餓。」

杜大太太聽了，笑著道：「親家母還是吃一點吧，今兒老太太生辰，午膳也不知道什麼時候才好，這小姑娘正長身子呢，可不能餓著。」

李氏見杜大太太說得有道理，這才帶著錢喜兒去偏廳裡頭用早膳去了。

杜若進來，見劉七巧已經醒了，急忙噓寒問暖，又問丫鬟們她吃了些什麼，劉七巧這會兒精神還不足，靠著和杜若稍微說了幾句話，就讓杜若去小書房的炕上睡一會兒。

杜若不肯走，在她對面的軟榻上坐了下來。

「我就在這邊陪著妳，稍微靠一會兒。」

劉七巧擺擺手道：「你還是去你的書房吧，一會兒客人來了，少不得要來看我，你一個大男人在這邊杵著，讓我們說什麼好呢？」

杜大太太聞言，點頭道：「七巧說得是，大郎你還是去你的小書房吧，七巧這邊有我照料著呢。」

杜若見杜大太太也這麼說，便跟著丫鬟往西面的小書房去了。

「七巧，妳再睡一會兒，一會兒要是有人來看妳，少不得會勞神。」雖然客人們過來也不會停留多長時間，可也要應酬幾句話，當真睡著了那也不好意思。

「沒事，娘，我這會兒也不睏，靠著罷了，要是有人來了，有精神就說上兩句；沒精神就靠著聽你們說話，也費不了什麼神的。」劉七巧稍微動了動身子，覺得沈甸甸、軟綿綿的，沒什麼力氣。

杜大太太聽她這麼說，也不好再反駁什麼，開口道：「那妳靠著吧，我在這邊陪著妳。」

劉七巧便道：「娘不必在這邊，今天老太太生辰，少不得要妳出去招呼人，還要回去看著榮哥兒，這邊有我娘就夠了。」

杜大太太今兒確實是有些事情要忙，也就沒推辭，帶著丫鬟起身離去了。

李氏用過早膳，又回了劉七巧的房裡，見劉七巧正在閉目養神，便也沒說話，只是到次間裡將哥兒抱了過來，逗著哥兒玩。

這會兒哥兒也吃飽了奶，懶洋洋的揮舞著小拳頭，看著別提有多霸氣。錢喜兒喜歡得不得了，笑著道：「小姪兒長得真好看，大娘您說是不是？」

「是是是，長得跟他爹一樣，能不好看嗎？妳沒瞧見杜家的人個個都生得這麼好嗎？」李氏這會兒是心花怒放，對懷中的寶貝讚不絕口。

兩人正笑著，忽然聽見外頭有一個年長的聲音開口道：「親家太太謬讚了，杜家人哪有妳說的這麼好？都說兒子像娘，哥兒長得好，那一定是七巧的功勞。」

李氏聽見聲音，便知道是杜老太太來了。

李氏原本對杜老太太不怎麼熟悉，可是上次世子爺大婚時見了一回，李氏倒是覺得杜老太太隨和，心裡頭對她的一點懼意也變成了敬意，笑著道：「老太太這回可沒說對，這哥兒可不就是像大郎？雖然我沒見過大郎小時候的模樣，可咱們家七巧小時候的樣子我可瞧見過，不是這樣的。」

杜老太太聽李氏這麼說，急忙上前兩步湊過去看，只見一個白白胖胖的小嬰兒正在那邊打呵欠，那小嘴唇鮮紅鮮紅的，樣子可愛極了。杜老太太驚呼道：「唉呀，可不就是跟大郎小時候一個樣子，就是比大郎胖一點、結實一點。」

杜老太太伸手從李氏手中接過了孩子，看在眼中喜在心中，一個勁兒地點頭道：「當真是父子啊，就跟一個模子裡刻出來的一樣。親家太太，妳快看他那小鼻子小眼，真是太像了。」

李氏笑道：「沒生之前我還擔心呢，萬一是個兒子長得像七巧，怕將來就沒有大郎這樣俊俏了，如今我倒是放心了。」

劉七巧這會兒正在床上閉目養神呢，聽見李氏說了這麼一句，嬌嗔道：「老太太您聽聽，難道我是長得歪鼻子小眼睛嗎？我娘竟瞎操心呢！」

杜老太太笑道：「長得像七巧也不賴，姑娘家要是長得像七巧這樣小巧可愛的，那也是討人喜歡的，這不著急，以後慢慢生。」

劉七巧聽見「慢慢生」這三個字就一頭冷汗。古代的女子除了成為生育機器以外，果然很少有第二種職業。

李氏見她臉上有些不願意，急忙笑道：「那是，七巧年紀小，以後少不得還要給老太太添個曾孫女什麼的。老太太福壽雙全，兒孫繞膝，真是讓人羨慕得緊。」

杜老太太原本覺得李氏太過拘謹，似乎並不怎麼會說話，如今見李氏這一番話說得也讓她心裡甜蜜蜜的，笑道：「我說這七巧一張巧嘴是像誰呢，原來是像親家太太。」杜老太太笑著繼續道：「聽說她兄弟考上了童生，這可不簡單，我聽七巧說，妳家八順也不過就才十歲，將來肯定能有大出息。」

說起八順來，李氏最近可沒少風光，就連王府那邊的人都知道，劉二管家的兒子十歲就考上童生了。雖說王府的三少爺也過了童生，但人家眼看著就十三歲了，劉八順才十歲，這就是差距啊！

「老太太快別誇他了，我這幾天還在家裡訓他呢，別以為過了童生就跟考了狀元似的，這壓根兒就沒什麼了不得的。再說了，他的先生可是狀元，要是狀元的徒弟連童生都過不了，說出去那才讓人笑話呢！」

「對對對，親家太太說得很對，小孩子心野，一定要讓他沈下心思，好好繼續唸書才行。有多少人是考了一輩子，到老還是個童生的，這一點要引以為戒。」

劉七巧對這一點倒是不大贊同。雖然她知道讀書少不得要用功的道理，但是以她的經驗看來，劉八順的小腦瓜是很好的，的確是有那麼一點天才的稟賦，但是如果家裡逼得太急了……

「娘，我都跟您說過多少次了，八順雖然貪玩了一點，可腦子還是聰明的，您得稍微滿足一下他愛玩的天性，不然以後變成個書呆子一樣的人，有什麼好的？您見過幾個狀元是書呆子的？不說別人，就大郎吧，妳看著他溫文爾雅的，其實骨子裡別提有多愛玩了，那些個朋友更是一個比一個厲害，狀元探花我都見過，就沒見過書呆子。」

李氏也明白劉七巧的意思，劉八順剛開蒙那會兒，每天都是劉七巧督促他看書的，連劉八順都說姊比私塾的先生靠譜。

後來劉七巧進了王府，劉八順也有了狀元先生，她就不怎麼管劉八順了。不過劉八順的學習習慣倒是和以前劉七巧教他的差不多。

「七巧說得有道理，這叫勞逸結合，況且現在正是小孩子長身體的時候，要是為了功課耽誤身子，那可不行，就說我那姪孫吧，現在是我的大孫女婿了，就是因為熬壞了身子，弄得沒考上進士，還要再等三年。」

第一百六十八章

李氏一邊聽一邊點頭，神色一本正經，開口道：「那我可真得注意著點了，這身子壞了可不是鬧著玩的，我家那小身板看著平常結實，其實也是個沒用的。」

劉七巧稍稍打了一個呵欠，奶娘上前把哥兒給抱走了，丫鬟們看著時辰也不早了，估摸著一會兒客人要到，上前勸道：「老太太該回福壽堂去了，一會兒姨奶奶還有大太太那邊的舅太太都要來了，老太太還是先回去吧。」

杜老太太點點頭，又掃了一眼這房裡的丫鬟奶娘們，吩咐道：「妳們好生服侍大少奶奶，這個月的百草院丫鬟們的月銀翻倍。」

眾丫鬟聞言，都笑著謝過了恩典，才送了杜老太太出來。杜老太太往外頭走了幾步，轉身吩咐連翹道：「妳們少奶奶今天身子沒好，需要靜養，今天就不見客了，到時候要是有人來，說是我吩咐的，讓她們直接到福壽堂找我便是。」

連翹笑著道：「就等著老太太這句話了，今兒是老太太的好日子，老太太不發話，我們這裡還當真不敢閉門謝客呢。」

杜老太太笑道：「妳這丫頭什麼時候也學會貧嘴了？行吧，妳們這兒就閉門謝客吧，今兒我替妳們接客了。」

「那就辛苦老太太啦。」連翹說著，把杜老太太送出了院門，這才折了回來，見劉七巧在裡面養神，又往小書房去看了一眼，見杜若也在炕上睡得正香，在外間服侍的小丫鬟們昨晚累了一宿，這會兒也都熬不住，打起了盹兒來。

李氏見連翹進來，笑著道：「連翹姑娘也去睡會兒吧，這邊有我看著呢。」

連翹這會兒也是睏勁上來了，忍不住打了一個呵欠。「那就辛苦親家太太了，我就在這榻上靠一靠，要是大少奶奶醒了，只管叫醒我。」

李氏在房間裡的凳子坐了，見錢喜兒還在一邊站著，便道：「妳去找妳姊玩去吧，不要亂跑，這兒可比不得家裡，外頭大，跑丟了我可不帶妳回去。」

錢喜兒最近個子拔高了不少，紮著兩個鬏兒，上頭纏著米粒大的珍珠串成的髮串，看著越發俊俏了。李氏是真心把她當親閨女養，樣樣都給她好的，半點也沒委屈她，便是劉七巧小時候也過著苦日子，都沒有丫鬟服侍過。

李氏見錢喜兒走了，拿起桌上的針線，見上頭的桃花才半朵，便低著頭做起了針線來。她在牛家莊算是有福的媳婦了，別的媳婦不光要會做針線，農忙的時候還要跟著下地做農活，李氏不曾下過地，所以針線功夫在牛家莊算是拿得出來的。

因為今兒是杜老太太的壽辰，杜家院裡也熱鬧了起來，太遠的親戚是沒有請的，不過就請了兩位杜大太太的娘家人，趙氏和劉七巧的娘家人，以及姜姨奶奶、安泰街上的本家親戚，還有幾個杜大太太的老姊妹。

王妃這幾日身子不是太好，雖然知道劉七巧剛生了孩子，還是只命人送了禮過來，人並沒有親自來。原本王妃不能來，作為如今王府大少奶奶的于氏是要來的，可如今于氏有了身孕，自然也是不方便去的。

來的客人大多數都是來了之後才知道劉七巧剛剛給杜家生了個男孩，可惜出門的時候並不知道這個消息，少不得沒帶什麼見面禮。杜老太太這邊正在和安靖侯老夫人、富安侯夫人聊天，這兩位老夫人如今也可以算是紅光滿面了，周蕙一個月前為安靖侯府生下了一個長孫，富安侯府大少奶奶也生下了嫡長孫，真是喜事連著喜事。

「我們這幾個老姊妹，如今瞧瞧，卻還是妳的福分最好。」富安侯夫人感嘆了一番，繼續道：「想著我們那時候，父母削尖了腦袋要把我們往侯門嫁，如今瞧著，其實是不是高門大戶也不打緊，重要的是這一輩子要活得開開心心的。」

杜老太太聞言，笑道：「妳這話說的，難道妳如今有什麼不開心的嗎？說得好像受了多大的苦處一樣。」

富安侯夫人笑道：「難道我沒苦處嗎？年輕的時候生不出兒子，到了三十多才得了這麼一個老來子，沒承想兒子娶了個媳婦，又是一個生不出孩子的，如今好容易才生了一胎下來，都已經嚇得說是不敢再生第二個了。」

杜老太太笑道：「女人頭上一個忘字，這疼也不是白疼的，一時半會兒肯定是忘不掉的，妳等再過幾年才讓她再懷一胎就是了。實在不行，房裡的姨娘也可以生，反正如今也有了嫡長子，不怕那不安分的人弄出什麼么蛾子。」

富安侯夫人聽著也覺得有道理，點頭道：「話是這麼說沒錯，可我那兒子對兒媳婦卻是喜歡得很，當年我兒媳婦得了那麼大的病，他也不肯跟妾室一起過，如今我也只好隨緣了。」

安靖侯老夫人聽了，羨慕道：「妳有這樣的兒子是福氣，外頭多少人家因為多寵了一些妾室鬧得雞犬不寧的。依我看，妾室這東西，要是孩子真的需要，那就安置幾個；要是孩子自己不想要，我們也懶得煩。我要不是那兒媳婦太不像話，我也不願意管兒子房裡的事情。」

老太太們都是過來人，很多事情花了一輩子才想明白，如今說起來，倒也通透了。

安靖侯老夫人又道：「還沒恭喜妳呢，曾孫和妳同一天生辰，也不知道妳是哪一世修來的福分？」

杜老太太笑道：「可不是，這妳們是羨慕不來的，不過我可告訴妳們，七巧今兒還虛弱著，妳們要道喜的只管跟我道喜，就別去她那邊了。」

「瞧妳這老貨，我們說了要去了嗎？那時候妳是怎麼嫌棄七巧的？如今倒是疼了起來，可見妳當初是瞎了眼了。」富安侯夫人對劉七巧一直很感激，和杜老太太說起話來也帶著幾分玩笑。杜老太太也不生氣，點頭道：「行行行，妳說得對，我當初就是瞎了眼了，可我雖然瞎了眼，老天爺沒瞎呀，所以七巧還是嫁進了杜家，是不是？」

幾個老太太聽了，都忍不住笑了起來，這時候，外頭有小丫鬟來傳話道：「回老太太，水月庵的了塵師太命人送了賀禮來，還有一串開過光的金剛結護身手鏈，是送給大少奶奶的。」

杜老太太聞言，急忙站了起來問道：「水月庵來送東西的師父呢？」

「門房上要留了她下來喝茶，她說她是佛門子弟，清靜慣了，就不進來了，人已經走了。」

「那行吧，改日我們再去水月庵捐香火錢，妳把那手鏈給大少奶奶送去，我估摸著應該是給小哥兒的。」

富安侯夫人和安靖侯老太太聽了，羨慕道：「也不知道七巧是哪一世修來的福分，連大長公主都這麼為她上心。」

杜老太太聽出她們話中豔羨的意思，心裡偷偷樂呵，笑著道：「行了行了，時間也不早了，我們出去入席吧。」

杜若昨兒折騰了一晚上，今天一早睡到中午才醒過來，見守在門口的小丫鬟也已經累得趴在桌上睡了，就自己起來穿了衣服，往劉七巧的房裡來。

李氏正在那邊做針線，見杜若進來，笑著道：「大郎可睡足了？」

杜若有些不好意思，親自倒了一杯茶給李氏道：「娘歇一會兒，這些事情丫鬟們做就好了。」

「丫鬟們也都服侍一夜了，也要歇一歇，我就是順手的事情，不打緊。」李氏說著，放下繡品喝了一口茶，外面的小丫鬟正好進來道：「親家太太，福壽堂那邊來請您過去入席呢。」

杜若見了，回道：「妳出去說一聲，一會兒我和親家太太一起過去。」

這會兒連翹聽見有人說話，也醒了過來，揉了揉眼睛，見杜若正站著，忙起身道：「不好，這一睡就睡過頭了，什麼時辰了？只怕福壽堂那邊要開席了。」

「妳去把親家太太家的姑娘喊過來，我們一起過去。」杜若交代了一聲，連翹正要出門，李氏急忙喊住了道：「連翹姑娘不用去了，讓她跟紫蘇在一塊兒吃就好，她們姊妹倆難得見一次，跟我去了那邊反倒拘謹得很。」

杜若見李氏這麼說，便點頭應了，帶著李氏一起去了福壽堂那邊。

其實李氏這會兒心裡還是有些七上八下的，王妃沒來，她就是劉七巧唯一的娘家人，說實話這樣的場面，她一個村婦真的沒經歷過幾次，也不過就是在王府住的時候，遠遠瞧著熱鬧得很。如今真的來了，她也怕給劉七巧丟臉。

杜若見李氏有些尷尬，也知道她的顧慮，笑著道：「娘不必擔心，我跟太太說好了，一會兒妳就坐她那一桌，上頭是我舅媽和她家的媳婦、姑娘。」

李氏小心翼翼地點了點頭，有些緊張地扶了扶鬢角。說起來，李氏容貌算是好的，可畢竟在村裡過得時間長了，身上就有一股鄉土氣息，那是不管穿什麼衣服都遮蓋不住的。

杜大太太見杜若帶著李氏過來，起身相迎，笑道：「親家太太來啦，坐吧。」

李氏謙和有禮地坐下了，和舅太太打了招呼，又受了禮數，臉上笑得很恬淡。杜老太太見李氏來了，對桌上的三個姑娘道：「那是妳們大嫂子的娘，妳們是第一次見，都去行個禮。」

三位姑娘都起身去給李氏行禮，李氏忙不迭起身謝了，忽然想起方才她出百草院的時候，綠柳給她塞的幾個荷包，便笑著一人一個拿出來當成了見面禮。

這般舉動，饒是原本對她有些看輕的太太、奶奶也都忍不住心道：沒想到她居然還是這般有心思的人，怪不得劉七巧這樣聰明伶俐，想必是隨了她母親。又想起劉七巧的爹是恭王府的二管家，恭王府那樣的地方，便是一個普通下人都有幾個心眼，更不必說還是個管家。

「親家太太何必多禮呢，妳是長輩，受她們的禮那是應該的，不用這麼客氣。」

「不過就是一些小玩意兒，第一次見，也就是意思意思，老太太這麼說，我倒不好意思了，怕姑娘們看不上呢。」李氏陪笑道。

眾人又寒暄了一陣子，見吉時已到，杜老太太便吩咐廚房上菜了。

大戶人家的規矩都是食不言、寢不語，所以桌面上也靜悄悄的。大廳裡頭是幾桌女賓，外頭還有幾桌是男賓，女賓這邊靜悄悄的，男賓那邊倒是歡聲笑語不斷。大家知道杜若喜得貴子，哪裡肯放過杜若？奈何杜若的胃才剛剛好，自然是不能喝酒的，倒是杜蘅很講義氣，敬杜若的酒他一個人全包了。

李氏吃過了午膳，又回了百草院陪著劉七巧，見小丫鬟端了吃食進來，笑道：「這丫鬟真是周到，怎麼就知道妳這會兒會醒，連東西都已經準備好了，快起來吃一些吧。」

連翹在杜若房裡服侍的時間長了，也稍微識些字，拿著劉七巧的那本書看了半天，一下子也懂了很多，樣樣按照書本辦事，自然少出差錯。

劉七巧吃了幾口糯米紅糖粥，果然精神又恢復了不少，讓連翹吩咐奶娘把孩子給抱了過來。她這一覺睡醒過來，就覺得有些奶脹了，得要孩子吸一吸才好。

「哥兒剛還哭呢，我差點兒就餵上了。」奶娘笑著開口道。

劉七巧這會兒精神好了些，見綠柳她嫂子也奶脹了，笑道：「他還小，哪能吃得了我們兩個人的奶？妳回去把妳家孩子給接進來，奶一個是奶，奶兩個也是奶。」

綠柳她嫂子心裡感激，但想了想卻沒答應。「我昨兒想了想，大少奶奶這會兒需要靜養，我家那五個月了，白天睡得少，萬一哭哭鬧鬧的，豈不是擾了大少奶奶休息？」

劉七巧笑道：「哪裡會這樣？小孩子只要吃飽喝足是不會亂哭的，若是真的哭鬧不停，只怕就是病了。妳只管把他接進來，我聽說也是個哥兒，以後正好給我家哥兒當個書僮不是正好嗎？」

綠柳她嫂子聽劉七巧這麼說，高興得不知道說什麼好，笑道：「大少奶奶這麼說，那我可真回去接來了，可是大少奶奶，我……我這……」

劉七巧見她還是有些不好意思，笑道：「妳是奶娘，除了奶孩子之外，其他的事情都不用做，孩子就交給丫鬟帶好了。」

綠柳她嫂見劉七巧說得這樣明白，也就放下心來，又謝過了，這才高高興興地出去和綠柳說了。

李氏見了，問劉七巧道：「妳讓她把她的孩子帶進來，到時候只怕她顧不上哥兒了，妳可想好了？」

劉七巧嘆了一口氣道：「將心比心，她孩子那麼小就要離開她身邊，她肯定也是捨不得的。家裡頭能帶孩子的人多，既然她是奶娘，那就讓她專心奶孩子就好了。」

李氏抬起頭來道：「不然這樣吧，九妹如今過了一週歲了，吃的奶少了，我一個人儘夠了，她那個奶娘家裡孩子也大了，又是一個清爽人，我喊她過來幫著妳帶哥兒吧。」

劉七巧也見過劉九妹那奶娘，年紀約莫有二十五、六的樣子，放在古代應該已經是好幾個孩子的娘，帶孩子的經驗肯定是有的。既然李氏這麼說，她也不好推辭，又開口道：「那行，娘讓她過來吧，不過娘家裡頭還是再請一個人照顧九妹才好，雖說滿了一週歲可以不用吃奶，但還是離不得人照顧的。」

李氏點了點頭道：「我正打算請兩個粗使婆子，回頭再多請一個丫鬟，丫鬟的月銀也比奶娘便宜點。」

第一百六十九章

劉七巧是知道家裡收入的，雖然家裡有幾畝地，但都是給親戚種，每年收的租也有限，李氏又是一個儉省的人，只怕日子也就過得一般般。

她想了想，開口對綠柳道：「一會兒讓紫蘇送夫人回去，該帶的東西記得都帶著。」

杜若中午沒有喝酒，但是下午也沒閒著。杜芸從書院回來，正拉著杜若說玉山書院裡的事情，又恰巧遇上了姜梓丞，三人一起聊了許久。

最後還是姜梓丞說起杜若喜得貴子，定然欣喜得很，怕等不及要回去看兒子，杜芸這才覺得自己多有失禮，兩人一併將杜若送出了品芳院。

福壽堂裡頭正在唱戲，幸好離百草院有些距離，算不上太吵。百草院裡頭靜悄悄的，丫鬟們這會兒除了去看戲的，其他人也都正抽空午睡。杜若進了房間，見李氏正陪著劉七巧，上前行禮道：「娘，外頭唱戲呢，怎麼沒出去跟她們一塊兒看戲？」

李氏一邊做針線一邊道：「那都是些官太太們愛的玩意兒，我一個鄉下婦道人家也看不明白，不如在這邊陪著七巧。丫鬟們也服侍了一早晨了，我這會兒遣她們吃飯睡覺去了，月子裡小孩子容易吵，免不了晚上又要熬夜。」

杜若點了點頭，給李氏倒茶，李氏謝過了，道：「我不喝茶，你累了也去歇著吧，這邊有我呢。」

杜若正打算離去，李氏又喊住了他。「大郎，這哥兒的名字你可想了？一會兒回去，怕你爹問起，我倒是答不出來了。」

杜家下一輩是文字輩的。杜蘅的兩個孩子，一個叫文禮、一個叫文傑，杜若早在劉七巧懷孕的時候就已經想好了名字，若是男孩那就叫文韜、若是女孩就叫文靜。

杜若笑道：「娘，孩子的名字已經取了，只是還沒正式定下呢，既然爹著急想知道，那我先偷偷告訴娘。」他說著，走到李氏身邊，正打算要說，劉七巧就開口道：「怎麼不叫醒我，難道孩子不是我生的？」

杜若見她醒了過來，被嚇了一跳，笑道：「妳怎麼裝睡呢？」

「我哪裡裝睡了？方才你進來的時候我就醒了，就是想聽聽你想向我娘告我什麼狀呢！」劉七巧笑著道。

杜若搖頭，坐到了床沿上，為她掖了掖被子，繼續道：「我哪裡有告什麼狀？名字我想好了，只是還沒回稟了老太太還有爹娘，也算不上最終定下來。」想了想，接著道：「我取的是之前提過的文韜武略的文韜，二弟家兩個兒子，一個文禮、一個文傑，我家的叫文韜，也算合適。」

劉七巧喃喃重複了一下這個名字，忽然就笑了起來。「那要是再生一個，豈不是要叫武略？」

杜若無奈搖頭。

「那為夫就等著娘子再為我杜家添丁了。」

劉七巧故作被嚇壞了，連連道：「饒了我吧。」

李氏坐在一旁，見女兒女婿這樣恩愛，也越發放心了，見天色不早，開口道：「大郎，時辰也不早了，我帶著喜兒先回去了，你要好好照顧七巧，她從小就不聽話，你別讓她胡來。」

杜若急忙正色道：「娘不用了晚膳再走嗎？」

「不了，八順一會兒也要下學了，我還要回去督促他功課。」

杜若見李氏起身，也不敢強求，倒是劉七巧開口道：「你讓春生把我娘送回去吧，我娘也出來一陣子了，八順、九妹都離不開她。」

杜若初為人父，明白這個道理，往外頭叫丫鬟去喊錢喜兒。紫蘇送了錢喜兒過來，見李氏要走，挽留道：「大娘為什麼不再坐一會兒，這會兒還早呢。」

錢喜兒看看天色，開口道：「過一會兒八順就該回家了，我也要回去給八順磨墨了。」

紫蘇見錢喜兒那一本正經的小模樣，也是哭笑不得。「行吧行吧，那妳就跟著人娘回去吧，姊姊這邊可留不住妳了。」

錢喜兒臉頰微微一紅，躲到了李氏的身後。

杜若送走李氏，又回到了劉七巧的房中。劉七巧聽見腳步聲，開口道：「我這會兒又有些餓了，你讓丫鬟去廚房弄些吃的來。」

綠柳正巧從外頭進來，聽見了便道：「大少爺不用去了，我剛看戲回來，讓半夏去廚房拿吃的了，就知道大少奶奶又到餓點了。」

劉七巧笑道：「妳又不是我肚子裡的蛔蟲，怎麼又知道了？」

綠柳笑道：「剛才我去看戲之前，連翹姊姊告訴我的，她昨晚沒睡好，這會兒正和小少爺一起在炕上睡得香呢！」

正說著，果然外頭小丫鬟已經提了食盒進來，邊往裡走邊道：「廚房裡做了烏骨雞湯，我怕大少奶奶喝雞湯不夠抵飽，就讓她們加做了一碗雞蛋羹來，還有一小碗的肉糜粥。」

綠柳忙上前扶了劉七巧起身，在床上架起了小茶几，將東西都放了上來，又吩咐了方才的丫鬟道：「妳一會兒去廚房傳話，讓她們過一個時辰再下一碗雞湯餛飩來，少油少鹽。」

劉七巧起身吃了幾口。月子裡提倡少油少鹽，到了古代更不得了，恨不得不放鹽，吃在嘴裡也沒什麼味道，倒是那雞蛋羹蒸得很嫩，雖然味道淡了點，但吃著還算不錯。

杜若一直在一旁陪著劉七巧，劉七巧見他目不轉睛地看著自己，舀了一勺子的粥送到他嘴邊，杜若便順勢張開嘴，吃了一口粥下去，回味了半天，才開口道：「這粥怎麼沒味道呢？」

那小丫鬟笑道：「大少爺還說這粥沒味道，也不知道方才我是怎麼求了廚房的大娘，讓她用筷子頭點那麼一撮鹽進去的。廚房的大娘說月子裡不能吃鹽，非不肯放呢。那烏骨雞湯還是中午宴席上用剩下的，我求著她們弄一些來蒸雞蛋羹，不然奶奶就只能吃白雞蛋羹了。」

杜若倒真的沒有預料到這一點，開口道：「是要少油少鹽而已，又不是不讓吃，要真的不吃鹽，那人怎麼有力氣呢？」

「行了行了，這兩天就先忍一忍吧，反正我也吃不了多少，等過幾天連翹脫得開手了，我讓她給我做好吃的。」

杜若見劉七巧抱著那一碗沒什麼味道的肉糜粥，吃得還挺香的感覺，伸手撫了撫她的長髮道：「七巧，讓妳受苦了。」

杜若讓紫蘇和春生兩人一起送李氏回去，到了劉家門口，紫蘇下車送李氏進門，囑咐春生在外頭等一會兒。

紫蘇才進門，就從袖中掏了一張銀票出來，遞給李氏道：「這是我剛出來的時候綠柳塞給我的，應該是大少奶奶的意思，大娘您拿著。」

李氏打開一看，是一百兩銀子的銀票，又想起方才劉七巧說的話，便也沒有推辭，開口道：「這事情可不能讓杜家知道了，怎麼說七巧這麼做也不合規矩。」

「哪能呢，在說這些銀子也不是杜家的，是之前太后娘娘賞的，大少奶奶平常在杜家也用不了貼己銀子，還多著呢。」

劉七巧在杜家過的日子，李氏也是看在眼裡的，自然知道女兒不會吃苦，收起了銀票，見奶娘抱著九妹往外頭來，便喊住了道：「大妹子，我閨女生了，這事妳也知道，我尋思著九妹也大了，如今她那邊缺人，妳就去杜家吧。」

那奶娘先是愣了一下，隨即才反應過來杜家是什麼人家，臉上雖然帶著笑，可嘴上卻說：「那我走了，九妹可怎麼辦呢？」

「九妹如今也不怎麼吃奶了，我餵她就好了，妳過去好好地服侍我閨女，我另外謝妳。只是有一點，杜家不比在我們家，規矩嚴著，哥兒也是有奶娘的，妳過去主要還是以帶孩子為主，別的事情都不用妳操心。」

李氏說完，轉身看了一眼紫蘇，繼續道：「這會兒紫蘇在，妳去收拾收拾東西，跟她過去吧。」

奶娘點了點頭，李氏上前接了九妹在懷裡，見奶娘進屋打點行李了，這才對紫蘇道：「她是個老實人，奶了九妹半年多了，一直都規規矩矩的。月子裡七巧自己不能累著，有她帶著哥兒，我也放心。」

不多時，趙奶娘就整理好行李，李氏送了她和紫蘇出門。

劉七巧過門之後趙奶娘才來劉家，對劉七巧的脾氣也不大了解，只聽說劉七巧就是京城裡人人盛傳的送子觀音，總覺得有些高高在上。

「紫蘇姑娘，咱們家姑奶奶的脾氣好嗎？我這平常在屋子裡帶孩子，也沒見上她幾回，她有什麼喜好，妳倒是跟我說說。」

「大少奶奶沒什麼特別的喜好，妳不用緊張，妳過去就是帶哥兒的，屋裡還有三個大丫鬟、兩個小丫鬟，妳也忙不到大少奶奶身上。就是平常大少奶奶喊妳的時候，機靈點就行了。」奶娘一邊點頭，一邊應了下來，臉上多少還有些惶惶不安。

福壽堂的戲到了申時三刻就散場了，老太太們年紀大了，天黑了路上也不方便，杜老太太就把她們都給放回去了，幾個人約好了，過幾日等七巧的身子稍微精神些了，再一起來瞧她。

杜老太太陪了一天的客人，這會兒也有些累了，先回房稍微緩和一會兒。

杜芸原本在品芳院溫書，聽說福壽堂那邊散了，便想著要去向杜老太太辭行了。他今天和姜梓丞同車回來，兩人約好了一起回去，姜梓丞方才先過去陪姜姨奶奶看戲了，所以杜芸這時候便一個人過去了。

寧夫人帶著兒媳和閨女也正往如意居過去，杜芸從品芳院過來，遠遠就瞧見一行人往這邊來。他記性極好，一眼認出了那走在中間的婦人就是那日在訪古齋偶遇的。

杜芸稍稍放慢了腳步，往假山後面躲了躲，讓寧家人先過去了，這才問身後的小丫鬟道：「方才過去的是什麼人，妳認識嗎？」

「是大少爺的舅母一家，邊上那個姑娘就是我們大少爺的表妹。」赤芍是劉七巧特意撥給杜芸使喚的，出了名的消息靈通，這些事情她一早就弄明白了。

杜芸嗯了一聲，嘴角微微一笑，見那群人走遠了，這才往福壽堂去了。

寧夫人到如意居的時候，杜大太太正在炕上歪著，丫鬟進來回了話，杜大太太這才起身迎了出去。「我方才聽著吹吹打打的似乎是停了，料想戲也該完了。」

寧夫人笑道：「妳還是這樣，從小就不愛熱鬧，原以為妳如今年紀大了，也總會喜歡起來的。」

「我喜歡安靜，妳又不是不知道，可老人家喜歡熱鬧，這種日子要是不熱鬧一把也說不過去。以前我們家是從來不請戲班子的，如今的姪媳婦喜歡，倒是也熱鬧得像模像樣了。」

「妳當我不知道？只怕妳不請戲班子是不想讓外頭人太在意杜家，畢竟杜家根基在這裡，百年望族，若是過於高調那也不是好事。妳那些心思，我還是能猜得到的。」寧夫人接了丫鬟送來的茶，低頭喝了一口，繼續道：「京城有錢的富戶多得是，但在皇帝眼皮子底下做生意，可不好做，誰家也不敢搞那麼大的排場，也就是那些個有權有勢的公侯府邸、位高權重的京官家，才喜歡請戲班子。」

杜大太太搖搖頭道：「可不是，就是因為這樣，大家越發覺得把戲班子請回家是件有頭臉的事情，哪家熱鬧都喜歡請一回戲班子，有時候幾家請了同一個戲班子還有對幹的，豈不是麻煩？依我看，還是多一事不如少一事好。」

寧夫人也覺得杜大太太說得有道理，點點頭，又道：「我還沒去看外甥媳婦和小外孫呢，聽說老太太不准外人去擾了她休息，也不知道我這個親舅媽算不算外人。」

杜大太太笑道：「親舅媽自然是自己人的，走吧，我下午也沒過去，我跟妳一起去瞧瞧。」

寧夫人起身跟著杜大太太一起出去，看自己的兒媳和女兒還坐著，開口道：「妳們也一起跟我過去看看妳們表嫂吧。」

第一百七十章

劉七巧吃過了東西，精神不錯，伸了一個懶腰道：「大郎，你扶我起來走一走，我這都在床上睡一整天了。」

丫鬟們聽說她要起來，急忙上前阻攔道：「大少奶奶別說胡話了，妳這會兒起來走什麼呢？還嫌身子不夠虛嗎？」

身子自然還是虛的，可劉七巧知道，順產的產婦四小時之內必須要起床走動的，她昨晚下半夜才生下孩子，一覺睡得比較長，所以就忘了這件事情，可這會兒若還不起來走動，真的就是偷懶了。

杜若見劉七巧堅持，上前扶著她道：「那我們就在房裡走一圈，不要去次間和中廳，外頭有風。」

劉七巧點點頭，杜若扶著她從床上站起來，那一瞬，她真的有一種虛脫得要跌倒的感覺。以前每次大姨媽來雖然也是痛不欲生，可比起現在這樣，也不知好了多少。

杜若見她身子晃了晃，急忙攔腰將她扶住，繼續道：「怎麼樣，要不要坐下歇一會兒？」

「不用，躺太久了，站起來有點暈，你就扶著我在房裡繞一圈。」劉七巧深吸一口氣，果然好了不少，繼續道：「人越睡越軟，還是要起來動動得好。」

一眾丫鬟見勸不動這位固執的主子，都蹙眉看著杜若扶著劉七巧在房裡挪步，臉上表情都僵了。這時候，外頭有小丫鬟進來道：「太太和舅太太過來看大少奶奶了。」

劉七巧和杜若才走了幾步就聽說杜大太太來了，連翹急忙道：「大少爺快把大少奶奶送床上去，這要是讓太太知道了，又要說我們奴才不懂服侍主——」

連翹的話還沒說完，已有丫鬟挽起了簾子，杜大太太從外頭進來，就瞧見劉七巧正靠在杜若的懷裡慢悠悠地挪動著腳步呢！

寧夫人疑惑道：「這是做什麼呢？昨兒才生過孩子的人，你今兒就讓她下地了？」

杜大太太也擔憂道：「大郎，快扶七巧床上躺著，這才多長時間，下地幹什麼？」

劉七巧見杜若這會兒也是一臉無辜，開口道：「娘，沒事，是我讓相公扶我起來走動走動的，老在床上躺著，沒什麼力氣，我……我就是想去淨房裡頭更衣去。」

「傻孩子，妳要更衣只管讓丫鬟把恭桶搬過來，何必親自起來？我看妳平常挺聰明的，怎麼這時候還這麼死腦筋呢？」杜大太太笑著嗔怪道。

「剛才還挺急的，這會兒下來走了一圈，倒是沒了，可能還是躺多了，渾身不得勁，這會兒當真好了很多。」劉七巧方才確實是躺多了，身上軟得厲害，這會兒下來走了幾步，倒是覺得力氣回來了一點，扶著杜若往前挪了幾步，兩人又挪到了床邊，杜若這才扶著她又靠下了。

劉七巧道：「娘，您瞧吧，我這會兒好著呢，能有什麼事情？」

寧夫人看著劉七巧這一路走回去，臉上還是有些不可置信，就她所知，生過孩子的人沒有幾個不躺上好幾天起不來的，可劉七巧居然第二天就起來在房裡走了一圈。寧夫人想起那些說鄉下女人生完孩子就能起床做飯的傳言，倒是覺得有幾分可信了。

「到底是年輕，恢復得快，我們那會兒別說第二天能起來，就是過個三、五天那也是起不來的。」寧夫人看著劉七巧，頭一次覺得娶個鄉下兒媳婦，還真是一件有好處的事情。

眾人又陪著劉七巧聊了幾句，杜老太太那邊便有人來傳話說要擺晚膳了。劉七巧對杜若道：「我今兒不便出去，你好好陪著老太太，讓她老人家高興高興。還有，你不能喝酒，也別起鬨叫別人喝酒，晚上黑燈瞎火的，喝醉了也不好。」

杜若自然都聽在耳中，交代丫鬟們細心服侍好劉七巧，這才和杜大太太她們一起去了福壽堂。

杜若他們剛走，紫蘇就帶著劉九妹的奶娘回了百草院。

這會兒綠柳的嫂子也已經回來，正在次間裡頭奶孩子，聽說又請了一個奶娘進來，心裡頭難免有些擔憂。

紫蘇帶了奶娘進了裡間拜見劉七巧。「奶奶，這是趙奶娘，夫人說讓她過來一起照顧小少爺。」

劉七巧回劉家的時候見過趙奶娘，便點了點頭問道：「趙奶娘家孩子多大了？」

「孩子兩歲了。」趙奶娘見劉七巧雖然剛剛生產，看著氣色倒是不錯，心裡也暗暗驚奇。

「那餵奶到現在，來癸水了嗎？」

趙奶娘也不知道劉七巧問這個話是什麼意思，聽說有的人認為奶娘來了癸水，那奶水就不好了，所以劉七巧一問這個話，她心裡就沒底了。

劉七巧又笑了笑，繼續道：「我這兒還有另外一個奶娘，看看妳們兩個來癸水的日子是不是正好錯開，畢竟來癸水的時候還要奶孩子，身子也會吃不消。」

趙奶娘聽劉七巧這麼說，這才放下心來，開口道：「回奶奶，一年前就已經來了，每月初五就是日子。」

劉七巧點了點頭，喊了紫蘇道：「妳帶奶娘去看看哥兒吧！另外問一下綠柳她大嫂癸水的日子，以後讓她們錯開了帶孩子。還有，綠柳她嫂子家的孩子如今也帶來了，以後妳們也多照應著點。」

紫蘇應下了，領著趙奶娘往次間裡頭去，果然見次間的炕上睡著兩個小孩，一個五、六個月大，也是白白胖胖的。另外一個一看就是剛出生的，嘟著小嘴睡得正香。

趙奶娘湊上去看了一眼，問道：「那小的就是小少爺吧？」

紫蘇點頭道：「是呢，妳就在這邊伺候著吧。」紫蘇說完，又回頭對坐在一旁的小丫鬟道：「半夏，妳以後就替兩位奶娘打下手，不管她們有什麼吩咐都要好好聽著，有什麼不懂也只管問她們。」

「是，紫蘇姊姊，奴婢知道了。」半夏雖然年紀小，也沒有赤芍機靈，卻是一個相當聽話的老實孩子，所以在一群小丫鬟中，紫蘇是最喜歡她的，如今把看護小少爺的事情交給她，讓她在這邊看著兩位奶娘，她也放心，不然她們三個大丫鬟，要是留在這邊看著兩個娘娘，只怕兩個奶娘心裡頭也不舒服。

紫蘇交代完事情，又回到劉七巧的房中，見她正靠在那邊閉目養神，上前幫她把被子掖了掖，走到桌前將房裡的燈點亮了。

這時候，連翹和綠柳兩人也已經從門外進來，身後跟著幾個提著食盒的小丫鬟。連翹才進來，早有小丫鬟上前給她倒了一杯茶，道：「連翹姊姊辛苦了，給大少奶奶做了什麼好吃的？」

連翹歇了一口氣道：「我方才聽半夏說廚房的婆子做菜不肯放鹽巴，所以才睡醒就趕去廚房給大少奶奶做一點好吃的，不過時間緊，才包了幾個素三鮮餃子來。」

紫蘇見連翹忙得滿頭大汗的，也上前道：「連翹姊姊，我正有事要找妳商量。大少奶奶坐月子不是小事情，我們這才頭一天呢，就已經亂成一團了，以後可怎麼好呢？」

連翹想，可不就是這事，開口道：「好妹子，我們這可是想到一塊兒去了，是要好好算計算計，往後的日子可長了。以前院子裡沒什麼事情，我們幾個大眼瞪小眼的也閒得慌，如今這才一天工夫，就差點把我忙得腳不沾地了。」

綠柳是這三人中腦子最好的，如今房裡的事情劉七巧不怎麼讓她服侍，她管著外頭的人情往來和交際，另外還要幫劉七巧算帳，雖然看著輕鬆，其實事情多的時候也是忙不開，所以平常房裡的事情，都是連翹和紫蘇兩人一起的。

「不然，明兒開始我們三個也輪值吧，大少奶奶晚上肯定是要人陪夜的，小丫鬟我們也不放心。」綠柳想了想，開口道。

「那行，從今兒起就這麼辦，兩個奶娘那邊，我派了半夏在那邊打下手。半夏雖然年紀小，但人老實，辦事也細心。」紫蘇一邊說，一邊又繼續道：「赤芍如今還在品芳院沒回來，就先讓人替了她進房裡頭來服侍，這樣我們幾個也好稍微輕鬆一些。」

連翹蹙眉想了想，道：「不然就讓佩蘭進房裡服侍吧，她在院裡也有兩、三年了，倒是個老實丫鬟。」

綠柳和紫蘇對這百草院的人事不算很熟悉，但連翹既然這麼說，想來這佩蘭應該是個好的。她們是劉七巧帶來的丫鬟，平常這院裡的丫鬟跟她們也不大熱絡。

「那就聽連翹姊姊的吧。」紫蘇說著，又道：「不過還缺一個小丫鬟，值夜的時候，少不得還是得要一個小丫鬟幫襯著，萬一要是打個盹兒什麼的，也好有個守著的。」

連翹又仔細想了想，才又道：「要再提一個小丫鬟上來，我想來想去，也只有清荷姊姊的妹子蓮房了。」

蓮房十歲的時候就進了府上，因為清荷是杜大太太房裡的大丫鬟，為了避嫌，清荷特意請杜大太太不要把蓮房分在自己手下，所以蓮房就來了這百草院。杜若喜歡飼養花草，蓮房平常也不做什麼，就是澆花養草而已，連翹這時候想一想，這蓮房如今也有十三歲了。

「就是那個每天管著澆花的小丫鬟嗎？」

「就是她，話不多，看著高高瘦瘦的。」

「她還是清荷姊姊的妹子啊？我都不知道。」紫蘇平常是不管這些人事的，要說起來，她的眼中除了劉七巧和杜若之外，還真沒有什麼別的人了，以至於這百草院裡頭丫鬟的家庭背景，她到現在也沒弄清楚。

連翹笑著道：「杜家也不是隨便就可以進來的，除了那些人牙子賣進來的丫鬟小廝，大多數都是家養的奴才，又或者是從莊上佃戶人家買進來的，清荷姊姊和茯苓姊姊都是佃戶家的閨女。」

紫蘇喔了一聲，這才明白為什麼當初杜老太太讓茯苓做杜二少爺的姨娘時，她幾乎沒怎麼掙扎就答應了。佃戶家的閨女，嫁得再好，少不得以後也是缺衣短食的，紫蘇對於小時候自己家過的日子還是記憶猶新。

如今跟著劉七巧，三餐飽足不說，錢喜兒也越發有了閨秀的樣子，紫蘇想起春生那一臉憨厚的模樣，心裡也跟著甜蜜蜜的，雖說沒有大富大貴，可她這樣的人能有這樣的造化，也是命中遇上了劉七巧這樣的貴人了。

綠柳點頭道：「那這樣就齊全了，明兒去回了二少奶奶，讓她指派兩個做雜務的婆子進來，我們院裡的事情就算是解決了。」

連翹也點了點頭道：「就這麼定下吧。」

三人達成了共識，正高興呢，連翹忽然想起了什麼。「糟了，餃子都放涼了，這可怎麼好？」

紫蘇笑著道：「姊姊不用著急，我剛從大少奶奶房裡出來，大少奶奶這會兒睡了，只怕一會兒醒了就要餓了，我去隔壁的茶房裡頭溫著，等大少奶奶醒了就能吃了。」

又過了一時，果然劉七巧醒了就喊肚子餓，連翹把餃子拿過來給她吃。劉七巧雖然餓，卻也不敢多吃，生怕把胃給撐大了，稍微吃了幾個也就作罷了。三個大丫鬟又把方才討論的結果跟劉七巧說了，她靠著引枕，想了想道：「這樣吧，如今品芳院也沒人住了，放著丫鬟也沒用，妳去跟二少奶奶說一聲，先把赤芍要回來；至於另外兩個小丫鬟，都讓她們進來服侍好了，赤芍和半夏兩個人替換著給奶娘打下手，這樣我放心。」

赤芍和半夏是劉七巧親自選的，還帶著往金陵走了一趟，感情自然是不一般的。但是半夏膽小老實，若是奶娘有什麼不當之處，只怕她知道了也不敢說。相比之下，赤芍卻是一個真性情的姑娘，和綠柳差不多，什麼事情都藏不住，雖然比較容易得罪人，但是劉七巧現在就需要這樣的人。

連翹見劉七巧這麼說，也明白了其中的緣由，笑著道：「還是大少奶奶想得周到。」

杜若用過晚膳，親自送了杜芸和姜梓丞出門，這才回了百草院。他的身子想沾酒是不大可能的，上回因為在恭王府那一大碗公酒，杜若在家裡整整休養了半個月，後來杜老太太就明令禁止，誰要是再讓杜若喝酒，那就是跟她老人家過不去。

杜若這會兒回百草院，劉七巧已經躺下了，不過還沒睡著。他見劉七巧還醒著，走過去坐在床沿道：「七巧，方才我已經把兒子的名字同老太太說了，連老太太都覺得很好，以後我們的兒子有名字了，就叫杜文韜。」

劉七巧點了點頭，勾唇笑道：「杜文韜，好名字，不過……」頓了頓，她繼續道：「我倒是沒指望著他文韜武略樣樣精通，我希望他能健健康康地長大、平平安安的過完一輩子。」在這個年代待得越久，她越清楚明白，這個時代的家族勢力能影響人的一生。女人想要在這個時代翻身的機會很小，而男人想要翻身的可能，要麼和杜芸、姜梓丞一樣去走科舉的路；不然就是和王老四一樣，拿自己的性命上戰場。但不管是哪一種途徑，成千上萬人一起走過，最終能站在橋的另一邊的，只有寥寥幾個。

杜若聞言，點頭笑了笑。「七巧的想法，也是我的想法。」他伸手理了理劉七巧鬢邊的長髮，接著道：「你們劉家有八順，杜家如今二叔的兩個庶子也是走科舉之途，還有我的幾個妹夫，不是狀元就是將軍，杜家以後的日子不會太難過，有著祖上的基業，把醫術學好，寶善堂定然能長長久久地傳承下去。」

劉七巧伸手握住了杜若的手，點頭道：「相公，現在想這些還太早了。」她說著，打了一個呵欠，閉上眼睡了。

紫蘇從外頭進來，見杜若還沒走，開口道：「大少爺，西廂房那邊床已經鋪好了，大少奶奶這一個月都需要靜養，大少爺還是去西廂房睡吧。」

杜若自然知道這些，點了點頭道：「那今夜就麻煩妳好好照顧大少奶奶，我先過去了。」

第一百七十一章

紫蘇收拾了窗底下的炕頭，領著丫鬟佩蘭一起進來，將房裡要留意的事情都說了一遍，才打發她道：「一會兒我們也睡下，就是別睡實沈了，大少奶奶要是喊了，要起來端茶倒水。如今是月子裡，大少奶奶要是餓了，外頭茶房那邊還溫著小米粥，可以盛一碗來給大少奶奶吃，妳知道了嗎？」

佩蘭是第一次在房裡伺候，難免小心翼翼，一個勁兒地點頭。紫蘇又道：「妳別以為進了房裡服侍是二等丫鬟，在人前就體面了，其實在主子跟前服侍那才是最要小心的。妳平常在外頭服侍，偶爾出個錯也沒什麼人計較，可若是在主子跟前，便是一點小錯處，那也是要被罰的。」

紫蘇說這些話不過就是嚇唬嚇唬佩蘭，畢竟小丫鬟沒在裡面待過，要是心思不正那就不好了，作為劉七巧的閨蜜以及首席大丫鬟，紫蘇是一定要為劉七巧把關的。

紫蘇見佩蘭乖巧地點頭稱是，也不繼續嚇唬她了，鋪好了被子道：「行了，我們睡吧。」

佩蘭睜著一雙大眼睛道：「紫蘇姊姊妳先睡吧，我這會兒還不睏。」

正說著，外頭忽然傳來了小孩子的哭聲。綠柳她嫂子家的孩子已經五個月了，倒是懂事得很，吃飽了就睡，這會兒哭的可不就是杜家的小祖宗韜哥兒？

紫蘇趿了鞋子，走到外間來看了一眼，只見小娃兒哭得傷心。綠柳她嫂子一邊抱著他一邊解開胸前的帶子，將乳頭湊上了他的小嘴，那小傢伙聞到了奶香味，咕嚕一下就含住了猛吸幾口，誰知道一下子吸得太急，差點把自己給嗆著了，又是急得直哭。

趙奶娘見了，把孩子接了過來道：「小宋，孩子急的時候，妳得捏著點，小心嗆著。妳這會兒正奶多，哥兒還小呢，哪能禁得起奶往外噴？」

綠柳她嫂子也是頭一回做人家奶娘，沒什麼經驗，稍稍拉上了衣服，見趙奶娘一邊哄著孩子，一邊慢慢地將乳頭湊過去，見哥兒急得要的時候，稍微用手擠了一點乳汁出來，讓哥兒先嚐到了味道，稍稍緩和了一點，這才遂了哥兒的心意，把整個乳頭都塞了進去。

紫蘇見孩子不哭了，笑道：「那就麻煩兩位奶娘了，我先進去睡了。」

趙奶娘笑著道：「紫蘇姑娘進去睡吧，哥兒交給我們兩個就好了。」

綠柳她嫂子見狀，早已經紅了半邊臉了，也只好跟著點了點頭。

如此一晚上鬧了兩、三回，兩個奶娘輪流餵了，哥兒到天亮的時候倒是睡得踏實了。

劉七巧這一覺也睡得踏實，醒來的時候，杜若已經去太醫院上值了。

她在坐月子，沒多少精神，丫鬟也不讓她多抱孩子，說是以後會落下病根，所以她大多數的時間就是在床上睡覺，偶爾起來走上那麼一圈。

經過之前連翹她們的一番布置，屋裡的事情也都井然有序了。杜大太太每天都過來瞧兩次，也不問別的，問問都吃些什麼、孩子好不好，有時候也把榮哥兒抱過來，幾個奶娘帶著孩子一起玩，偶爾還切磋切磋帶孩子的技巧，倒是有意思得很。

「前天妳舅母走之前又在我那邊坐了一會兒，一個勁兒地誇芸哥兒長得好，我瞧著她原本還想著等芸哥兒明年中了舉人再商量這事情，如今已經等不及了，叫我空下來的時候跟妳爹提一提，好給南邊去信了。」

劉七巧靠在床頭，笑道：「確實要去信了。芸哥兒雖然在京城唸書，可保不准那邊大堂叔不會給他張羅親事，要是到時候那邊定了下來，舅母家可就不好說了。」她頓了頓道：「其實按我的意思，一家人還是要住在一起較好，若是以後芸哥兒中了進士，在京城弄個一官半職的，把大堂叔他們接過來也是一樣的。」

杜大太太聽劉七巧這麼說，也覺得很有道理，點頭道：「正是這樣，妳大堂叔只有妳堂弟一個兒子，以後肯定是要跟著兒子的。我怎麼看都覺得妳堂弟是個有出息的，少不得以後有互相幫襯的時候。」

劉七巧心裡也是這個意思，見杜大太太認同她的看法，便索性又把話講得明白了一些。「娘，大郎的身子您也知道，酒是一輩子不能沾的，可生意上的事情少不得喝酒應酬，我是捨不得他這樣出去拿命拚的。以後不管寶善堂是怎麼分家的，我也不想大郎去費心生意上的事情，他的醫術高明，如今年紀尚輕已經能有這樣的建樹，將來定然也是國手級的神醫，所以……我的意思是，最好能讓大郎一直當他的御醫。」

這些話正好戳中了杜大太太這幾日心中所想，杜大太太見劉七巧這樣開誠布公地說出一席話來，也知道她是真的心疼杜若，紅了眼眶道：「我的兒啊，這幾日我跟妳父親也為了這事情心煩。如今你們有後了，我雖然有個榮哥兒，可他也只是一個奶娃娃，等他長大成人也不知道還要多少年？老太太的年紀卻是一年年地長上去了，寶善堂總有分家的一天，我真怕那一天來得太早，到時候妳爹年邁，大郎又不諳庶務，榮哥兒又年輕，一想到那一天，我就愁得睡不著覺。」

杜大太太一邊說，一邊低頭擦了擦自己的眼角，繼續道：「妳二叔和妳爹素來感情好，分家了自然也不會鬧出兄弟反目這樣的事情，可是蘅哥兒是妳爹一手帶出來的，如今好不容易成了一個幫手，只怕到時候他要是一走，再帶走了生意，寶善堂就難了。」

若是到時候真的發生這種事情，那可真就是金陵二老太爺家的翻版了。她見杜大太太秀眉緊蹙，自己這一番話倒是真的觸碰到了杜大太太的揪心之處，想了想道：「船到橋頭自然直，老太太雖然年紀越發大了，可精神還很好，肯定是個老壽星。都怪我不好，今兒好端端地跟娘說起這些來，倒是惹得娘不安心了。」

杜大太太聞言，稍稍緩和了一下。「這跟妳有什麼關係呢，便是妳不說，難不成我就能不想了？事情都擺在眼前，即便是逃，也是逃不掉的。」

兩人正說著，外頭忽然傳來了韜哥兒的哭聲，半夏笑著進來回話道：「大少奶奶，韜哥兒醒了，正哭呢，奶娘正要給他餵奶。」

劉七巧笑著道：「去把哥兒抱進來吧，我也半天沒餵他了，這會兒應該夠他吃一小頓的。」

半夏忙不迭地到外頭傳話，趙奶娘抱著韜哥兒往房裡來。

杜大太太前幾日就已經見過了趙奶娘，也覺得她是老實人，兼又是李氏介紹過來的，所以杜大太太賞了她幾套衣服，一、兩樣自己從不用的首飾。趙奶娘原本沒在大戶人家服侍過，以前李氏對她也是寬厚的，可劉家怎能跟杜家相比？所以趙奶娘見了杜大太太的架勢，高興地連連磕了幾個響頭，一個勁兒地保證一定好好帶哥兒。

今兒趙奶娘進來，見杜大太太也在，先行了禮，又開口道：「大少奶奶這會兒是想自己餵嗎？這會兒哥兒正餓呢，怕吃奶的力氣大，大少奶奶會受不住。」

劉七巧餵了幾天的奶，其實最受不了的也是這一點，別看孩子不過那麼大，吃奶的力氣可真不是蓋的。可是她深知母乳的重要性，況且她也一整天沒餵奶呢，這會兒正奶脹，於是便道：「把哥兒給我吧，我先餵他，要是他沒吃飽，一會兒再煩勞奶娘了。」

杜大太太如今也是和榮哥兒的奶娘兩個人輪流餵榮哥兒，榮哥兒如今快六個月了，正是食量大的時候，杜大太太已經開始讓廚房做各種輔食給榮哥兒嚐鮮。

「我今兒吩咐廚房做了蛋黃米湯，他一口氣吃了一小碗，到這會兒還沒餓，一個勁兒地玩。」杜大太太說著，望外頭看了眼，見奶娘抱著榮哥兒正在和綠柳她嫂子說話，兩人手上都抱著孩子，正聊得起勁。

劉七巧沒養過孩子，但是對於孩子的副食品這一塊也算有所了解，開口道：「這個月分是可以吃一些米粥了，熬得稠一點沒關係，就是油膩的東西還不能吃，娘倒是可以給他試試蛋羹，不過一開始得少一些。」

杜大太太點點頭道：「我正打算給他試試呢，又怕他吃這些就不肯吃奶，所以幾天才讓他吃一回。」

劉七巧一邊餵奶，一邊開口道：「榮哥兒這麼大，倒是可以給他一天吃一頓了。過一陣子榮哥兒就要長牙齒了，到時候要是經常吃夜奶，牙齒也會壞，不如晚上吃飽一點。」

杜大太太笑著道：「夜奶我是不餵的，就是前幾天鬧了幾夜，睡得不大好。」

兩人正說著，外頭紫蘇進來道：「老太太也來瞧大少奶奶了。」

杜老太太這幾日也往百草院跑了幾趟，倒是讓劉七巧受寵若驚了。聽連翹說，當年趙氏生下翰哥兒的時候，雖然是長孫，但杜老太太也不過就是隔三差五過去瞧一瞧，哪裡有現在這份熱絡？

可劉七巧心裡到底還有些惴惴不安，杜老太太這樣是不是太明顯了一點？趙氏如今辛辛苦苦地管家，心裡頭會不會彆扭？她還真是猜不出。這古代大家閨秀的內心很複雜，想要完全摸清楚也難。

杜老太太這段日子正興奮，哪裡能想到這些細枝末節的事情，況且曾祖母和曾孫兒同月同日生，那真是前世積福，今生才有這麼大的緣分，如何讓杜老太太不高興？

杜老太太進來，瞧見劉七巧正抱著韜哥兒餵奶，奶娘丫鬟正在一旁站著，開口道：「怎麼又自己餵了？這奶娘請了兩個，還用妳自己餵嗎？這是在月子裡，小心累著了，以後可不容易好呢！」

劉七巧見韜哥兒吃得差不多了，瞇著眼睛要睡覺的樣子，兩隻小拳頭揮舞著打了一個呵欠，便笑著將他遞給了奶娘，跟老太太道：「都說在娘身上吃過奶的孩子才跟娘親親近，我自然是想跟他多親近親近的。再說了，他那麼小，重不到哪兒的。」

「我看妳就是個不老實的，聽說妳今兒一早又起來走了一圈，差點還跑到院子外頭去，是不是？」這時候紫蘇正好送茶進來，杜老太太接過了茶，略略喝了一口，對紫蘇道：「妳們少奶奶不老實，妳們可得多個心眼看著她，雖說這會兒是五月裡，但外頭有風，月子裡是不能受風的，這道理妳們雖然是姑娘家也應該懂。」

紫蘇忙不迭就請罪道：「老太太說得是呢，是奴婢們沒看好大少奶奶。」

劉七巧心裡頭也鬱悶，今兒一早她起來稍微走動走動，從臥室走到了正廳，這時候已經入了夏，大廳裡頭是敞開的，門簾都卸了下來，所以自然更通風些，但也沒什麼風。她在那邊稍微坐了一會兒，正巧就遇上老太太房裡的百合過來給自己送吃的，自然就被當場抓了。

雖然幾大丫鬟聯手跟百合說好話，可對老太太向來盡忠職守的百合還是把這件事情給告訴了老太太。

「老太太快別怪她們了，腳長在我的身上，我想起來走動走動，她們也攔不住我；再說最近房裡頭事情多，她們白天黑夜地服侍著，也辛苦。」

「怎麼能不辛苦呢？陪著產婦坐月子那向來都是最辛苦的事情，不說她們幾個大丫鬟，外頭的兩個奶娘、幾個小丫鬟，那都是要上心的。」杜老太太看了一眼房裡的丫鬟，見兩個小丫鬟在門口站著，也不是熟識的面孔，大概是才提拔進房裡服侍的，開口道：「年前我把茯苓給了蘅哥兒，一直沒給妳房裡補人，妳這丫頭也忒老實，如今人手不夠了吧？」

「房裡人多著呢，哪有不夠的。」

「我瞧著不夠，家裡有規矩，妳們跟前應有四個大丫鬟，如今妳這邊只有三個，怎麼能夠呢？算了，我還是讓我房裡的青果過來服侍吧。」

劉七巧雖然和那個青果不熟悉，但也知道她是杜老太太身邊的四大丫鬟之一，據說針線手藝也不錯，在杜老太太跟前也算得臉。不過她這裡倒真還不缺這麼一、兩個丫鬟，若把老太太房裡的人要了過來，就算要使喚，終究不如使喚小丫鬟來得方便。

「老太太就別擔心我了，我這邊如今可安逸得很，白天三個大丫鬟都在，晚上輪班，每天由一個大丫鬟領著小丫鬟陪夜，三日一輪。奶娘也每日有換班，既累不著她們，也累不著我，老太太要賞丫鬟給我，我自然不敢推辭，不過真要賞，就賞我一個小丫鬟好了，我慢慢教她。」

杜老太太何等聰明，見劉七巧這麼說，笑道：「行了，我知道了，我瞧妳這兒也不缺小丫鬟，那我就留著自己用了。」杜老太太又瞧了一眼眾丫鬟，笑道：「妳們好好服侍著，可別粗心大意，要是讓我知道有什麼不妥當的地方，我還來找妳們！」

杜大太太見杜老太太心情愉快，笑著道：「說起來連翹、茯苓，哪個不是從老太太房裡過來的，老太太打小就疼大郎，如今還偏疼起七巧來了。」

杜老太太聽杜大太太這麼說，站起來走到趙奶娘的身邊，歡歡喜喜地看著吃飽睡熟的韜哥兒半刻，笑道：「誰說我是疼七巧來著？我是疼這個和我投緣的曾孫呢！」杜老太太說著，伸手輕觸了一下韜哥兒肉嘟嘟的臉頰，笑道：「乖寶貝，你這麼乖，特意早早從你娘肚子裡出來給曾祖母拜壽，我怎麼能不疼你呢？」

杜大太太難得見杜老太太這樣高興，連臉色都比之前更鮮亮了幾分，又想起方才和劉七巧談起的話，稍稍覺得有些安慰。畢竟杜老太太的身子如今還算硬朗，杜家離分家也應該還有些日子……

「可不是呢，原本還要過幾日才是日子，可就是為了給老太太拜壽才提前出來了，就知道折磨我了，老太太也疼疼我吧！」劉七巧笑著道。

第一百七十二章

眾人又笑了一會兒，杜大太太見時間不早了，就起身告辭。

杜老太太見狀，也起來道：「我也要回去了，一會兒就要傳晚膳了，最近日長，我睡到這個點上才起來，老了，懶啦！」

劉七巧笑著道：「老太太，能吃能睡是福分，不過白天睡多了，晚上怕睡不著，歇午覺的時間不宜過長，半個時辰就夠了。」

「我說我怎麼最近到了晚上反而睡不著了呢，原來是因為這個，我還當年紀大了，不愛睡覺了呢。既然七巧這麼說，那我以後白日裡倒是要少睡一會兒，不過這白天時間這麼長，在福壽堂待著也無聊得很。」

「老太太要是嫌無聊，那多到我這邊玩玩就不覺得無聊了。」劉七巧說著，打眼色讓紫蘇送送杜老太太。杜老太太笑道：「我不是不想來，可是每天都往妳這邊跑，家裡人少不了會說我偏心不是？」

劉七巧臉上帶笑，心裡頭卻覺得杜老太太真是心如明鏡似的，可明知道有人會這麼想，偏偏她還是不在乎地跑過來，怕也是真的喜歡韜哥兒。

「老太太愛來儘管來，看自己的曾孫子，還有誰會說呢？」杜大太太笑著說了一句，上前扶著杜老太太一起離去。

劉七巧下午也已經小睡過一會兒，不過畢竟坐月子身子虛，加上方才餵了奶，這會兒還覺得有些餓，稍稍吃了一些點心，靠在枕頭上打盹。

紫蘇送了杜老太太回來，見劉七巧正躺著，便也拿著針線到窗底下邊做活計邊陪著她。連翹從外頭進來，見房裡靜悄悄的，和綠柳兩人壓低了聲音聊了起來。

「我方才遇見大姑娘房裡的玉竹，說二老爺定下了大姑娘出嫁的日子了，是六月初六，也不過就是一個多月的時間了。」

紫蘇跟杜家的姑娘並不熟悉，但她知道這大姑娘素來是跟劉七巧要好的，便開口道：「一個月後？那大少奶奶也出月子了，倒是可以出去了。」

連翹笑著道：「可不是。其實姜家一早就想把大姑娘娶過去的，是老太太一直說不捨得，況且大少奶奶還懷著孩子，深怕家裡辦大事情動了胎氣，所以一直拖到了今天。」

「這個月二十八是哥兒的滿月，要是下月初六就是大姑娘出嫁，這也太趕到一塊兒了，到時候杜家可不是得忙瘋了？」紫蘇忽然想起這件事情。榮哥兒出生的時候，那可是滿月酒、百日宴一樣都沒少過的，這些對於剛出生的孩子來說那都是大事情，可滿月酒要是跟杜茵出嫁的日子太近了，當家的又是二少奶奶，怕到時候就要怠慢了。

劉七巧這會兒正沒睡熟，聽見紫蘇這麼說，便知道她心裡頭想的事情，開口道：「妳就少操那門子的心了，滿月酒簡單一些不打緊，大姑娘出嫁才是大事情。妳去把二少奶奶請過來，我親自跟她說。」在她看來，事情若是分輕重緩急，那杜茵出嫁肯定是大事，至於韜哥兒，就算滿月酒就將一下，後面還有百日宴，總有他體面的時候。

紫蘇見劉七巧這麼說，忙開口道：「大少奶奶何必親自湊上去說呢？等她們來找奶奶了，我們再說也不遲。她們若是不來說，大少奶奶就當不知道，豈不是更好？」

紫蘇以前老實能幹，但出主意這種事情向來很少做，如今在杜家待了大半年了，稍微懂一些人情，腦子轉起來倒是比以前快了不少，越發有管事的能耐了。

「紫蘇說得不錯，她們那邊還沒提呢，多一事不如少一事。」連翹也跟著開口道。

劉七巧其實覺得紫蘇說得也有道理，但是按照趙氏那要強的性子，除非真的是無計可施了，她一定不會來開這個口，頂多就是自己辛苦了，倒不如她退一步算了。

「妳們說得都沒錯，可是萬一要是二少奶奶遲遲不提這事情呢？妯娌相處，也不必太步步逼近了，況且我這一年的舒坦日子也全賴著她，她就算沒有功勞也有苦勞的，對不？」

紫蘇見劉七巧這麼說，擰眉想了想道：「奶奶說得也是，二少奶奶平日裡看著笑呵呵的，但仔細想想是個厲害人，如今二太太都不去插手管家的事情了，可見二少奶奶比二太太厲害。」

「算妳機靈。」劉七巧稱讚了紫蘇一句，繼續道：「今兒時辰也不早了，明兒晌午，妳去議事廳那邊把二少奶奶請過來坐坐吧。」

當晚，杜若用過晚膳便回了房裡，兩人雖然還是分床睡，但每天杜若陪老婆孩子的時間是一點不少的。滿月酒作為兒子出生後的第二件大事，劉七巧還是要徵詢一下杜若的意見。

這會兒劉七巧還不睏，躺在軟榻上，杜若則坐在凳子上看他的醫書。丫鬟們出去用晚膳，有小丫鬟在門口守著，劉七巧見了便讓她出去了，起身走到杜若的身後，軟著身子坐到他的大腿上。

「怎麼了這是？」杜若見她這樣坐上來，摟著她的腰身，不由就覺得身上有些發熱了。

「沒事你就不能抱抱我嗎？」劉七巧撇了撇嘴，往杜若身上靠了靠。「不過這回你倒是猜對了，我還真有事跟你商量。」說著，她站起身來，倒了一杯茶遞給杜若道：「聽說大妹子的婚期定了，是在下個月初六，我尋思著這個月二十八就是韜哥兒的滿月宴，日子有點近，這樣的大事情都交給二弟妹一個人張羅，似乎累了些。」

杜若畢竟是男人，家裡的事情說起來也並不怎麼關心，不過聽劉七巧這麼一說，到底也清楚明白，便開口道：「那夫人有什麼高見？不如說出來聽一聽。」

劉七巧笑道：「高見我是沒有，我想著滿月酒之後還有百日宴，總歸杜家不會虧待韜哥兒，既然這樣，這次滿月酒不如就從簡吧，請幾個親近的親戚來家裡坐坐，也不用大擺宴席了。」她繼續道：「這其一是體諒二弟妹當家辛苦；其二也是因為我這身子不方便，不好出來張羅迎客；其三嘛，孩子還小，也受不起那麼多的福祿，索性就簡單些吧。」

杜若見劉七巧分析得頭頭是道，就知道她早已經做過功課了，笑道：「妳又來放馬後炮了，都想得那麼清楚了，還來問我？」

劉七巧見他早已猜中，笑著道：「我自己的兒子，我自己難道不心疼嗎？不過我想這老爺、太太那邊，多半是不大樂意的，可如今兩件事都趕在了一起，況且大妹妹可是杜家唯一的嫡女，她出嫁肯定是一件大事情，若是因為韜哥兒的事情耽誤了大妹妹的終身大事，我也於心不忍，所以爹娘那邊，還要由你去勸說勸說。」

杜若也覺得有道理，無論如何終身大事肯定是要辦好的，姜家雖然不如以往，但也是帝師之家，杜家確實不能不周全。

「妳既然都想好了，那就按妳說的做吧，孩子還小，以後有的是機會，大不了百日宴的時候我們再好好地辦一場。」

「相公言之有理。」劉七巧笑了笑，覺得有些累了，便上床躺著了。杜若也脫了鞋襪往她的床上擠了擠，開口道：「七巧，今兒我陪著妳睡，讓丫鬟們都休息去吧。」

「做什麼呢？」劉七巧略略推了一下杜若，笑道：「你快走，傳出去不好。」

「我又不做什麼，就陪著妳睡覺。」

「我身子虛，一個人睡還睡不安穩呢，你在這邊，我更睡不好了。」

「那妳睡，我等妳睡著了，我再睡，我就在這邊看著妳睡。」杜若不依不饒地看著劉七巧。

劉七巧拿他沒辦法，只好翻了一個身，面朝裡躺了下來，伸手拍了拍身邊空的地方，笑道：「行了，你睡吧，明兒一早還要去太醫院上值呢。」

畢竟身子還沒完全康復，劉七巧很快就睡著了，杜若躺在她身邊，伸手環住了她的腰身，抱在懷中，覺得還是那麼熟悉溫暖。

到了下半夜韜哥兒要鬧覺的時候。杜若睡眠較淺，外頭有一點動靜他都能聽見。劉七巧翻了一個身，見他已經醒了，蹙眉道：「怎麼，被孩子吵醒了？你睡西廂不好嗎？非要過來。」

杜若笑著道：「在西廂也能聽見，就是沒這麼大聲，看來我們兒子欠教訓，半夜不睡覺。七巧妳躺著，我出去瞧瞧。」

劉七巧一把拉著杜若道：「你瞧什麼瞧，你身上有奶？他就是餓了，吃過了就好了。」

杜若臉一紅，沒話反駁了。外頭的哭聲果然就小了，小丫鬟聽見裡頭動靜，隔著簾子道：「回大少奶奶，哥兒餓了，奶娘已經餵上奶了，這會兒正吃著呢，大少奶奶睡吧。」

劉七巧聞言，抱著杜若笑道：「聽見了沒有？有奶就是娘，他這麼小，還不懂給你這個爹面子呢！」

杜若搖頭笑了笑，抱著劉七巧翻了個身繼續睡去。

第二日，劉七巧把趙氏給請了過來，提議說杜文韜的滿月宴從簡，趙氏正忙得不可開交，聽了這話自是感激，便回了兩位太太和老太太。

這日子過得飛快，一眨眼就到了杜文韜辦滿月宴的日子，也是劉七巧頭一日出月子，她起了一個大早，坐在梳妝檯前打扮了起來。

劉七巧低頭找了找，從妝奩裡拿了及笄時杜若送她的那支玉簪，遞給連翹道：「就戴這個吧。」

連翹接過了簪子，瞧了一眼道：「大少奶奶，今兒親家太太還有姜姨奶奶、舅太太家都要來人，這樣會不會太素淨了些？」

劉七巧擺了擺手道：「我這不剛出月子，覺得身子沒什麼精神，要是戴上那麼重的首飾，只怕脖子也抬不起來。」

連翹聞言，急忙道：「大少奶奶這是沒恢復好，今兒稍微出去走走就回來歇著吧。」

杜大太太正巧來了，見劉七巧這麼說，急忙上前道：「妳們少奶奶說戴哪個就戴哪個，那些頭面是挺重的，這是在自己家裡，又不是去別人家做客，簡單些就簡單些吧，她才剛出月子，可不能累著。」

連翹見杜大太太也這麼說，也乖乖把髮簪給劉七巧戴上了。劉七巧起身，向杜大太太行了一個大禮，這才開口道：「原本想著先去老太太那兒請安再去太太那邊的，倒是讓太太先過來了。」

杜大太太開口道：「妳今天第一天出月子，我怕丫鬟們服侍不周就過來瞧一瞧了。這會兒還早，我們一起去福壽堂給老太太請安。」

杜若從淨房裡頭出來，見杜大太太在，也上前行禮。杜若見劉七巧臉色紅潤、精神飽滿，自然也放心很多，幾人一行往福壽堂去。

因為今日的滿月酒一切從簡，所以幾桌酒席就設在杜老太太的福壽堂裡頭，老太太愛熱鬧，用過了酒席，一群晚輩陪著聊天說話，心裡頭也高興。劉七巧進去的時候，就瞧見丫鬟們正在外頭打掃，見了她便往裡頭通報。「回老太太，大少奶奶出月子了，正往這邊來呢！」

杜老太太這會兒也剛梳妝整齊，打著呵欠往大廳裡頭，見劉七巧來了，笑著道：「一大早的，妳怎麼就來了呢？雖說今天是妳出月子，可身子骨還不結實，還要養著呢！」

劉七巧上前，規規矩矩給杜老太太行了一個禮。「回老太太，我的身子早好了，一個月時間沒出門，感覺自己都要發黴了。」

杜老太太笑道：「坐月子就是這樣的，這點苦吃不了，那還當什麼娘呢！不過妳們年紀輕，在房裡待不住也是有的，現在總算熬過去了，妳也可以出來透透氣了。」

杜老太太招待一行人坐了，丫鬟們上了茶，二房的人也陸續到了，見了劉七巧也是相互招呼。難得杜蘅這幾天在家，畢竟親妹妹要出閣了，他這個當哥哥的最近也有得忙了，嫁妝的事情要一樣樣地看過，莊子上也要去安排，趙氏雖然管家，可那些莊上的事情她一個年輕媳婦也管不好，少不得還是要男人出馬。

杜蘅原本就油嘴滑舌的，見了劉七巧便開口道：「嫂嫂怎麼生了個姪兒，反倒比以前更美豔了。」

「少貧嘴了，就我這樣可算不上美豔，也就跟你大哥配個對吧。要美豔的，還得看你身邊那個。」趙氏生了兩胎，雖然身材越來越豐滿，但她容貌秀麗，倒是當得起美豔兩個字。

杜蘅看了一眼自己娘子，勾唇笑了笑，倒是弄得趙氏不好意思起來了，略略紅了臉，低頭不說話了。

杜老太太笑道：「你這渾球，你大嫂子的玩笑也敢開，這回搬石頭砸自己的腳了吧？」

杜蘅見老太太發話，笑著道：「那也不盡然，大嫂子說得也有道理，我瞧著娘子確實是個美豔的。」

趙氏原本還能繃得住，結果被杜蘅一說，鬱悶地瞪了杜蘅一眼，要發火卻也發不出來，只咬著唇低聲埋怨了一句。「無賴。」

杜蘅偏偏就是喜歡這樣的小情調，覺得趙氏從來沒這樣可愛過，越發心花怒放了。

劉七巧見杜蘅這樣，也搖頭笑了笑。

第一百七十三章

入了夜，將賓客都送走了，杜若和劉七巧兩人才在房裡歇了下來。劉七巧畢竟第一天出月子，路走得有些多，還是有些累了，杜若好心地為她按摩，湊到她耳邊問道：「我聽說今兒洪家送禮來了？」

「正是呢，是洪家大少奶奶送的。」劉七巧伸了一個懶腰，在床上滾了一圈，靠在杜若的身邊道：「上回你說爹已經答應了洪家入股的事情，我這邊算一下也過去好幾個月了，那時你說等我這一胎生完了再商議，如今我已經生過了，是不是該……」

杜若知道劉七巧是個急性子的人，但也沒料到她這麼著急，這才出月子第一天呢，就想起這事情來了？

「我說妳這腦子能不能不要轉這麼快？不是說生個孩子笨三年嗎？妳這還沒一個月呢。」杜若笑了起來，順手理了理劉七巧的長髮，接著道：「不過有一件事情倒是要跟妳說一下，之前朱姑娘手裡的那幾家店，爹派人去理了之後，發現好些藥材都是好的，可若是放的時間長了，難免就會壞。所以爹這邊已經重新讓人開業了，名字還叫安濟堂。爹的意思是，以後寶善堂幫助經營安濟堂，每年將利潤的五成拿出來給朱家，不過若是沒有盈利，這錢就自然沒有了。」

劉七巧想了想，也覺得這個辦法不錯，店關著雖然不賠本，可終究也是浪費，況且據她所知，安濟堂在沒關門之前生意還是不錯的。寶善堂雖然是百年老店，藥品不算貴，但還是有一大幫的老百姓不敢進寶善堂的大門。

還有一個原因，就是寶善堂的大夫知道來這兒看病的定然不是些窮人，所以開起藥來沒有成本概念，這樣一來也造成了很多老百姓不敢到寶善堂看病。而能去寶善堂請大夫的，一定不會在乎這幾兩銀子的藥錢，如此更造成了一個輪迴——窮人可能永遠不敢去寶善堂看病，因為寶善堂的大夫不會開便宜的藥材。

雖然劉七巧一早就知道這一點，但寶善堂的大夫每年按照看病的次數和開藥的銀兩是要分紅利的，一直開便宜藥材的大夫雖然勢必會少很多銀子，但也同時會有損失病人的風險，這就要看大夫自己的權衡了。

「嗯，爹這個辦法倒是不錯，其實我也想過，當初安濟堂進京開店，對寶善堂的生意並沒有什麼影響，可他照樣也能一家家地分號開起來，相公，你沒有想過這是什麼原因？」劉七巧躺下來，抬頭看著杜若，見他臉上有了一絲疑惑，開口道：「那就說明安濟堂搶了別的藥鋪的生意，卻沒有搶寶善堂的生意啊！而那些客人為什麼一開始去別的藥鋪，卻不來寶善堂看病呢？」

杜若聽她這麼說，也擰眉想了起來，不過最後還是搖了搖頭，沒想出一個所以然來。劉七巧笑道：「呿，你這狀元之才的腦袋怎麼還沒我的腦袋管用呢？」

其實在她看來，寶善堂就相當於一家大醫院，裡面有最好的大夫、最好的藥材；而那些藥鋪、醫館就是小醫院，甚至是個社區診所。除了有錢人，一般人看小病就去小醫院，所以寶善堂接收的病人，要麼就是京城的有錢人、要麼就是在小醫院求醫之後沒看好病的老百姓。

而安濟堂，正好是一家老百姓最愛的小醫院，所以它對寶善堂並沒有太大的影響，反而還能吸收原本在別的小醫院看病的老百姓。所以劉七巧斷定，杜大老爺這樣做非但不會影響到寶善堂，還可能發現更大的商機。

「假設你家很窮，你生病了會怎麼辦？」

「請大夫呀！」

「請哪家的大夫？」

杜若擰眉想了想，開口道：「寶善堂的大夫，按照資歷出診的銀兩不一樣，最便宜的是一吊錢，最貴的像胡大夫這樣的，是五兩銀子。」

「那你知道其他店家的大夫嗎？」

「城西那片最有名的濟世堂的大夫，出診的銀子和寶善堂是一樣的，其他的藥鋪有的也收一吊錢，有的要在藥鋪裡面抓藥，大夫是不收診金的。」杜若雖然不諳庶務，但是該知道的他還是一清二楚。

「你說得沒錯，那些不收診金的藥鋪，藥材價格和寶善堂也是差不多的，有的甚至還便宜一些。而寶善堂非但要收診金，藥材的價格在同行中也是偏貴的，這就造成來寶善堂看病的人大多都是家資殷實的人，因為一般的窮苦人家根本付不起診金和藥費。而京城的百姓有七成以上都是窮人，寶善堂的客人集中在剩下的三成。」

杜若以前從來沒想過這個問題，被她這麼一說，茅塞頓開，一拍腦門道：「原來是這個道理！」他興奮地站起來，在房中來回踱了幾圈，對劉七巧道：「妳這麼一說，我全明白了，怪不得每年寶善堂施醫贈藥，可來寶善堂看病的普通老百姓還是那麼少。當年我給阿漢開了一個全是便宜藥材的方子，他也不肯來寶善堂抓藥，原來寶善堂在京城老百姓的眼中是給有錢人看病的地方。」

劉七巧見杜若這麼激動，笑著道：「其實他們想得沒錯，寶善堂確實是給有錢人看病的地方。你想想看，寶善堂的東家是太醫院的，這得多厲害啊，老百姓有錢看病就不錯了，哪能還指望著讓太醫給看病呢！」劉七巧牽了牽杜若的袖子，道：「你在我面前走來走去做什麼呢？這麼晚了，還不睡覺嗎？」

杜若閉上眼睛想了想，又睜開眼看著劉七巧道：「我得把妳方才說的那些記下來，明兒告訴爹去。」

劉七巧從床上起來，抱著杜若道：「爹是經商的人，怎麼會不知道這一點呢？從他重新開業安濟堂來看，定然也是知道這其中的道理。」

「可是爹從沒跟我說起過這個。」

「你要是這塊料子，不用爹說，你自己也能看出來；你要不是這塊料子，爹跟你說了也沒多大用處。我不過就是看著我相公可憐巴巴的，什麼都不知道，所以才跟你說說嘛！」

杜若見她這樣，低下頭在她唇邊親了一口。「妳今兒才出月子又走動了一天，也累了，來日方長。」

劉七巧這次主動求歡，沒想到杜若居然說出這樣的話，不過念在杜若也是為了自己好，她也只好勉為其難地點了點頭道：「好吧，那你抱我上床。」

杜若伸手把劉七巧抱起來，往床上去了。

杜文韜出了滿月之後，體重也是突飛猛進，原本算不得太胖的小身子圓滾滾的，再加上天氣越發熱了，穿著單薄的衣衫，平日躺在床上，竟然揮舞著四肢開始左蹬右撓的，很明顯是要翻身的節奏。

劉七巧這幾天醉心於逗孩子，對家裡的事情也沒有太關注。

赤芍從外面回來，熱出一身汗來，見了劉七巧開口道：「奶奶，東西已經送給大姑娘了，大姑娘說一會兒歇過了午覺，過來瞧瞧奶奶和哥兒。」

劉七巧笑著道：「東西送到了就好了。明兒大姑娘就要出嫁了，今天定然是很忙的，倒是不必要過來一趟，再說這天氣也確實熱了一些。」

古代的夏天還是很熱的，劉七巧房裡一早就已經放了窖冰，不然杜文韜那小子怕會熱得滿身生痱子了。

赤芍見她這麼說，開口道：「我方才回來的時候，聽見二少奶奶在院子裡罵人呢。」

這就奇怪了，此刻已近午時，正是天氣最熱的時候，按例一早趙氏就應該從議事廳回去了，這會兒罵什麼人呢？劉七巧抬眸看了赤芍一眼，赤芍才開口道：「我過去問了一下負責管大姑娘嫁妝的嬤嬤，聽說是二太太整理嫁妝的時候弄錯了數字，如今東西一抬抬都安排好了，卻發現少了兩抬嫁妝。明兒大姑娘就要上花轎了，這時候去哪兒弄兩抬嫁妝來充數呢？」

劉七巧也沒料到會發生這種事情，心下倒是同情起了趙氏幾分。這杜茵的嫁妝都是二太太親自張羅的，除了請木匠打家具是公中這邊統一請了匠人，一起把三個姑娘的嫁妝都打了，其他的都是杜二太太慢慢安置的。前幾天杜老太太想到了，還把嫁妝單子拿去看了看，厚厚的一本小本子，看著也覺得周全，怎麼就出了這樣的差錯呢？

劉七巧想了想，覺得這事情怕沒這麼簡單，數目的事情，杜二太太管了這麼多年的家，怎麼就會弄錯了呢？只怕這裡頭另有隱情。

果然不出劉七巧的預料，這會兒西跨院裡頭，杜二太太正津津有味地喝著綠豆湯聽秀兒回話。

「聽說二少奶奶今兒正在聽風水榭裡頭清點嫁妝呢，明天人多，今兒下午就要讓下人把嫁妝都搬到外院裡頭，不然明天亂七八糟的人進園子，那可不就亂套了？可二少奶奶這左數又數的，怎麼一百二十抬的嫁妝就只有一百一十八抬了？」

杜二太太聞言，忍不住放下瓷碗，搗嘴笑了起來。「我就在這兒候著她，看她來不來？平常在老太太跟前那叫一個孝順，在我跟前就只知道應景，她若是不來，我這兩抬嫁妝就在房裡再放一放。」

秀兒見杜二太太高興，接著拍馬屁道：「聽說二少奶奶都急成了熱鍋上的螞蟻了，可不是要過來找太太呢！二少奶奶平常也是的，淨顧著老太太，跟大太太也能說上話，唯獨對太太倒是一副愛理不理的樣子。」

杜二太太嘆了一口氣道：「她如今是看不起我啊！齊家出了這樣的事情，早在朝臣中名譽掃地，我雖然是她婆婆，可她心裡還沒準怎麼嫌棄我呢！」

「那就是她的不對，太太嫁入杜家多少年了，齊家雖然是太太的娘家，可如今太太是杜家的太太，就連老爺和老太太也沒有因為齊家的事情看輕了太太，她一個做晚輩的，這麼做可不就是不孝順嗎？」秀兒的一張嘴是出名的厲害，兩片嘴皮翻一翻，杜二太太就信以為真了。

兩人正說得高興，聽見外頭丫鬟慌慌張張地進來道：「不好了不好了，二少奶奶中暑暈倒了。」

杜二太太這邊喝著綠豆湯等人呢，聽說趙氏暈了，心裡自然是一頓鄙夷，不過還是站起來，裝作著急道：「暈了就快把人給抬回來，妳這慌慌張張的做什麼？」

「不是、不是……二少奶奶暈了，她……她下面見紅了……」

杜二太太這麼一聽，不得了了，急忙站了起來，慌張道：「妳快點派人去寶善堂把二爺喊回來，再派人去太醫院把老爺和大爺找回來，越快越好！」

杜二太太在大廳裡頭來回踱了幾步，轉身道：「妳快找兩個老婆子來，把我房裡那兩抬嫁妝悄悄送過去，別讓人看見了。」

趙氏最近勞心勞力，確實也是累得很，加上這一陣子杜蘅在家，房事上難免就不知節制。她原本也是覺得最近有些疲累，可想著這一個勁兒地忙亂，怎麼可能不累著呢？所以並沒有往那方面去想。

今兒天氣本來就熱，水榭裡頭雖然有風，可畢竟是沒人住的地方，不像自己房裡有窖冰放著，清涼解暑，她在那邊清點嫁妝又數不清楚，偏偏就少了兩抬，眼看著明天就是正日，就著急上火了。

這一著急，眼前就一片金光，整個人跌倒在地，誰知丫鬟們都還悶著頭清點呢，只有一個小丫鬟站在一旁伺候，趙氏身子歪下來，小丫鬟急忙去扶，哪裡扶得住，兩人一起重重摔在了地上。

劉七巧還在百草院逗孩子，好不容易把杜文韜給弄睡著了，正呵欠連天地等著丫鬟們送午膳來，就聽見外頭小丫鬟的喊聲。劉七巧命赤芍去問一下究竟，赤芍興沖沖地出去，又急匆匆地回來道：「大少奶奶，不好了，二少奶奶在水榭裡頭中暑暈倒了，身下流了一灘血，似乎是小產了。」

劉七巧聞言也嚇了一跳，急忙起身問道：「現在人在哪兒？」

「婆子們抬回西跨院裡了，二太太已經派人去太醫院請二老爺回來了。」

「走，我們過去瞧瞧。」劉七巧想了想，終究不放心，站起來往外頭去。

紫蘇見聞，連忙就遞了一把傘給赤芍。「妳快跟著大少奶奶，這會兒太陽正毒呢，別曬壞了。」

劉七巧去的時候，趙氏房裡的丫鬟都站在邊上一個勁兒地哭，茯苓正在那邊絞著汗巾替趙氏擦臉，杜二太太站在房裡，面色凝重。

趙氏躺在那邊臉上蠟黃，沒有半點血色。

劉七巧開口問道：「妳們奶奶醒了沒有？」

茯苓這會兒見劉七巧來了，忙道：「還沒醒。」

「平常有治中暑的藥嗎？拿過來先給妳們奶奶餵一些。」劉七巧說著，上前用手按住趙氏的人中，使勁按了幾下，趙氏卻沒有什麼反應，眾人看得更是心急。

茯苓拿了藥過來，也不敢遞給劉七巧，開口問道：「大少奶奶，二少奶奶還有著身孕呢，這藥不能亂吃吧？」

劉七巧伸手將那藥拿了過來，道：「人都暈了，下面又見紅，這孩子是鐵定保不住的，自然是先保大人要緊。」

茯苓見劉七巧把藥拿過去，急忙上前，又接過了她手中的藥道：「大少奶奶說得有道理，這藥還是我來餵我們少奶奶吧。」

劉七巧點頭道：「好吧，那妳來餵妳們奶奶，讓她把藥先嚥下去。」

第一百七十四章

茯苓跟另外一個丫鬟把藥給趙氏餵了進去，劉七巧又上前按住趙氏的人中，兩個丫鬟各按住了趙氏的虎口，幾人一番動作之後，趙氏眼皮忽然間就睜了下，略略翻了個白眼，嘴裡吐出一口氣來。

眾人急忙迎了上來。「二少奶奶醒了、二少奶奶醒了！」

這時候，杜老太太也聞訊趕來，進來就道：「怎麼懷了孩子自己也不知道，這下老太婆我可是闖禍了！」

杜二太太見杜老太太也過來了，上前行禮道：「老太太怎麼來了？外頭天太熱，仔細中暑了。」

杜老太太也不顧杜二太太，直接走到了趙氏的床前，見劉七巧也在，開口問她道：「七巧，蘅哥兒媳婦怎麼樣了？」

「剛剛倒像是清醒了一下，這會兒呼吸均勻，脈象也穩了，應該是睡著了。」

杜老太太蹙眉追問：「那孩子呢？」

這個她倒是當真答不上來了，為難道：「我瞧著孩子只怕是保不住了，下頭的血還沒停，是無能為力了。」

杜老太太嘆了一口氣。「這好好的，怎麼就出了這樣的事情呢？明兒就是妳大妹妹出閣的日子，出了這樣的事情，讓姜家知道了也不吉利。」

劉七巧見杜老太太憂心忡忡的，開口勸慰。「老太太就別多這個心了，若是什麼事情都能事先知道了，那我們就不是人，是神仙了。二弟妹這事不過就是個意外，老太太千萬別太掛心了。等二弟妹醒了，我們再好好問問她究竟是怎麼一回事。」

杜二太太見劉七巧這麼說，有些心虛，也跟著道：「肯定是天氣太熱中暑了。這孩子有了身孕也不說，若是早知道……」杜二太太演技逼真地擦了擦眼角。

杜老太太剛剛一時心急，走得快了一點，外頭太陽又熱，這會兒老人家也是滿頭的汗，丫鬟們搬了椅子讓杜老太太坐下，劉七巧急忙也拿了幾顆防中暑的藥丸餵杜老太太吃了下去。老人家略略閉了一會兒眸子，總算是緩過勁兒來，開口道：「百合，趕緊喊了小丫鬟去門口候著，看看二老爺和二爺回來了沒有？」

百合應了一聲正要出門，劉七巧忙開口道：「赤芍，妳去門房走一趟，百合還是留下來照顧老太太。」

赤芍脆生生應了，福了福身子就往外頭去了。一旁的杜二太太還在不停地抹眼淚，時不時看看床上趙氏的情況，又有外頭的丫鬟來傳話，幾位姨娘和姑娘們也到了門口，正問二少奶奶的近況呢。

杜老太太回說：「讓她們都回去吧，今兒天熱，這會兒又是正午，少不得鬧中暑了，一會兒等少奶奶醒了，派人過去說一聲就好。」

丫鬟出門，和姨娘並姑娘們都說了，正巧赤芍拎著裙子往裡頭來，腦門上頂著汗珠道：「來了來了，二爺帶著大夫回來了！」

杜蘅從外頭回來，正是滿頭大汗，身上的衣服都濕了一大塊，杜二太太見兒子回來，急忙迎了上去。「怎麼回來得這麼快，快坐下來歇一會兒。」

杜蘅哪有心思休息，拉著在朱雀大街坐診的李大夫上前道：「快上去看看。」

李大夫年事已高，鬍子眉毛一把白，從進來到現在還一個勁兒地喘氣，見杜蘅叫他，急忙道：「唉喲我的二東家，好歹讓老夫歇一口氣，你這年輕力壯的不覺累，老夫可是一把老骨頭了。」

杜老太太見了，急忙道：「李大夫，他怎麼把你給帶回來了？這寶善堂多少大夫你不帶，非把李大夫帶回來。」

「他年紀最大，醫術最好！」杜蘅斬釘截鐵道。

劉七巧差點忍不住要笑出來。杜蘅在這一點上倒是可愛得很。

李大夫休息了片刻，氣也不喘了，腦門上的汗也下去了點，手也不抖了，這才上前去為趙氏把脈。

眾人稍待了片刻，李大夫捋著山羊鬍子開口道：「二少奶奶這是中暑暈厥，以致小產。胎脈已經沒有了，我開一副藥，你們熬了給二奶奶喝下去，若是今晚胎兒沒下來，明天還要開一副滑胎的藥讓胎兒下來，否則留在裡面也有傷母體。」
杜蘅忙問道：「那她怎麼現在還沒醒過來呢？」
李大夫看了一眼杜蘅，實在不懂這醫藥世家的公子哥兒怎麼連半點醫學知識也沒有，連判斷暈厥和昏睡都不會？只能嘆息道：「二東家，二少奶奶這是睡著了，這會兒脈象和氣息都很正常，應該沒有大礙了。」
劉七巧聽李大夫這麼說，也鬆了一口氣，問道：「李大夫，我剛才給她吃了幾顆藿香正氣丸，應該沒問題吧？」
「沒問題，二奶奶根源是在中暑，還是要以中暑的辦法來治。這會兒房裡人多，又熱了起來，要保持房間裡清涼才好。」
杜老太太見李大夫這麼說，急忙道：「那既然這樣，我們就先走了，讓丫鬟們好好服侍著。」
一群人退到了大廳，李大夫寫過藥方，派小廝跟著去抓藥，留下丫鬟們在裡面照顧。杜老太太在廳裡頭坐下，這時候，杜大太太也趕了過來，見了杜老太太忙開口道：「方才榮哥兒哭鬧，我原本想早些過來的，只是脫不開身，如今蘅哥兒媳婦如何了？」
「身子沒什麼大礙，就是小產了。」杜老太太喝了一口茶，朝著杜二太太和杜大太太各看了一眼，才開口道：「明兒是茵姊兒的好日子，不能耽誤，蘅哥媳婦如今自然是要休養的，萬事不能勞煩了她。大郎媳婦也才出月子沒幾天，不能操勞，明日的事情，妳們妯娌兩個就聯手張羅一下吧，如今也不指望如何周全，別讓親戚們笑話就好了。」

這也算是臨危受命了，杜大太太自是不敢怠慢，急忙道：「老太太放心，我們自然是盡力去辦的。」

杜二太太聽老太太有這樣的意思，心裡也略略有些高興，可是轉念一想，這大熱的天氣在外面跑來跑去也著實太熱了，她原本也是想給趙氏一個教訓，鬧成這樣倒是搬石頭砸自己的腳了。

「老太太這麼說，做媳婦的肯定盡心盡力，況且茵姊兒是我的親閨女，我也想她風風光光地嫁人。」杜二太太這會兒後悔不已，也只能硬著頭皮上了。

杜老太太見兩個兒媳算是應了，又對劉七巧道：「明兒的那些年輕媳婦少不得妳要多應酬應酬，還有茵姊兒那裡，還得妳這個嫂子去守著。」

劉七巧點頭應了，一時間，裡面的丫鬟出來回話說二少奶奶已經醒了，正在房裡哭呢。杜老太太聞言，由丫鬟扶著起身進去，果見趙氏哭成一個淚人，杜老太太急忙上前安慰道：「好孩子，別難過，孩子以後還會有的。妳這年紀輕輕的，如今就合該養好身子，都怨我，讓妳太操勞了。」

趙氏聽了杜老太太這話，倒也不敢再大聲哭起來。她當家這段日子處處好勝討巧，在下人面前也是一個七竅玲瓏的人，如今因為杜茵的婚事忙得中暑小產，自己面子上也有些過不去，請罪道：「是孫媳婦不好，沒有好好保重身子，連自己有了身孕都不知道。」

杜老太太見她哭得梨花帶雨的，又這般認錯，便也不多說什麼，道：「如今正好也讓妳好好休息一陣子，放妳一個大假。」

趙氏聞言，心中卻喜不出來，好不容易把這家裡的事情都理得妥妥當當的，出這樣的事情，當真是讓她自己也鬱悶了起來，急忙問道：「那明日大妹妹的婚事呢？」

「大妹妹的婚事有大太太和二太太，妳就不用擔心了，好好養著吧。」

趙氏稍稍鬆了一口氣，忽然想起方才那嫁妝的事情來，急忙道：「方才我在聽風水榭點大妹妹的嫁妝，怎麼點都只有一百一十八抬，跟著丫鬟們數了幾次都少了兩抬，這事情……」

杜二太太聽見趙氏說起這事情來，嚇了一跳，急忙道：「怎麼會有這樣的事情？一百二十抬的嫁妝我可是點清楚了送到妳那邊的，妳如今病了，就先別操心這些事情了，一會兒我再派人去好好清點清點。」

杜老太太見杜二太太說得有道理，點頭道：「妳婆婆說得對，這些事情妳就別操心了，妳好好歇著，我明日再來看妳。」

趙氏還想說什麼，可是見杜蘅在場又不好意思開口。她知道杜蘅慣不喜歡女人家小心眼的樣子，便也只好點了點頭，目送眾人出門。

到了外間，杜老太太才交代道：「方才蘅哥兒媳婦說的事情，妳們趕緊派個婆子去點一點，別明兒嫁妝出門的時候才發現少了，那可是丟人的事情。」

杜大太太和杜二太太急忙都應了。

劉七巧回到百草院，丫鬟們正在布午膳。紫蘇見劉七巧回來，開口道：「今兒天熱，所以讓廚房熬了綠豆粥過來，大少奶奶是想吃米飯還是吃粥？」

「就喝一碗綠豆粥吧。」劉七巧說著，把赤芍又喊到了跟前問道：「早上妳說二奶奶點嫁妝的時候發現少了兩抬，是二少奶奶說的還是別人說的？」

赤芍見劉七巧又問起這事情，回道：「是管嫁妝的婆子說的，二少奶奶帶著丫鬟們點了兩、三回都少了兩抬，這才著急了。」

「行了。」料想這少嫁妝的事情定然是真的，可從方才二太太的口氣中，分明不相信這事情，倒是讓劉七巧有些奇怪了。

她想了想，終究還是有些疑惑，喊了赤芍道：「方才老太太讓兩位太太重新去點嫁妝，一會兒妳吃過午飯去聽風水榭那邊打聽打聽，這嫁妝是少了呢，還是不少了？」

赤芍腦袋倒是靈光，聽劉七巧這麼說，便點了點頭道：「大少奶奶放心，我一定偷偷打聽，不讓那邊人知道我去過。」

劉七巧笑著道：「算妳機靈。」

赤芍正瞇眼笑，劉七巧指了一下身邊的座位道：「坐下來一起吃吧，吃完了好去幹活。」

赤芍先是不肯，後來劉七巧索性讓丫鬟們把奶娘也一起請了過來，幾個大丫鬟一起坐下吃了起來。兩位奶娘平常不和劉七巧同桌吃飯，都是等她吃完了兩位奶娘才上桌的，這會兒倒是有些拘謹。

劉七巧見眾人拘謹，便少少吃了一些，先起身去房裡頭看杜文韜去了。這會兒小傢伙正睡得香甜，小嘴嘟著尤其可愛，她見四下無人，忍不住湊上去在小傢伙的臉頰上親了一口。

杜二太太這會兒正和杜大太太兩人在聽風水榭裡頭清點嫁妝，由小廝一抬一抬地往前院搬過去，每抬走一抬，就拿毛筆打一個勾，一百二十抬，一抬也不少。

杜二太太端起茶盞喝了一口茶，笑道：「嫂子，我說了這嫁妝肯定不會錯的，我自己的閨女出閣，我能不盡心盡力？要是真少了嫁妝，丟的可是杜家的臉面。」

杜大太太看了杜二太太一眼，心道：齊家的臉面反正也已經丟盡了，也還真是丟杜家的臉面了。

杜二太太見杜大太太不說話，便又繼續道：「大嫂若是累了，就先回去陪榮哥兒歇午覺吧，這點東西一會兒就搬完了。」

杜大太太點了點頭，正要起身，卻見杜茵帶著個丫鬟氣沖沖地往這邊來，見了杜二太太，只是瞪著她不說話，稍稍壓了心中的怒火，向杜大太太福身行了一個禮。

杜大太太見杜茵一副來者不善的樣子，也估摸著她們娘倆有事情要商量，便帶著丫鬟們先行離去了。

杜茵見杜大太太走遠了，這才開口對眾丫鬟道：「妳們也下去吧，我有事情要和二太太商量。」

丫鬟們鮮少見杜茵這樣子，心裡頭也都有些害怕，都低聲應了出門去。杜茵就著位子坐下，低著頭，再沒開口說話。杜二太太一時摸不準杜茵的心思，笑著問道：「妳這是怎麼了？明兒就是妳出閣的日子，不好好待在房裡準備準備，跑到這兒來做什麼？」

杜茵見杜二太太說這些沒用的話來堵自己，抬眸睨著杜二太太道：「娘，嫂子的孩子沒了，您讓我怎麼安心出閣？嫂子是為了給我張羅婚事才累得沒了孩子！」

第一百七十五章

杜二太太聞言也是眼皮一跳，卻還是勸解道：「那是一個意外，誰也不想的，要怪就怪這天氣太熱了，我在這邊坐了一會兒都覺得胸悶得慌，何況她還有了身孕。」

杜茵見杜二太太還死不認帳，也是又急又氣。她素來知道自己的母親糊塗，可再沒想到竟糊塗到這個分上，掩著嘴哭道：「那我問娘，少了的兩抬嫁妝怎麼就又不少了呢？昨兒我去您那兒請安，親眼看見您房裡放著兩抬嫁妝，您說是還沒整理好，今兒一早就要送過來的，您送了嗎？」

杜二太太被杜茵問得啞口無言，結巴道：「送了……當然送了啊，這種事情我怎麼會忘了呢，妳說這些話是什麼意思？難不成妳嫂子小產是我害了她不成？」杜二太太這會兒心急，先發制人道：「自從妳外祖父家出了那些事情，這家裡上上下下的人都看不起我也就罷了，如今連妳這個親生閨女也看不起我，妳說我活著有什麼意思呢？」

以前杜二太太每次這樣，杜茵也總是心軟，可這回卻實在心軟不起來，一邊哭一邊道：「家裡哪有人看不起娘了，是娘一直看不起自己！娘覺得大家夥兒看不起您，您倒是說說，自從外祖父家出了事情，是少了您吃還是少了您穿，還是少了您月銀分例？二嫂子是能幹了一些，可她能幹，將來享福的還不是二哥哥和爹娘？娘本來就不是管家的料子，爹房裡還有四個姨娘呢，娘就不能安安生生地過您的太平日子嗎？如今外祖父家出了這樣的事情，便是您重新管家了，您如何出門跟那些官家貴婦應酬呢？」

杜茵說完，也覺得委屈得不行，趴在桌上繼續哭了起來。

杜二太太這會兒被杜茵一通說罵，倒是有些懵了，又聽杜茵繼續道：「我明兒就要出閣，兩位妹妹雖然都乖巧，可她們都是在姨娘跟前長大的，娘雖然是嫡母，卻從不跟她們親近，往後我走了，爹跟前也沒有別人可以為娘說話。二哥哥是個男人，自然不懂這些，您更應該和二嫂子和解了才好。」

杜二太太聽杜茵說完這些話，一時也不知如何開口，咬牙道：「從來聽說兒媳婦孝順婆婆的，再沒有聽說過要婆婆來跟兒媳婦和解的，茵姊兒妳這麼說豈不是滅自家威風？」

杜茵見杜二太太這時候還不清醒，越發急了，忽然站了起來道：「到了這個時候，娘還不肯跟我說實話，那我只能去告訴老太太，看老太太怎麼評判吧。」

杜二太太原本就有些心虛，這會兒聽杜茵扯出老太太來，急忙拉住了她道：「妳這孩子，明天就是妳出閣的日子了，何苦多這些事情呢？老太太便是聽了妳的話那又怎樣，不過就是把妳娘我給罵一頓，還能有妳的好處？」

杜茵這會兒紅著眼睛，滿臉的淚痕，卻還是不依不饒地看著杜二太太。杜二太太被她磨得沒法子了，只好開口道：「妳說得不錯，我一早上是忘了把房裡那兩抬嫁妝給送過去了，可妳嫂子孩子沒了，那也不能怪在我身上，我這不已經派人把嫁妝都送回來了嘛。這事情若是讓老太太知道了，少不得又要將我教訓一頓，我在這個家已越發沒有容身之地了，妳忍心這麼對我嗎？」

杜茵見杜二太太認了，心裡的怒火也稍稍緩和了一點，又見杜二太太那樣子，也確實看著可憐，便有些心軟，又開口勸道：「娘，不是我說您，這家裡面的人一個比一個聰明，先說大伯娘吧，這些年娘跟著她一起管家，有什麼事情是能占上風的？再說二嫂子，她跟二哥原本不是很對盤，如今好不容易好了，您怎麼淨扯後腿呢？」

杜二太太見杜茵這麼說，便有些氣忿道：「妳二哥我是從來沒指望過的，家裡的事情從來不管，爹娘面前也不懂個孝順，他也就這性子了，我不怪他，可妳看看妳嫂子，她如今管家，有臉面了，可再有臉面也不能忘了我這個婆婆。她呢，一味跟大房那邊的人親近，拍老太太的馬屁，她眼裡還有我這個婆婆嗎？」

杜茵一邊聽一邊搖頭，道：「二嫂子自從管家之後，連翰哥兒、傑哥兒都帶得少了，沒有空在娘面前盡孝，那也是常事；再說娘以前不總嫌棄嫂子是一張假臉，不喜歡她在跟前伺候嗎？怎麼如今反倒又嫌棄她沒在妳跟前盡孝了呢？妳這分明就是擺婆婆的譜。」

杜二太太又被杜茵說穿了心思，也不接話了，只道：「我原本是想給她個教訓，她事事好強，難道就真的沒有出錯的時候？可誰知卻出了這樣的事情，我心裡頭也不好受。她懷的也是妳哥的孩子，這事情是我對不住她。」

杜二太太想著杜茵明兒就要出閣，也再不想有什麼瞞騙的，嘆了一口氣道：「我就是氣不過而已，如今妳也要出閣了，我身邊真的是沒人了。」杜二太太說著，忍不住落下淚來。杜茵見狀，也跟著哭了，又問道：「妳方才命人把嫁妝抬過來的時候，有沒有什麼人看見了？」

杜二太太道：「自然是偷偷送過來的，若是讓老太太知道了，我又不得好了。」

杜茵還是對杜二太太很不放心，想了想，開口道：「娘，您這邊慢慢忙，我明兒就要出閣了，倒是想到處走走，看看姊妹們去。」

杜二太太見杜茵這樣，料想她是不會把自己供出去了，便也安心放她走了。

杜茵領著丫鬟離開聽風水榭，又去了百草院。

劉七巧從房裡出來，只見杜茵正坐在廳中，低著頭悄悄抹眼淚，便屏退了眾人，上前問道：「大妹妹怎麼了？這麼傷心難過，看來是真捨不得出嫁了，那明兒姜家少爺可要抬著空花轎回去了。」

杜茵見劉七巧還開自己玩笑，哭笑不得道：「大嫂子就是壞，明知我傷心還要來逗趣我，我可笑不出來。」

劉七巧聽杜茵這麼說，也稍稍正色，開口道：「妳怎麼傷心，我還真的不知道，難不成是為了二奶奶的孩子沒了，所以才這麼傷心的？」

杜茵頓了頓，抬起頭道：「二嫂子的孩子沒了，我固然傷心，可是一想起我就要出閣，我娘卻還如此糊塗，我就更傷心了。」

劉七巧聽杜茵話中有話，一時也不知她的想法，試探道：「二嬸子最近挺好的，帶帶孫子、享享清福，我瞧著挺樂的。況且她最近為妳籌備嫁妝，也沒什麼空閒，大家也都過得安生，不知道大妹妹說二嬸子糊塗，是個什麼意思呢？」大家閨秀說話難免有些彎彎繞繞，杜茵既然沒有開門見山，劉七巧也不敢怎麼樣，只好順著杜茵的話頭繼續往下說。

「大嫂子，我想妳心裡也清楚，二嫂子小產雖然是個意外，可我娘也已經跟我說了，那兩抬嫁妝是她讓下人遲一些再送過去的，她是……」杜茵紅著臉，不知如何再說下去。

劉七巧明白了，只道：「妳不用說了。如妳所說，二太太確實是一個糊塗人，妳嫂子卻比她不知聰明多少，以後妳出閣了，只怕再也沒有人能為妳娘求情，我倒是想讓妳勸勸妳娘，好強是好的，可也要有這本事和能耐。」

杜茵點點頭，抬頭看了一眼劉七巧。原先她只覺得這位嫂子靈巧聰明，可如今越發覺得，大嫂子比起二嫂子來實在是不差的，可她偏偏看不上家裡頭這些雞毛蒜皮的事情，跟大多數的小媳婦都不一樣。

「嫂子說得是，可有些事情真的改不了。我從懂事開始，就依稀覺得我娘的做法有些過，但這麼多年下來，老太太睜一眼閉一眼，大伯娘也是從來不在面上得罪我娘，她其實已經自以為是習慣了，若不是我外祖父家的事情，她可能還像以前一樣高高在上地活著。有時候，我也同情我娘……」杜茵說著，又忍不住落下淚來，哽咽道：「我這就去向二嫂子請罪，讓她原諒我娘。」

劉七巧見杜茵起身要走，急忙攔住了道：「妳先別去。」

杜茵頓了頓腳步，聽劉七巧說道：「這會兒妳二嫂子還不知道真相，她正傷心，妳若這時候跟她說這些，少不得她不但不能解氣，還會鬧得更厲害，讓老太太也知道這件事情。老太太的脾氣妳也是知道的，最是公正公平，勢必要給妳嫂子一個公道，到時候妳娘只怕就更逃不過去了。」

「那怎麼辦？」

「依我看，這就是她們婆媳之間的一筆糊塗帳，不如就這樣算了。若是妳嫂子想明白了，她沒證據也不能拿妳娘怎樣，橫豎她沒了孩子，這次的事情是她吃虧；至於妳娘那邊，妳告訴妳娘讓她安分點，要是她再弄出什麼么蛾子，妳就把這事情告訴老太太，嚇唬嚇唬她，兩邊都太平了，這事情就能慢慢揭過去。」對於旁觀者劉七巧來說，不管這件事情怎麼發展，火都燒不到她身上；不過家宅不安，說出去總是杜家沒有面子，與其讓杜老太太再發一頓火，不如就這樣算了。

「可是……可是這樣二嫂子她……」杜茵畢竟年輕，心裡頭對趙氏總有幾分愧疚。

劉七巧勸慰道：「妳二嫂子如今最需要的是靜養，而不是公道，就算討回了公道，她的孩子也一樣沒了。明兒就是妳出閣之日，妳總不想大家鬧起來，耽誤了妳的好日子吧？」

杜茵倒是沒想到劉七巧這麼為自己考慮，點了點頭，收起傷心，擦了擦眼淚道：「多謝大嫂子開導，那我先回去了。」

晚上在如意居用過晚膳，杜大老爺也問過了趙氏的身子，這才對杜若和劉七巧道：「你們兩個先別著急回百草院去，我有事情要商量，跟我一起去外書房。」

劉七巧也算是外書房的常客了，見杜大老爺也喊了她過去，自是應了。

杜大太太讓丫鬟在前頭打著燈籠引著三人過去，在路上正好遇見了杜二老爺和杜蘅兩人。

杜二老爺面色並不是太高興，杜蘅也是一臉的失落，杜大老爺見了，安慰道：「蘅哥兒，這幾日你就不用去店裡了，好好在家照顧你媳婦吧。」

杜蘅擺手道：「家裡那麼多丫鬟婆子，哪裡用得著我照顧？大伯你放心吧，店裡的事情耽誤不了。」

眾人進了書房，朱砂沏了好茶送了上來，杜蘅喝了一口茶，心情也舒坦了些，開口道：「還是大伯這裡的茶喝得爽口，我爹就愛那些濃茶，喝不慣。」

杜二老爺聽杜蘅這麼說，氣憤道：「你什麼都是大伯的好，你大哥就和你不一樣。」

杜若笑著道：「我倒是喜歡喝濃茶的，不過腸胃不好，如今也不能喝了。」

杜大老爺也跟著笑了，又道：「明兒是茵姊兒出閣的日子，家裡頭客人多，明天我們爺們自然是在外頭待客的，七巧妳就在裡頭待客，妳娘和二嬸張羅要忙的事情，只怕也沒有閒工夫招呼客人。」

劉七巧笑著道：「爹就放心吧，別的不說，這件事情我還是能做好的。」

杜大老爺繼續道：「還有一件事情，也要讓妳去做。」

劉七巧聽杜大老爺這麼說，疑惑道：「爹有事就說吧，不必賣關子了。」

「安濟堂開業也有十來天了，各處的生意雖說算不上多紅火，到底還是不錯的。正如我們預料的，果然老百姓都喜歡到這樣的藥鋪裡頭去買藥，不過據二郎觀察，仍有相當一部分老百姓還是會去原來常去的藥鋪。」

劉七巧擰眉想了想道：「老爺，其實這個道理很簡單，問題就出在看病的大夫身上。老百姓們一般請不起鋪子裡的大夫，大多數請的都是游醫和郎中，那些人介紹哪家店鋪，百姓也就去哪家店鋪多一些。其實我倒是覺得，可以也為安濟堂招幾個坐堂的大夫，提倡免費看病，只要老百姓買店裡的藥材，那我們的大夫就不收診金。」

「不收診金，哪個大夫願意？」杜蘅不解道。

「銀子由店鋪給，少不了大夫的。老百姓選便宜藥材，不過就是為了省些銀子，若是連診金都可以省下來，想必他們一定會選擇到安濟堂抓藥的。」

杜二老爺聽了也覺得有道理，但還是忍不住問道：「那會不會影響寶善堂的生意？有免費看病的地方，誰還花錢看病呢？」

劉七巧笑著道：「二叔，若你不是一個窮人，是願意花錢住好的客棧呢，還是住個不花錢的破廟呢？」

「這個……這個……」杜二老爺一時也說不出來了。

「二叔放心，寶善堂的客人絕對不會去安濟堂抓藥，因為寶善堂的客人們丟不起這個人，便是那些達官貴人家的家奴，出入安濟堂這樣的藥鋪，若是被人撞見了，也是不好意思的。」

杜二老爺正似懂非懂，杜蘅一拍桌子，笑著道：「嫂子說得有道理，以後寶善堂專門做富人生意、安濟堂就做窮人生意。雖然富人錢好賺，但窮人比富人卻多得多，沒準安濟堂的生意並不會比寶善堂差多少！」

每到說起生意上的事情，杜蘅倒是來勁得很，劉七巧也不得不感嘆，杜蘅在經商方面的腦子確實比杜若強些。杜若雖然聰明，可是從來沒有研究過這些生意上的事情，自然不如杜蘅。

杜大老爺見杜蘅這麼說，點了點頭道：「這也是我想說的，我們杜家雖然家傳醫道，至今已經有幾百年的歷史，打得是懸壺濟世、澤被蒼生的名頭，可是杜家大部分人只是在替有錢人看病而已，即使是每年的施醫贈藥，那也不過有益於一部分的老百姓，並不能讓京城的老百姓都受益。至於外地的那幾家分號，我精力有限，都是交給當地的掌櫃經營，不過每年收幾個利錢，更是操心不到了。」

杜大老爺抿了一口茶，繼續道：「所以我最近一直在想，若是老百姓不敢進我們的寶善堂看病，那我們有什麼辦法能讓寶善堂的藥賣到老百姓手中？後來幾個掌櫃的也私下詢問過去別的地方抓藥的百姓，老百姓們都說：『寶善堂怎麼可能是我們這種平頭百姓去的地方，便是那裡頭的藥不貴，穿成這個樣子，進那樣的店鋪也是要被人看不起的。』所以，我才萌生了重開安濟堂的念頭。」

第一百七十六章

劉七巧對杜大老爺的話簡直是不能再贊同的了，也越發覺得杜大老爺的形象更高大了起來。其實富人沒什麼錯，祖上有基業、自己有腦子，能賺錢自然就會有錢，但是像杜大老爺這樣身懷富貴卻還能替普通百姓考慮的富人，怕是真的不多了。

杜二老爺聽杜大老爺說完這席話，也深有感觸，開口道：「大哥，那以後每逢休沐我就去安濟堂開一天的義診，免費給老百姓治病。」

杜大老爺連連擺手道：「你就不必去了，你堂堂太醫院院判去給那些窮人看病，以後去見那些貴人你也不好說。安濟堂就讓大郎去吧，他年紀輕，若是開義診，肯定會有很多病人去看病，這樣更能提高他的醫術，對他也是一種鍛鍊。」

杜若聞言，畢恭畢敬地應了，杜大老爺看了他一眼，開口道：「去開義診可不同於現在在寶善堂裡頭什麼事情都安排得妥妥當當，你是我的兒子，我也不會給你工錢，你可想清楚了。」

杜若笑道：「其實我一早就想開義診了，聽說濟世堂的少東家每年都會在城西那一帶開義診，所以濟世堂的生意一直很好。」

杜二老爺聽杜若提起了濟世堂，開口道：「他們的少東家醫術確實不錯，曾有人想舉薦他進太醫院，但是目前太醫院之中，除了杜家是開寶善堂，其他幾位太醫家中都不涉及藥材生意，基本上是開醫館的，所以這件事被我壓了下來。」

寶善堂一家獨大，寶善堂和朝廷的生意才能越做越大，若是濟世堂也有人進了太醫院，那麼將來太醫院只怕就不那麼單純了。

杜大老爺見杜二老爺這麼說，點頭道：「甄選太醫極為嚴格，杜家若不是有先皇的旨意，也不可能以面試入太醫院。二弟倒不必過於擔心，若是真的有人舉薦，讓那濟世堂的少東家試一試也是可以的。」

杜二老爺點點頭道：「多一事不如少一事，再說太醫院也不缺人，只要我這邊不要人，也沒有人會想到給太醫院塞人。」

這話倒是聽來很有道理，杜大老爺點了點頭，杜二老爺又道：「杜苼和杜茂兩人在學中的成績也是平平，我正在想，改日還請大哥一起考一考他們兩個，看一看哪個是學醫的料子，就讓他學醫好了。」

杜大老爺笑道：「還是讓杜茂學醫吧！至於杜苼……」他擰眉細思，繼續道：「蘇家無後，皇上過去又器重蘇大人，只怕蘇姨娘未必沒有別的想法。」

杜二老爺聽杜大老爺這麼說，也點頭道：「還是大哥想得周全，其實蘇大人臨死之前，倒是曾跟我提過想讓杜苼過繼到蘇家的事情，可你知道老太太這脾氣，怕多半不會答應，所以這事情我便一直沒提起。我的意思是……」

杜大老爺聞言，只道：「你的意思我明白，就讓杜莘考科舉，杜茂學醫吧。不過這事情最好還是跟孩子商量一下，如果杜茂不肯學醫，還有榮兒。」

劉七巧愣了一下，才想起杜大老爺所說的榮兒就是杜榮。不過要等杜榮學醫，那還不知道要多長時間呢，到時候只怕杜文韜都可以跟著一起學了。

劉七巧笑道：「那敢情好，讓韜哥兒跟著一起學醫才好呢！」

杜蘅聽劉七巧這麼說，也著急道：「還有翰哥兒和傑哥兒，一起教了吧，我是木魚腦子學不會，我就不信我兩個兒子沒一個聰明的？」

杜二老爺聞言，搖頭道：「都去學醫了，那家裡的生意要怎麼辦呢？」

杜蘅低頭不說話，杜大老爺便開口道：「如今安濟堂重新開業，一共是六家鋪了，這六家鋪子我就全交給二郎去打理，鋪子的店契如今在我的手中，可那是朱家姑娘送給七巧的，我們不能白拿來用，所以我打算以安濟堂一半的利潤作為租金，每年給朱家利錢，如果她不肯要，那就給她等價的銀子，這店就算是盤給了我們寶善堂了。七巧，這事情還得妳去處理一下。」

「朱姑娘她們全家已經回安徽老家去了，只怕這幾年都不會回京城，我會寫信給她，把事情告訴她，相信她也願意看見寶善堂能夠重開安濟堂的。」劉七巧開口道：「下次朱姑娘再回京，恐怕要稱包夫人了。」

杜若聞言也是一笑，更是拍了一下杜蘅的肩膀道：「二弟，以後安濟堂就看你的了，我們兄弟兩個，一起把安濟堂撐起來。」
杜蘅這是第一次放手做事，心裡也很激動，笑著道：「那招募大夫的事情可要大哥幫我擺平了。我又不懂醫術，三言兩語就被人騙過去了，別招回來個蒙古大夫，倒是把百姓給害慘了。」
杜若笑道：「沒問題，到時候我親自去幫你挑選。其實醫術如何很好鑑別，首先要搭得一手好脈，其次就是要看病準，不光是背醫書，學會了融會貫通，見了病人自然就不慌張了。」
杜若說起醫術來就一副眉飛色舞的樣子，讓劉七巧不禁看呆了，覺得這樣的男子有著胸懷百姓的醫者之心，天生就應該為了救死扶傷而活著。
「那我可就謝謝大哥了。」
沙漏一點點地流逝，時辰已不早了，杜大老爺送走了杜二老爺和杜蘅，將杜若和劉七巧留在書房。
杜大老爺嘆了一口氣道：「杜家總有分家的一天，可是寶善堂不能分，這是祖上留下的規矩，寶善堂的招牌必須要留給嫡長子，所以寶善堂我會傳到大郎你的手中。」
杜若見杜大老爺一下子說出這麼沈重的話題，頓時也有些無措，更不知如何對答。倒是劉七巧似乎已經明白了杜大老爺這次叫他們進來的目的，開口道：「爹是想把安濟堂經營好了，日後分給二叔他們吧？」

杜大老爺沒想到劉七巧一句話就把他的心思給挑明了，瞪了她一眼道：「七巧，妳這一點就太不可愛了，好歹給我留些面子。」

劉七巧勾唇笑道：「其實爹一早就想過，不能讓二叔他們空著手分家，可是又不能把寶善堂給二叔，還不能讓二叔他們出去開和寶善堂同樣的藥鋪。要想一個完全的辦法，真的很難。」

杜若聽劉七巧說到這裡，也完全明白了，開口道：「爹，您當真是這麼想的？」

杜大老爺點點頭道：「七巧說得沒錯，為了這事情，我已經想了很久了，你二叔不是一個經商的人才，可是你二弟在這方面確實有才幹，我不能埋沒了他，也不想你二叔他們分家之後過得太過清苦。二房人多事雜，不像我們大房人丁簡單，要是沒有一門穩定的收入，只怕他們往後的日子不好過。」

杜若這時候心裡卻已經是滿滿的感激，有些自責道：「可是父親，我對經商之道確實沒有什麼興趣，更別提去經營，將來這寶善堂——」

杜若的話還沒說完，杜大老爺擺了擺手道：「你有七巧，你怕什麼？」

劉七巧也不知道杜大老爺如此看得起自己，一時也覺得有些不好意思，開口道：「爹這麼說我都不好意思了，不過爹放心，我保證我會讓大郎安安心心地當他的大夫，做他想做的事情，一生精研醫術，不用為這些俗務煩擾。」

杜若這會兒已經感動得脹紅了臉，雙眼看著劉七巧，似乎想起了他們在林家莊初見的那一天，她一雙杏眼狠狠地瞪了他一眼，當時他心裡的第一反應就是——這麼凶悍的姑娘，將來也不知道要去折磨誰……

劉七巧見杜若一時看著愣怔了，又睜大杏眼瞪了他一下，杜若覺得世上再沒有比這更好看的眼神，悄悄低頭，忍不住伸手勾了勾劉七巧的手指。

這些小動作如何能瞞得住作為過來人的杜大老爺，杜大老爺也清了清嗓子，開口道：「時間不早了，早些回去休息吧。」

兩人聞言便告退了，誰知杜大老爺又補充了一句。「明兒是茵姊兒出閣的好日子，你們兩個要保存體力，好好待客。」杜大老爺說完，又極不自然地清了清嗓子。

被告知要保存體力的兩人回了百草院之後，倒是越發睡不著了。兩人在床上翻來覆去，可誰也沒睡著，劉七巧索性靠在杜若的胸口，伸指在他胸口滑來滑去。杜若的胸口涼涼的，大夏天靠在他身上一點也不熱。

杜若一把抓住了劉七巧的手指，笑道：「別亂動了，早些睡吧。」

劉七巧點了點頭，將頭靠在杜若的肩頭道：「相公，也不知道老爺這樣的安排二叔他們會接受嗎？」作為一個現代人，她比較崇尚公平公正的原則，雖然她知道古代的兄弟之間是不平等的，嫡長子享受到的權利比起別的兒子來說都要大得多，但於此同此，嫡長子也擔負著家族興盛的重任。

「二叔應該不會不答應的吧？至於二嬸子，她在二叔面前也不敢說什麼，我覺得這事情應該是有譜的。」

劉七巧迷迷糊糊中嗯了一聲，抱著杜若的胳膊睡了。杜若扭頭，看見長髮遮住了她半邊臉，看來也是睏極了，忍不住理了理她的髮絲，用手枕著頭，合眸睡下。

第二天一早，劉七巧算是起了一個大早，不過去漪蘭院的時候杜茵的妝容已經化好了。她上前打量了杜茵一眼，平常看著還有幾分少女氣息的姑娘，被這一套濃妝豔抹下來，完全看不出原來的長相了，身上穿著鮮紅的霞帔，臉上的粉上得厚重，笑起來都有幾分不自然了。

杜芊笑著道：「當新娘子就要被化成這個樣子嗎？我瞧著大姊姊這會兒連笑一笑都難，感覺這臉上的粉都要掉下來了。」

杜茵原本一本正經地讓奶娘和丫鬟擺弄，聽杜芊這麼說，笑道：「妳要死了，說了不能笑還偏偏要逗我笑，妳是存心的吧，看妳出閣的時候我怎麼放過妳！」

杜芊急忙躲到了杜苡的身後，笑道：「我現在還沒出閣呢，大姊姊就慢慢等著吧。」

劉七巧走過去，看著奶娘為杜茵戴上了鳳冠，杜茵站起來，顯得比往常更高䠷動人。這時候，外頭有小丫鬟傳話道：「老太太、兩位老爺、兩位太太都到了。」

丫鬟們扶著杜茵出門，杜老太太、兩位老爺、兩位太太都已經依序落坐。杜茵來到廳中，丫鬟送上了蒲團，杜茵跪下來給杜老太太恭恭敬敬地磕了一個頭道：「老太太，孫女給您請安了。」

杜老太太這會兒是悲喜交加，一邊笑一邊擦眼淚道：「好好，出嫁了那就是大人了，以後要孝順婆婆、相夫教子。」

杜茵點頭應了，又向杜二老爺和杜二太太磕頭道：「爹、娘，以後女兒不在家，你們兩個可要好好的。」

杜二太太饒是再要強的性子，看見杜茵跪在自己面前辭行，也忍不住落下淚來，起身把杜茵扶了起來道：「妳放心，我和妳爹自然是會好好的，妳以後要常回來看看我們，看看老太太。」

杜茵一邊點頭一邊拭淚，又走到杜大老爺和杜大太太的跟前，依舊跪了下來道：「大伯、大伯娘從小就疼我，把我當親生閨女一樣。大伯娘也知道，我從小對大哥哥就親近，大伯、大伯娘以後也要保重身體，我會常回來看你們的。」

杜大太太這輩子沒生個閨女，可是當初自己出嫁的時候，母親哭紅的雙眼她還是記得的，如今杜茵出嫁，雖然是個姪女，畢竟看著她長大，此時倒是萬般不捨得。

眾人正都落淚，外頭的杜蘅跑了進來道：「姜家的花轎已經到門口了。」

不多時，喜娘已經將姜梓丞領了進來，眾人來到廳中，便有丫鬟上前扶著杜茵，大家都已經在門外送別，杜茵跟著姜梓丞走了兩步，忽然轉身，又對著杜老太太跪下。

姜梓丞見杜茵下跪，也跟著斂袍跪下，和杜茵一起恭恭敬敬給杜老太太磕了三個響頭。

杜老太太這時候也是老淚縱橫。她一輩子只生了一個閨女，卻沒到出嫁的年齡就病死了，如今杜茵出嫁，杜老太太如何能不傷心？上前將她扶了起來道：「以後到了夫家，那就是大人了，不能再要小孩子脾氣，到時候我可幫不了妳了。」

姜梓丞聞言，急忙道：「老太太放心，我一定不會讓表妹受任何委屈的。」

杜老太太身邊的房嬤嬤笑道：「都什麼時候了，還叫表妹呢。」

姜梓丞又是臉紅，忙改口道：「我一定不會讓娘子受任何委屈。」

眾人聽了都破涕為笑，將新人送到了門口，喜娘扶著杜茵上轎子。

杜二老爺站在門口，看著杜茵彎腰進了轎中，重重嘆了一口氣。杜二太太這會兒正傷心難過，低頭抹眼淚，杜二老爺見了，難得伸手拍了拍她的背，安慰道：「女兒出閣是好事情，妳哭這麼傷心做什麼呢？」

杜二太太忍住了淚道：「我就是捨不得，自己辛辛苦苦帶大的閨女，就這樣給別人家了。」

杜二老爺道：「妳又說氣話，什麼叫給別人家了？難道閨女出閣了就不是妳的閨女了？」

杜二太太一時無言以對，也只能哼一聲不理杜二老爺了。

迎客、受禮、應酬，這一天也總算是安安穩穩地過了。

第一百七十七章

杜茵婚事之後，杜家倒是閒下來一段日子。

又過了幾日，正是六月十五，劉七巧便帶著丫鬟往水月庵去了。大長公主是方外之人，劉七巧生產之後派人送了禮過來，那已經是天大的恩典，早在幾天前她就已經想好，六月十五定然要來水月庵上香還願。

難得杜老太太心情也好，便帶著兩個姑娘和劉七巧一起來了。

大長公主最近開壇講經，許多京城的命婦貴女都前來聽經，坐在雲霧繚繞的蓮花臺上，越發讓人覺得不像是人間之人，反倒像一尊活佛。

劉七巧帶著杜老太太在禪房小憩，講完了經的大長公主過來見客，見了劉七巧，倒是收起了幾分嚴肅，笑道：「怎麼生了一個兒子，也沒見妳穩重幾分。」

劉七巧也笑著道：「穩是沒有幾分，但分量倒是真的重了。」

這話逗得兩個老人都哈哈笑了，杜老太太又給大長公主見了佛禮，三人才坐下聊了起來。

大長公主開口道：「最近我這水月庵事情也多，每逢初一十五來的人多了，倒是有些日子沒見到老恭王妃了，也不知她身子可好？」大長公主知道劉七巧出了月子定然會各處走動，故而向她問起。

劉七巧笑著道：「我昨天才去瞧過，身子骨還算硬朗，可比起去年卻是大不如前了，偶爾恭王府也有不順心的事情。」

「自從妳有了身孕之後，我這兒也走動得少了，如今妳既然空了，往後可要多來幾趟。」大長公主一邊說，一邊命小尼姑送了茶水上來。「這是太后娘娘賞的新茶，我平常不怎麼吃茶，今兒用來待客，總算沒浪費了好茶。」

在水月庵用過了素齋午膳，眾人便辭別了大長公主。兩個姑娘玩性大發，說還要去街上逛一圈，杜老太太不忍拂了她們的興致，便答應她們去朱雀大街看看。說起來，杜老太太已經有好些年沒有到寶善堂的店裡來了，以前逢年過節的時候，老太太也曾帶著年禮來犒勞店裡的夥計，現在年紀大了，這些事情都交代了下去。二太太是不愛跟這些下人們打交道的，大太太也不喜歡這種場合，寶善堂的女主人可說是已很久沒有來店裡了。

不過這一點老早被劉七巧打破了，自從劉七巧進了杜家的大門，倒是隔三差五會來看一看，時不時帶一些小點心過來。只是畢竟她出門的日子也少，大家也就是圖個新鮮。

劉七巧說了要去寶善堂，杜苡和杜芊兩個人也都想去瞧瞧，杜老太太便開口道：「一起去吧，也讓妳們看看杜家的產業是什麼樣的，以後就算嫁了人，也知道杜家是什麼樣的人家。」

杜苡和杜芊自是高興，劉七巧便喊了車夫，直接往寶善堂的方向去了。

這時候正是用午膳的時辰，因為今兒是陰天，天氣頗涼快，馬車經過杏花樓的時候，劉七巧命丫鬟去買了幾盒綠豆酥來，預備一會兒帶去寶善堂裡頭，讓掌櫃的分給夥計。

杜老太太見劉七巧想得這樣周到，自然高興得很，開口道：「還是妳周到，這要是兩手空空的就去了，倒不好意思了。」

劉七巧笑道：「這些綠豆酥也值不了幾個錢，不過就是意思意思。再說老太太許久沒去了，帶些東西，夥計們也高興。」

又過了一會兒，馬車就到了寶善堂的門口，陳掌櫃見是杜家的馬車，急忙就出來迎接。劉七巧稍稍挽了簾子，瞧見陳掌櫃出來了，才開口道：「老太太也來了，你先別聲張，我們去樓上坐坐就走。」

陳掌櫃聽說老太太來了，驚得張大了嘴巴，抬起頭才見劉七巧扶著杜老太太從馬車裡頭出來。陳掌櫃開口道：「老太太倒是老當益壯啊，還和幾年前一個樣子。」

杜老太太見了陳掌櫃也很高興，笑道：「陳掌櫃也沒有老。怎麼樣，最近寶善堂的生意如何？如今我是越來越老了，這生意上的事情，當真是一點也不清楚了。」

「寶善堂的生意一直很好，老太太不用掛心，東家就在上頭廳裡用午膳呢，老太太上去瞧瞧吧。」

劉七巧把綠豆酥給了掌櫃的，親自扶著杜老太太上去。杜苡和杜芊兩姊妹也跟在身後，幾個夥計探著頭往樓上看，被陳掌櫃一頓罵道：「看什麼看，這也是你們能看的？快幹活去！」

杜苡和杜芊聞言，扭頭瞧了一眼，見幾個夥計灰頭土臉地走了，忍不住掩嘴一笑。

朱雀大街的夥計比較多，所以這裡請了專門做飯的廚子，平日裡杜大老爺要是有空，會去飄香樓吃個便飯；若是沒空，就會讓這裡的廚子隨便炒幾個菜應付一下，跟幾個大夫一起吃一點。

杜大老爺聽說杜老太太來了，親自迎了出來，命婆子送了茶上來。

杜老太太喝過茶，放下茶杯，才看見窗下的圓桌上放著三碟小菜、兩碗米飯、一碗清湯。杜大老爺忙解釋道：「今兒其他大夫都出診去了，我一個人吃就隨便一些了。」

杜老太太看了一眼杜大老爺，四十出頭的人，沈穩俊逸、一派儒雅，端的是個好相貌，更難得的是這品性，便開口道：「你快吃吧，不用招呼我這個老太婆，我不過就是路過了，來蹭一杯茶喝的。」

劉七巧仔細看了一下桌上的菜色，只見一盤是雞蛋炒黃瓜、另一盤是涼拌萵筍，還有一盤她辨認了一下，是一盤茭白炒肉片，湯是冬瓜湯。這些菜比起杜家府上吃的那真是太一般了，杜老太太眼力不好，並沒看清，若看清了只怕又要心疼了。

杜大老爺用完了午膳，老婆子進來收拾好了碗筷，杜老太太已經在房裡坐了小半刻了，開口問道：「怎麼蘅哥兒不在這邊呢？這幾日他沒有往外地跑，我還以為他會乖乖在店裡待著呢！」

杜大老爺回道：「他今天去世康路上送香囊去了。最近天氣太熱，蛇鼠蚊蟲都出來了，世康路那邊多是窮人住的地方，我怕鬧出傳染病，就讓他過去了。」

杜老太太聞言，皺了皺眉頭道：「世康路是個什麼地方，我怎麼沒聽說過呢？」

劉七巧倒是對世康路有點印象，開口道：「就是討飯街，爹在那邊開了一家安濟堂，二弟應該是去安濟堂那邊了吧？」

「正是正是，安濟堂剛剛開業，是要給那邊的老百姓帶去點福利的，不然的話老百姓也不會上門買藥。」杜大老爺一邊說，一邊又為杜老太太換了一盞茶。「如今蘅哥兒外出買藥這些都已經會了，下面要教他怎麼打理鋪子了。」

杜老太太聽著杜大老爺這話倒是有些不對勁了，開口問道：「你教蘅哥兒打理鋪子？那你的意思……」

這兒沒有二房的人，杜老太太也不藏著掖著，開口道：「大郎的身子不好，若是將來真讓他接管生意，怕他身子吃不消。我就是想讓蘅哥兒跟著你在寶善堂幹，可也不知道二房是怎麼想的……」

杜大老爺自是明白杜老太太的苦心，開口道：「老太太為了大房著想這是好的，可是這樣，二弟他們未必願意。」

「他們有什麼不願意的呢？難道非要讓我把寶善堂也拆了，一人一半才算是公平嗎？祖上的規矩就是這麼定的，可你們兄弟倆在一起這麼多年了，我實在不忍心讓你們因為這個事情鬧成了仇家。」杜老太太嘆氣道。

劉七巧見杜老太太心急，忙勸慰道：「老太太快別擔心，其實爹心裡已經有了想法了，既然寶善堂不能分給二叔他們，那就把安濟堂分給二叔家，這樣一來，二叔家也有生意做，又不會影響到寶善堂的生意，不是一舉兩得嗎？」

杜老太太覺得有些道理，又問道：「那寶善堂的生意呢？誰管？大郎不還是要學生意嗎？」

劉七巧咬了咬牙，開口道：「爹管得動的時候爹管著，若是爹管不動了，那我替爹管著。」

杜老太太瞧了一眼劉七巧，又瞧了一眼杜大老爺，見杜大老爺一臉讚許地點了點頭，便知道杜大老爺早已經有了這樣的心思，嘆了一口氣道：「我隨便你們了，我這輩子最疼的就是大郎，只要不讓大郎受苦受累，我什麼都認了。」

第二天正是杜若休沐的日子，也是他第一次去討飯街的安濟堂開義診之日。杜若起了個大早，看起來精神奕奕，劉七巧在床上撲騰了兩下，也跟著一起起床。

她一邊打呵欠一邊迷迷糊糊地讓丫鬟們服侍著穿衣，杜若已經在院中打完了一套五禽戲，進來時額頭上已有了微微的汗濕。

自從上一次病癒之後，他越發注重鍛鍊身體，現如今已經養成了每日起來打一套拳的習慣。天氣正熱，他穿著寬闊的長袍，倒是也能看見胸口依稀有了那麼點肌肉。

劉七巧遞上了汗巾讓他擦了一把臉，問道：「聽說今兒你要去討飯街開義診，一會兒中午我給你送飯過去。」

杜若忙道：「天氣熱，妳不用親自來，讓丫鬟送過去就好。其實大可以不必送，二弟平常都是在外面吃的，我跟著他吃一些就好了。」

「你能跟二弟比嗎？二弟一頓能喝兩斤燒酒，你能喝兩口？二弟走南闖北什麼東西沒吃過，你是什麼腸胃？還是給我安生點吧。」

眾人按例去了杜老太太的福壽堂請安，然後再回如意居用了早膳。杜大太太聽說杜若今兒要去義診，特意讓廚房做了他最愛吃的花卷和素燒賣，囑咐杜若要吃飽一些。

劉七巧笑著道：「娘不用擔心，一會兒中午我給他送飯去。」

杜大太太如何不了解自己這個兒媳婦，送飯是假，想出去遛達遛達怕是真，可是見兒子媳婦感情這麼好，杜大太太也不好多說什麼，笑著道：「那行，不過記得早些回來，昨兒韜哥兒睡醒了找不到妳，哭得揪心。」

這一招著實奏效，劉七巧也忍不住皺了皺眉頭，心軟道：「我走之前一定餵飽了韜哥兒，然後早早就回來。」

杜大太太見劉七巧這麼說，這才點了點頭。「這才對，有了孩子要懂得心疼孩子。」

劉七巧默默點頭，想了想又道：「不過，孩子他爹也還得心疼著。」

杜若正埋頭喝粥，被她這一句差點嗆得岔氣了。杜大老爺也在喝粥，聽了這一句，頓時感覺非常有道理，最近杜大太太的心思幾乎都在杜榮和杜若的身上了，自己這個相公太沒存在感了，連連點頭道：「對對對，七巧這話說得極有道理。」

杜大太太見杜大老爺附和，頓時也明白了過來，挾了一個蒸餃送到杜大老爺的碗裡道：「老爺最近也辛苦了，多吃點。」

杜大老爺滿心歡喜道：「是是，是要多吃點，妳最近要理家事，妳也多吃點。」說著，也給杜大太太添了一筷子小菜。

杜大太太眉眼含笑地低下頭，慢悠悠地吃了起來。

天下沒有不透風的牆，杜二太太做的那些事情，最終還是傳了出去。

劉七巧才回百草院，就命赤芍在外面留神打探消息，不一會兒，赤芍果然進來回話。「二少奶奶也不知道怎麼了，一邊哭一邊往老太太的福壽堂去了，身後好幾個小丫鬟跟著呢，兩個奶娘還抱著翰哥兒、傑哥兒。」

劉七巧猶豫了半刻，想了想，還是不去摻和那趟渾水了。

百草院的院門一直都沒關著，一會兒赤芍又進來道：「方才老太太那邊派人去議事廳，把兩位太太都請了過去呢。」

劉七巧抱著剛睡醒的韜哥兒哄了半刻，笑著道：「娘不管閒事，一會兒就給你爹送午飯去。」

這話剛說完，後頭丫鬟就進來回話道：「大少奶奶，老太太讓妳去福壽堂走一趟呢。」

這下好了，二房的事情又攤到自己身上來了，這麼看來，還是早點分家了乾淨，至少這些事情不會找自己評判。

其實她一開始把這個事情壓了下來，也不是想包庇杜二太太，而是正趕著杜茵出閣，家裡若是太亂了，人來人往傳出去，傷的還是杜家的門風。原本以為這事情過了這麼久，也差不多就該消停了，也不知怎麼的，今兒竟然又提了起來。

看著懷裡雪白粉嫩的哥兒，偏巧這個時候睡得跟個小豬仔一樣，半點要哭的樣子也沒有，不然好歹也能幫她逃過一劫……

劉七巧到福壽堂的時候，丫鬟已經扶著趙氏坐在廳中的靠背椅上。趙氏一副不勝嬌弱的模樣，低著頭擦眼淚。

不管怎麼樣，趙氏對杜家的家風還是關照的，方才雖然傷心，倒也沒有跟無知婦女一樣把二太太的事情一路嘮叨過來，不然的話，明兒街上可就有新文了。

杜二太太跪在地上，額頭上還帶著汗珠，杜大太太站在一旁扶也不是，坐也不是。

杜老太太見劉七巧進來了，發話道：「老大媳婦、大郎媳婦，妳們都坐下吧。」

杜大太太聞言，恭恭敬敬地福了福身子，退到一旁坐下，劉七巧也坐在了杜大太太的下首，裝作一樣懵懂的模樣。

「老太太這是怎麼了？發這麼大的脾氣，是二嬸娘管家出錯了嗎？」這時候不能說添油加火的話，劉七巧只能這樣不鹹不淡的試探。

杜老太太冷哼了一聲道：「管家出錯倒是其次，別的地方出了錯，可就不可饒恕了。」

第一百七十八章

杜二太太聽杜老太太這麼說，嚇得臉色都變了，道：「老太太明鑑，兒媳不知何罪之有，還請老太太明示啊！」

「我不明示是給妳面子，妳還要我明示？」杜老太太看了杜二太太一眼，恨恨道：「我問妳，蘅哥兒媳婦的孩子是怎麼沒的？」

杜二太太見杜老太太問起了這件事情，越發心虛了起來。這件事情本就只有幾個搬箱子的婆子知道，後來趙氏小產，杜二太太生怕事情洩漏出去，還單獨讓秀兒賞了她們幾個。按說都是她跟前得用的老人了，如何就讓別人給知道了呢？

「蘅哥媳婦小產，不就是因為天氣太熱，中暑暈倒了，所以才——」

「妳還有臉說！有妳這樣的婆婆，也是蘅哥媳婦沒造化了。我原本以為齊家沒落了，妳也知道收斂著過日子了，沒想到還這樣拎不清，妳這是在害誰？妳害的是妳兒子的親生骨肉、妳的親孫子！」杜老太太氣急敗壞道。「以前的事我也就不提了，是老二對不住妳，可如今誰又對不住妳了？蘅哥兒媳婦對不住妳了？我看妳是在大宅裡面過舒坦了，想去莊子上鬆鬆皮肉了。」

杜二太太一聽要到莊子上，頓時嚇得整個身子都癱軟了，跪走幾步拽住了杜老太太的衣袍，哭道：「老太太，我不是故意的，我……我也沒想到會這樣的，要是我知道她有了身孕，我怎麼可能……我……」

杜老太太扭頭不去看杜二太太，冷冷不說話。杜二太太見狀，急忙就轉身求杜大太太道：「大嫂，我這次真的錯了，大嫂，妳知道我這個人就是這樣，最見不得別人小看我，我是……」

杜大太太雖然有幾分惻隱之心，但想了想還是開口道：「最近正好天氣熱，聽說莊子裡頭有山有水的，還可以避暑，不如妳帶著丫鬟去住一陣子吧，等老太太消氣了，自然會接妳回來的。」

杜二太太還想求，杜大太太緩緩地搖了搖頭，杜二太太這會兒倒是不傻了，見沒什麼希望了，跪下來，朝著杜老太太磕了幾個頭道：「老太太，兒媳婦不在身邊，妳要保重身子。」

杜老太太戲謔道：「沒妳在身邊惹我生氣，指不定我就長命百歲了。」

杜二太太頓時羞得滿臉通紅，正還要開口，只聽杜老太太道：「答應了就趕緊收拾收拾東西走吧，等老二回來，我會跟他說的。」

杜二太太此時已是欲哭無淚，忽然瞧見劉七巧也在廳裡坐著，轉身又求起她道：「七巧，老太太向來疼妳，妳倒是給二嬸娘說句好話呢。」

劉七巧想起杜二太太的所作所為，也著實讓人同情不起來，道：「二嬸娘，太太說得挺有道理的，莊上應該是比城裡涼快些，二嬸娘就當是去避暑吧。」

杜二太太見沒人替自己說話，幽幽地看了一眼趙氏。趙氏依舊是支著額頭、一副病懨懨的樣子，杜二太太沒得就湧起怒意，提著衣裙從地上站了起來，哭著飛奔了出去。

杜老太太瞧著杜二太太的背影，也無奈地搖了搖頭。其實杜老太太原本也沒打算直接把杜二太太攆到莊子上的，可轉念一想，她那天從寶善堂回來，跟二房試探了分家的事情，若是杜二太太在她這邊吃癟了，回頭使勁給杜二老爺吹枕邊風，這可不得了。為了杜絕此類事情發生，杜老太太一狠心，就把杜二太太給攆走了。

眾人從福壽堂散了，劉七巧跟著杜大太太去了如意居，杜大太太在路上笑著問道：「怎麼今兒沒給妳二嬸娘求情，倒是不像妳的做派了。」

劉七巧也笑著道：「太太不也沒給二嬸娘求情嗎？我還覺得不像太太的做派呢！」

杜大太太無奈地看了劉七巧一眼，搖頭笑道：「我和她之前的冤仇結得可深了，打從她進杜家開始，可沒少給我添堵，我沒有落井下石都算是好的了。」

杜大太太說起這些倒是坦然得很，劉七巧越發敬佩起杜大太太，笑著道：「其實這件事，二弟妹小產那天我就知道了，大姑娘也知道，是她求了我不要聲張，我便當不知道的。」

杜大太太聞言，嘆息道：「可惜了大姑娘，這麼懂事的孩子攤上這樣的娘。」

「我當時雖然答應了，但心裡清楚，這種事情如何能瞞得住？府裡上下對二太太有怨言的也不止一個、兩個，我只是怕那時候鬧出來，耽誤了大姑娘出閣的日子，倒是得不償失了。」

「她的小辮子一堆呢，最近管理家務，少不得又得罪人了，不然怎麼可能東窗事發呢？」杜大太太嘆了一口氣道：「先去我那兒用些午膳，一會兒給大郎送飯去吧。」

又過了一會兒，外頭小丫鬟進來，說是二太太打發了小廝想去姜家給大姑娘報信，被老太太派人攔了下來，還說老太太發話了，今兒這事情不准傳出去，誰要是傳出去了，直接攆出府去。

劉七巧不得不讚嘆杜老太太的手腕，明知道自己也是心疼杜茵的，到時候要是杜茵哭哭啼啼地回來……這會兒還是新婚燕爾呢，如何能讓她傷心，少不得心軟了，豈不又便宜了杜二太太，索性連消息都不遞出去。

卻說杜若今兒倒是真的忙壞了，在京城開義診的藥鋪本來就不多，況且老百姓還聽說是個太醫開義診，那還得了，排隊就差排到路口了。杜若一早上寫了一疊的藥方子，話說得嗓子啞，毛筆都寫壞了一根，抬頭看了眼，後面還陸陸續續有人排隊進來。更有甚者，因為天氣太熱，排隊排一半直接中暑暈了，然後先被送了進來。有人發現這個辦法不錯，也就效仿著暈倒，一早上就光看暈倒的病人，都看了有七、八個了。不過杜若的醫術可不是蓋的，但凡把脈把到假暈的，立馬請他重新到隊伍的最後頭去排隊，這樣一來，倒是沒有人再敢假裝暈倒了。

杜蘅倒了一杯茶遞上來，見杜若一個勁兒地埋頭寫藥方，額頭上泌出細細密密的汗珠來，便把茶杯遞給了春生，從袖子裡拿出一塊帕子遞給杜若道：「大哥，給你擦擦。」

杜蘅的手還沒靠過去呢，杜若急忙把頭抬起來，避過身子道：「女人用過的，你自己留著吧。」

杜蘅拿著帕子聞了聞，一臉不解。「這女人用沒用過還能聞得出來？我怎麼聞不出來？」

劉七巧用過了午膳便要出發，杜大太太也吩咐了丫鬟們準備好，因為杜蘅也在安濟堂，所以飯菜都準備了雙人份的，杜大太太還特意讓丫鬟準備了酸梅湯，用冰塊冰著，讓劉七巧一併帶了過去。

劉七巧剛從外頭進來，就聽見杜蘅在那邊自言自語，笑道：「你大哥的鼻子可比狗靈，不管是什麼味道他都聞得出來。這店裡所有的藥材，你蒙著他的眼睛讓他聞一下，他也能全部說出來。」

杜若見劉七巧果真來了，頓時露出了笑意，卻是又細細問起了下一個病人的病情。

杜蘅見她來了，羨慕道：「大嫂子怎麼也來這裡了？可真是蓬蓽生輝了。」又道：「緣何我和大哥都是杜家的子孫，我怎麼就沒遺傳到一些天賦呢？」

「你以為什麼都是靠天賦的嗎？這都是後天學的，你出生時候也不會做生意，怎麼現在也已經有了滿肚子的生意經了呢？」劉七巧笑著道，又命身後丫鬟們進來，道：「妳們去裡頭布膳吧，一會兒菜放的時間長了，也會不好吃了。」

杜蘅聞言，便走到門口對著後面排隊的人道：「大家夥兒等一下，杜太醫一早來看診，還沒用午膳呢，我們先讓杜太醫用個午膳。」

外頭天氣炎熱，雖然安濟堂的門頭上有一排屋簷，稍微擋了一下陽光，但還是曬得很熱。劉七巧看著外頭的病人，轉身對杜若道：「你先進去吃些東西吧，快一點就好。」

杜若看完手邊這位病人，下一個病人又坐了下來，杜若正要為他診脈，那人開口道：「杜大夫不用著急，先吃飯去吧，我等著。」

杜若這才擦了擦汗，跟杜蘅一起進了內間。

六菜一湯，還有酸梅湯飯後消渴，杜大太太實在想得周到。杜蘅一邊吃飯一邊道：「我在寶善堂那麼久，我娘就從來沒給我送過吃的，好不容易娶了個媳婦，我媳婦也從沒想到過給我送吃的。」

劉七巧見杜蘅提起了杜二太太，稍稍愣了愣，笑道：「你大哥哥跟你不一樣，這身子金貴著呢，他要是能跟你這般皮糙肉厚，我保證不這樣跟前跟後的。」她一邊說，一邊給杜若添菜。

杜若見外頭病人多，難免就吃得快了一點，劉七巧忙道：「吃慢點吧，小心噎著，別一會兒胃疼看不了診，那就得不償失了。」

杜若知道劉七巧說得有道理，也放慢了速度。劉七巧想了半天，見杜蘅正在那邊埋頭吃東西，也不知道杜二太太的事要不要說？可這事情她明明知道，若是不說，回去杜蘅知道了自己也不好交代。

劉七巧想了想，打算等他們用過午膳之後再抽空跟杜蘅說了。

不多久，他們兩兄弟用過了午膳，杜蘅吃得很是滿意，一迭聲道：「我出門在外的時候，別的倒沒有什麼，就是特想念家裡的廚子。不是我誇口，我家的廚子手藝還真不是蓋的，好多館子店裡頭的大師傅也沒這手藝。」

劉七巧笑著道：「可不是，老太太肯花錢讓廚子出去學唄，你以為廚子都是無師自通的呢！」

杜若喝了兩口酸梅湯，整了整袍子，又到店堂裡面看診。杜蘅正要跟著出去，劉七巧喊住了他道：「二弟你先別走，我有點事情要同你說。」

紫蘇見劉七巧留下了杜蘅，知道她是打算說杜二太太的事情，便和赤芍兩個人到外面幫著招呼病人，留了杜蘅和劉七巧兩個人在內間。

杜蘅倒是鮮少見到劉七巧這樣一本正經的模樣，有些丈二和尚摸不著頭腦，笑著問道：「大嫂子有什麼吩咐，儘管說就是，還要背著大哥哥，倒是讓我心裡七上八下得很。」

劉七巧見了杜蘅這般模樣，也是無奈了，笑著道：「你少油腔滑調的了，家裡面出了點事情，只怕你笑不出來了。」

杜蘅見她這麼說，依舊嬉皮笑臉道：「家裡能出什麼事情？家裡出事了，大嫂妳還有閒心思給大哥送飯菜，我看沒什麼大事吧？」

劉七巧搖頭道：「我跟你直說把，你娘被老太太攆去莊子裡頭住去了。」

杜蘅聞言，先是一愣，隨即才慢慢坐了下來，想了片刻才開口道：「大嫂子說得是真事？老太太當真把我娘趕去莊子裡了？」

劉七巧點頭道：「千真萬確，我原本還猶豫著要不要告訴你，後來想想這事情只怕也是瞞不住的，不如就說了。」

杜蘅這時候已經信了她的話，繼續問道：「這倒是為了什麼？說起來老太太已經很久沒為了什麼事情生氣，我娘究竟做了什麼？」

這時候，杜蘅的首要反應不是擔心杜二太太，而是想知道杜二太太究竟做了什麼才讓杜老太太這麼生氣，著實讓劉七巧忍俊不禁了，搖頭嘆息，又將今日一早的事情原原本本說給了杜蘅聽。

杜蘅聽到一半，便擺了擺手道：「大嫂子不用說了，老太太既然有了決斷，這事情便算是了結了。」

劉七巧見他一副懶得理的模樣，倒是越發覺得他有意思了起來，笑道：「那行，就這麼了結了。老太太現在正在氣頭上，只怕這時候你為你娘說情也未必有用。」

杜蘅點頭道：「大嫂子放心吧，女人家的事情我懶得管，都是一肚子小心眼，我聽了都頭大。」

劉七巧聽他這麼說，正要反駁呢，杜蘅笑呵呵地補了兩句道：「不過大嫂子和一般女人倒是不一樣的，我佩服得很呢。」

劉七巧這時候也忍不住笑了起來，故意問道：「我說你怎麼就這麼沒心沒肺的呢，那被趕去莊子上的可是你娘，你怎麼就這麼算了？」

「莊子上有什麼不好的？不缺吃、不少穿，難得還清靜涼快，不過就是讓她過一段太平日子罷了，找上幾個老嬤嬤照顧著，沒準比家裡還舒坦，也不用整天想著心思沒事找事了。」他不以為然道：「我太了解我娘了，太要強的性格，偏生又處處不如人。不過這也不能怪她，誰讓我爹眼光太好了，娶的姨娘都是個個有來頭的。這一點我就比我爹好，女人嘛，長得好看就行了，其他的無所謂。」

劉七巧見杜蘅這麼說，笑道：「我瞧著幾位姨娘挺安分的，你這麼說可不公平，二叔難道還配不上她們嗎？」

杜蘅想了想道：「我爹是配得上，可這樣我娘難免心裡就自卑了。妳知道女人一自卑就容易變態，一變態就……」

「行了行了，越說越歪了。」劉七巧急忙截住了杜蘅的話，接著道：「其實這事情確實也挺為難你的，如今弟妹還坐著月子，怎麼也要讓她順過氣，索性等過些日子，老太太也消氣了，弟妹也消氣了，到時候再把你娘接回來得了。」

杜蘅也點了點頭道：「我娘那種人欺軟怕硬的，保證這次回來服服帖帖的。」

劉七巧和杜蘅談完了事情，出門就見杜若還在那邊為病人看診，紫蘇正拿著蒲扇給杜若打風，額頭上密密麻麻都沁著汗珠。

劉七巧上前接過了紫蘇手中的扇子，道：「妳去廚房看看有沒有燒好的水，涼了給外面的病人送些，這邊我來吧。」

杜若一邊擦汗一邊抬頭道：「藥鋪裡有綠豆，還有薄荷葉，妳讓打雜的婆子熬一鍋綠豆湯出來。」

第一百七十九章

劉七巧瞧著杜若實在辛苦，便也不忍心先走，在店裡替他打了一個下午的下手。等到杜若和劉七巧回到杜家的時候，杜大太太已經命清荷帶著小丫鬟在門口等著了。

劉七巧才回百草院，就聽見杜文韜正在那兒哭得傷心呢，趙奶娘抱著他在院子裡繞來繞去的，瞧見劉七巧進門，急忙道：「哥兒不哭嘍，娘親回來啦，天黑啦，娘親到家啦。」趙奶娘說著，抱著杜文韜迎了上來道：「大少奶奶可回來了，從天黑開始就一直哭到現在，我們兩個人輪流哄著也沒轍。」

劉七巧急忙從趙奶娘的懷中接過了杜文韜，見他哭得一雙眼睛都瞇成了小縫，眼角掛著淚，看起來可憐兮兮的，她低頭在他額頭上親了一口。「寶貝乖，快別哭嘍，娘回來啦。」說來也奇怪，一直握著小拳頭閉著眼睛哭的杜文韜忽然安靜了下來，睜開眼睛，看著劉七巧呵呵笑了起來。

劉七巧捏了捏他的小臉，嗔怪道：「人小鬼大，餓了吧？娘親餵你。」

劉七巧餵完了杜文韜，小傢伙才心甘情願地讓奶娘們抱走了。劉七巧伸了一個懶腰，忙讓丫鬟們打水進來沐浴，這天氣太熱，她已經黏得一身汗了。

她洗完澡，讓連翹出門去二房那邊打探打探消息。杜二太太今天走了，也不知道二房今晚會怎麼樣？在她看來，杜二爺雖然娶了四房姨太太，但是對杜二太太這個正室還是很尊重厚待的。

不多時，連翹就打探了消息回來，開口道：「我也沒敢多問，就是問了平常在二太太房裡的丫鬟。丫鬟說二老爺今天回來就去了福壽堂，出來之後似乎很平靜，不過今天二老爺倒是沒去其他姨娘的房裡，一個人住在正房裡頭。方才二少爺也去過，父子兩人說了一會兒話，後來二少爺走了，二老爺房裡的燈就熄了。」

劉七巧點了點頭，心裡終究還是有些過意不去，雖然杜二太太這些都是咎由自取，可人總是有一絲惻隱之心，即便杜老太太不聽，終究也是自己沒開這個口。

她嘆了一口氣，這才去書房思量寶育堂的事情。

第二日一早，按例要去福壽堂給杜老太太請安。如今趙氏坐小月子、杜二太太又去了莊子上，二房來請安的就剩下杜苡、杜芊姊妹，還有杜二老爺和杜蘅了。

杜二老爺的神色倒是和往日沒多大區別，依舊是一副笑嘻嘻的樣子。眾人請過安，說了一些家常話，杜老太太便讓各自散去。這時候，杜二老爺猶豫了一下，起身走到杜老太太跟前，畢恭畢敬地跪下來道：「老太太，上回問起分家的事情，我和蘅哥兒商量過了。說實話父親去得早，這十幾年全賴著大哥、大嫂的照顧，我們二房才能有今天，分家的事情就讓老太太全權作主，老太太怎麼說，我們就怎麼分。」

眾人都沒料到杜二老爺有這麼一招，驚訝地看著杜二老爺。杜老太太更是嚇了一跳，急忙讓丫鬟扶了二老爺起來。「我就是想知道你們的意思，才提了下探探你們口風，讓你們好好考慮考慮，你這麼說，我越發不好開口了。」

杜大老爺知道杜二老爺雖然風流不羈，心底確實再純良不過的，也知道他是真心話，便開口道：「老太太，我心裡也不是沒想過這事情。其一，老太太如今身康體健，我們兄弟兩人也正當盛年，按說提及分家之事還太早。其二，我們兄弟兩人從小守望相助、兄弟同心，也確實不想分開。雖然分家是常事，但也有不分家的，便是到我們老了再分家，那也是有的，所以還請老太太先收回成命，我和二弟兩人還不想分家。」

杜老太太看了一眼杜大老爺，笑道：「老大，你是純厚人啊，按說我這個時候提起分家，不管哪方面，那都是大房得益。你瞧瞧二房，光是子嗣就比大房不知多了多少，雖然我們杜家不缺養孩子的錢，可是這都是兩房分攤的，要是分開了，大房可就能剩下不少銀子。」

杜大太太見杜老太太提起這些，便也忍不住開口道：「老太太說的是有道理，這些我也並非想不到，只是哥兒、姊兒再怎麼說都是杜家的子孫，也是我的親姪女、親姪兒，便是大房虧一些也是無所謂的。況且蘅哥兒這幾年跟著老爺走南闖北的，把原本是大郎的事情做得面面俱到，我們早已經把他當親兒子看待，說這些話倒是見外了。老爺不想分家，我也不想分家。」

杜大太太就是有這點好處，不管心裡是什麼想法，但只要杜大老爺說什麼，她都站在杜大老爺身邊。她一個當家的人，自然知道帶著二房花銷要多出不少，但是杜大老爺說不分家，她就支援。

劉七巧看了眼杜大太太，打心眼裡佩服自己婆婆，簡直是古代勞動婦女的典範。

杜若擰眉想了想，安濟堂剛剛開張，生意還沒進入正式軌道，這時候馬上分家，在生意上肯定也有影響，確實還不是分家的好時機。

「老太太，分家的事就等過一陣子再說吧，哥兒還小，要是二叔他們搬走了，以後連個玩伴也沒有，怪可憐的。」

杜老太太見眾人都這麼說，也嘆了口氣道：「你們以為我想那麼早分家嗎？我是見著了你們堂叔家的事情，心裡頭害怕啊！我怕不能安安穩穩地過剩下的日子，只怕整天為了這個事情提心吊膽。既然老大說了不分家，那暫且就不分吧。」

杜二老爺在一旁聽著，見老太太這麼說，開口道：「大哥，分吧，早晚要分，早分早好！」

杜蘅也道：「大伯放心，就算分了家，我也還是寶善堂的子孫，不會做辱沒寶善堂的事情，便是我學不來醫術，以後讓我兒子學就是了。」

杜老太太見兩方各執己見，敲了敲枴杖道：「行了，還是聽老大的，先不分家。」

分家的事情暫時告一段落，除了請安的時候瞧不見杜二太太之外，生活也沒有什麼變化。說起來杜二太太也算是可憐的，這事情要是擱在了別家，好歹娘家人也會來問幾句，可偏生齊家出了這樣的事情，又靠杜家幫著，到了這個時候也沒有人敢來說情。幸好杜老太太也不是那種不明事理的老太婆，喊了身邊的賈嬤嬤去莊子上跑了一趟，把裡裡外外的事情都安頓好了，讓杜二太太雖然住在那邊，好歹也不至於受委屈。

聽說賈嬤嬤走的時候，好幾個原本服侍二太太的小丫鬟想要一起回來，其中就有秀兒。杜二太太也知道什麼叫樹倒猢猻散，一氣之下恨不得把她們都打發了，偏生賈嬤嬤又不肯帶她們走，正是兩頭都沒落著好了。

到了七月初，趙氏也坐完了小月子，杜茵更是三天兩頭地跑回來，想求著老太太把杜二太太放回來。杜老太太覺得自己還沒清靜夠了，擺擺手道：「不著急，妳娘向來肝火旺，住在莊子上山清水秀的，對她的身體好。」

杜茵知道杜老太太不會苛待了杜二太太，不過就是臉面上過不去罷了，便也只能點頭。杜茵雖然嫁過去，可後年姜梓丞又要去考科舉，在家裡也沒能多留幾日，又去了玉山書院上課。為了男人的功名，即使獨守空閨，她也只能忍耐了。

杜老太太知道她的艱難，勸慰道：「少年夫妻老來伴，妳和丞哥兒年紀到了總要辦一下的，總不能等著丞哥兒高中了妳再嫁過去，這樣妳兩個妹妹也耽誤不起，我雖然捨不得妳，也不能留妳。」

杜茵點點頭道：「老太太的心思我自然是明白的。」

杜茵出嫁已有一個月，已經有了幾分少婦的韻味，劉七巧便笑著道：「我怕老太太是多心了呢，妳們看看茵姊兒，是不是比在家裡頭的時候更出挑了點？」

杜大太太也瞧著杜茵，笑著道：「越發像別人家的媳婦了，姜家的家風那是沒得說的。對了，丞哥兒讀書辛苦，一會兒別著急走，到我的如意居坐一坐，我給丞哥兒準備了一些補品，妳帶回去。」

杜茵連忙謝過了，又道：「如今他身子可硬朗了，家裡婆婆、太婆哪個不是記掛著他的，太太倒是不用去想他，留給大哥哥就好了。」

「妳大哥哥如今不愛吃這些，講究什麼食補，一應的補品都已經不怎麼吃了，我看他最近倒也長了幾斤肉，便沒逼他。讀書人總歸是更辛苦一些的，妳便帶回去吧。」

杜茵又在杜老太太的福壽堂坐了一會兒，便被杜苡和杜芊拉著走了，姊妹三人有一段日子沒見了，自然是想念得很，劉七巧和杜大太太也各自回了自己的住處。

到了晌午，杜老太太留了杜茵和姑娘們在她的福壽堂用膳，劉七巧這邊吃過飯，便派丫鬟去福壽堂請了杜茵過來。

一時，杜大太太還在房裡頭哄榮哥兒睡覺，丫鬟們送了茶上來，便都下去了。劉七巧看著杜茵，笑了笑，開口道：「二太太的事情，妳不會怪我吧？」

杜茵急忙道：「嫂子這話說的，其實將心比心，若我是二嫂子，只怕也嚥不下這口氣。當初嫂子有心隱瞞，已經是天大的恩德了，如何還敢埋怨嫂子？不過怎麼說她都是我娘，我自然是不想她一個人孤零零地在莊子上過的。」

劉七巧探明杜茵的心意，倒是放了心，開口道：「妳放心，不出三個月老太太自然會把妳娘接回來，只是這三個月，我們便不要再去說什麼了。」

「嫂子這話是什麼意思？」杜茵不解問道。

「妳想想看，妳娘被攆去莊子上，那是因為什麼？」

「是因為……我娘設計陷害二嫂子，連累二嫂子小產了。」

「這就對了，這是妳娘和妳二嫂子之間的恩怨，我們外人是不好插手的。我想著，即便妳娘要回來，也得讓妳二嫂子開這個口，老太太那邊才好鬆口的。」劉七巧安撫杜茵坐下，遞上一杯茶繼續道：「妳二嫂子那邊我已經幫妳探過風聲了，她也正有這個意思，當時不過就是在氣頭上。我是這麼想的，不如等她氣過了，讓她自己說吧。」

「那萬一二嫂子不說呢？」杜茵擔憂道。

「不會的，妳二嫂子平常在老太太跟前乖巧懂事，她難道不知道老太太這麼做是為她出氣？如果她連這些眼力也沒有，如何管一整個杜家呢？」劉七巧胸有成竹地說道。

杜茵整理了一下思緒，點了點頭道：「大嫂子說得果然有道理，二嫂子若是不讓我娘回來，只怕以後在老太太跟前未必能落得好；可若是太早開這個口，又怕老太太那邊不高興，這樣一來，倒還真是要讓我娘在莊子裡住一陣子了。」

「妳瞧，妳才出閣幾天，這腦子裡已經會想這些婆媳關係了，我倒是問妳，在姜家過得究竟如何？」

其實劉七巧心裡清楚，姜家人自然對杜茵是好的，可是她們眼中更重視的肯定是姜家的獨苗姜梓丞，所以杜茵嫁過去之後，怕也不見得就事事如意了。

「婆婆和太婆對我都很好，只是一味讓我不要耽誤相公的功課，相公前幾次休沐都回來住，這一次就沒有回來。」

「新婚燕爾的，兩地相思也確實不容易。不過沒關係，等丞哥兒考上了功名，你們倆有的是卿卿我我的小日子。」

杜茵嘆了一口氣，點了點頭。

因為杜茵要走，劉七巧送杜茵回家，順道也去公主府繞了一圈。公主府裡頭雖然沒有人住，但一應家丁下人俱全，都是大長公主下嫁的時候先帝賜的。這些年公主府的開銷也歸內府管理，但如果她要把這裡改成寶育堂，那這些下人倒是難辦了……

這一日正好不是初一，也不是十五，大長公主偷閒在禪房裡頭小憩，聽說劉七巧來了，忙讓小尼姑請了進來。

劉七巧見大長公主身子硬朗，原本有些枯瘦的臉上也白嫩了起來，也越發高興。

「妳這丫頭，今兒是什麼風把妳給吹來了？」

劉七巧笑著道：「不吹風難道我就不能來了嗎？師太這裡有仙風，我就聞風而來了。」

大長公主笑道：「就愛聽妳說話，雖沒個正形，哄人倒是受用得很。」

劉七巧說著，把懷中的印璽拿了出來，遞還給大長公主道：「師太，這印璽還是收回去吧。」

「這……這是怎麼了？難道我那地方妳還看不上不成？」

「當然不是，還不知道有多喜歡呢，只是……我去公主府看過了，我打算做小本生意的，那麼多的家人奴僕，我怕養不起啊！」

「我就知道妳是無事不登三寶殿！」大長公主敲了敲劉七巧的腦門道：「那些個奴僕都是朝廷養的，妳白用就是了，我這個主人家都沒意見，妳還擔心什麼？」

「給師太白用，那朝廷自然是願意的，可我又不是公主，也不是皇親國戚，如何能白用朝廷的下人呢？」

大長公主想了想，也覺得劉七巧說得很有道理，點頭道：「有道理，若是我將這地方送給了妳，那這些奴僕自然也不能讓朝廷再養著，這麼多的奴僕，一下子倒是哪裡去呢？」

大長公主擰眉想了想，忽然笑道：「有了，趙王過幾日就要進京，宮裡頭正在為他準備行宮，只怕到時候也少不得要安排奴僕，我這就給皇太后上表，把我大長公主府上的奴僕全數送給趙王，以解她燃眉之急吧。」

劉七巧原本是想著朝廷能收回這些奴僕的，沒承想這奴僕也是可以隨便送的，大長公主一句話就送走了那麼多的奴僕，她又覺得這樣決定一個人的一生似乎有些草率，開口道：「師太，不知這些人的賣身契是不是都在師太這裡？」

「那是自然，公主府所有奴僕的賣身契都在我這兒。我原本是想將他們散了的，可是又怕他們沒了朝廷下發的銀子，在外頭沒有生計，所以把他們一直留在公主府那麼多年，幸好今上仁厚，並沒有減了我公主的分例，還跟以前一樣供奉。」

「要不這樣吧，改明兒我問問，若是願意去了奴籍做良民的，就放他們走；若是願意繼續留在公主府當下人的，我就把他們買下來，但是要按我的規矩辦事。」

「七巧，妳也太為這幫奴才們著想了。」大長公主感嘆道。

劉七巧便笑著道：「奴才也是人，佛祖既有好生之德，自然也知道萬物平等，師太，我這都是從妳這兒學來的呢！」

大長公主笑著道：「都依妳吧。對了，過一個月就是韜哥兒的百日宴，妳打算怎麼辦？要不要我去府上，給韜哥兒唸個〈觀無量壽佛經〉？」

劉七巧笑著道：「那自然是求之不得了，別人請還請不到呢！」

第一百八十章

晚上杜若回府，用過晚膳之後便隨劉七巧一起回了百草院。

兩人休息片刻之後，劉七巧命丫鬟們打了水讓杜若沐浴，自己則一五一十把今天的事情跟杜若說了。

杜若聞言，那沾著水的大掌捏了捏她的臉頰道：「妳越發大膽了，又去麻煩師太了。原本開寶育堂也是需要用人的，只怕到時候這些人還不夠用，便是工錢也照給，倒也不必這麼麻煩。」

劉七巧想了想道：「要用人是不錯，可是我將來用的人是要照顧病人的，自然比較辛苦，不像他們現在，就是看一個沒人住的院子而已。而且這些都是原先宮裡頭的奴僕，也不是知根知柢，用著心裡也不安心，倒不如散了，我們再找新的，到時候還要請賀嬤嬤統一培訓，並不是會照顧人的就可以進去當差。」

劉七巧替杜若的手慢慢按摩了起來，又道：「其實我們也用不著這麼多人，但凡能到這邊來接生的人，哪個家裡不是呼奴喚婢的，難道沒有幾個丫鬟跟著？我這裡的人，不過是日常的檢查而已。」

杜若覺得劉七巧說得有道理，點了點頭，又道：「聽說今兒大妹妹回來了，怎麼樣，她還好不？」

「好是自然好的，可惜姑爺要考狀元，你大妹妹飽受相思之苦啊。」

杜若噗哧一笑道：「那是自然，妳以為狀元夫人是那麼容易當的？如今還羨慕不羨慕狀元？」

劉七巧原本側坐著，誰知腳下忽然一滑，半邊身子就倒入了水中。杜若只覺身上躁熱不安，低聲在她的耳邊道：「娘子，時候不早了，讓為夫服侍娘子安歇吧……」

劉七巧見外頭沒有什麼動靜，小娃娃應該已是安睡了，笑著點了點頭，索性解開了腰帶，大大方方一起擠到杜若的浴桶裡頭，兩人鴛鴦戲水了一番。

又過了幾日，劉七巧總算把公主府上的那些下人給安置好了，有幾戶願意從良的，也給了銀子讓他們出去了；其他不想走的，便留了下來。她又將公主府裡面的幾個小院落分了一下，將每個院落的大小房間都標注用處，總共劃分出三個高檔院落，分別取名為：文曲院、梧桐院、麒麟院，另外其他兩個院落條件稍微降低一些，名字叫鵬程院、錦繡院。還有兩個在公主府的最後面，直接可以開後門進來，和前面這幾個隔開，劉七巧打算留給家庭條件稍微低下一點的人家，直接就叫：多子院、多福院。

如今地方安排好了，洪家的資金也有了，接下去肯定是要添購用具。

公主府上的那些家具，大長公主也沒說要搬走，能用的還可以用。倒是那些古董器具，劉七巧是一概不能要的，都要統統搬走。還有缺了床鋪、茶几之類的，好些廂房裡頭沒有，都要補上。她細細察看了一下，除去最高檔的那三個院落幾乎是不需要再多安置什麼東西，其他的院落都要添置，這些她也已經整理齊全，規劃了預算。

杜大老爺見劉七巧來找自己，便知道大概是寶善堂的事情考慮得差不多了，點頭道：「那正好，一起去書房商量。」又命丫鬟去二房把杜二老爺和杜蘅都喊了過來。

杜大太太見他們幾個又去忙生意經了，嗔怪道：「老爺也真是的，回家也不記得多抱抱榮哥兒，榮哥兒都快不認識爹了。」

杜大老爺聞言，笑道：「我這是在給哥兒掙家業呢，以後有了銀子，他還會想著要老子抱嗎？」

杜大太太原本就難得小女人撒一回嬌，沒想到被杜大老爺軟綿綿地給頂了回來，哭笑不得。

「行吧行吧，反正你賺的銀子將來也是兒子們的。」

如今杜二太太不在，杜二老爺都是在蘼蕪居和四個姨娘用飯，丫鬟去蘼蕪居請了杜二老爺，又順道去了趙氏的房裡，把杜蘅也請了出來。杜二老爺和杜蘅得知杜大老爺請他們去書房，便知是有事商量。兩人走在路上，便已經開始聊了起來。

「最近安濟堂生意如何？」

「安濟堂生意很好。」杜蘅高興道：「我原本也沒預料到安濟堂的生意會這麼好。其實仔細算算，安濟堂藥材的價格不過就比寶善堂低那麼半成，去掉成本雜項，利潤並不比寶善堂來得少。」

杜二老爺一邊聽一邊點頭。「看來你大伯想得很對，普通百姓才是安濟堂的客人，可是在京城，至少七成以上都是普通老百姓。」

杜蘅一臉受教地回道：「嗯，當初大伯要重開安濟堂，我心裡還怕影響了寶善堂的生意，如今想來，倒是杞人憂天了。」

兩人到外書房的時候，杜大老爺他們已經到了，劉七巧命紫蘇回房取了她的預算冊子過來，正一項項地解釋給杜大老爺聽。杜大老爺一邊聽，一邊點頭，又問劉七巧道：「既然都在公主府裡面，那為什麼另外兩個院子要從後面進來？直接從前面進來不也是一樣的？反正幾個院落離得很遠，相互影響不到。」

劉七巧解釋道：「爹，這可不一樣。這三個院落雖然離那兩個院落較遠，看似影響不到，但若是一起從前門進來，少不得要走過中間這花園。我雖不是看不起窮人家，但窮人家的人沒見過這麼好的花園，想在裡面到處走走看看的好奇心肯定是有的，萬一迷路了，亂闖了別人的院子，那幾個院子裡面住的都是豪門大戶，遇上不懂規矩的人也不知道要怎麼發落。所以我想著還是兩邊分開得好，老百姓住的那邊進不去裡面，這樣也就不礙事了。」

「七巧果然周到，這事情我倒是沒想到，不過聽妳這麼一說，似乎很有道理。」

「那些豪門大戶人家，願意來這邊生產的，第一無非就是想保得平安，能母子順遂；第二就是不想被內宅瑣事煩擾，安安心心坐個月子。保證後院絕對安靜，那是最重要的，至於平常吃食方面，我有專門的月子餐發給每一個院落，她們大多自帶廚子，請廚子按照上面的做就可以，也可以到我們的廚房來訂餐，全憑她們的喜好。」

這時候，杜二老爺和杜蘅正好從外面進來，聽了這話，連連點頭道：「確實是一個好想法，洪家不愧是江南首富，一早就看出了其中的商機。」

杜大老爺笑道：「洪家看重的可不是商機，而是將來會去寶育堂生產的那幫人。能進寶育堂前三個院落生產的人，少說也是非富則貴的，洪家若是能結交到這群人，在京城才算是真正站穩了腳跟。」

「但洪家如今有了一門新貴親戚，想要混入京城貴圈其實也不難吧？」杜二老爺問道。

杜大老爺在廳中踱了幾步，轉身問杜二老爺。「老二，我們家給幾代的朝廷做過太醫才有今天的地位？」

杜二老爺想了想家譜，頓時連連點頭，開口道：「大哥不提醒，我差點忘了。我們家並非先是經商，是行醫之後，家祖才開始經營藥鋪生意，說起來商賈之家能上得檯面的，確是不多。」

杜大老爺笑道：「這個道理，你懂是最好的。如今雖然朝中有些新貴之家看似經商起家，但他們的兒孫哪個不去考科舉的？要入正道，始終只有這一種辦法，就是考科舉。那些開國權貴們的兒孫，有的雖有祖上的封蔭，卻還是要考科舉，為的什麼？為的就是將來不能在別人面前抬不起頭，我們杜家尚有一技之長，才能另闢蹊徑。」

杜二老爺點頭道：「大哥分析得極有道理，朝廷想要的人才定然還是要科舉選出來的。」杜大老爺轉頭對杜蘅道：「二郎，我看翰哥兒也快三週歲了，是時候給他找個先生，讓他開蒙了。」

杜蘅見杜二老爺又提起自己兒子，連連擺手道：「爹，用不著這麼早吧，翰哥兒還小呢，你這是揠苗助長。」

杜大老爺笑道：「二弟，你著急什麼，三歲開蒙是有點早了。」

眾人商議完了事情，杜大老爺正式把寶育堂的籌建工作交給了杜蘅，劉七巧畢竟是女的，拋頭露面地置辦東西肯定是做不到的。杜大老爺把劉七巧的預算單子交給了杜蘅。「上回重開安濟堂，你做得很好，如今寶育堂開業也要靠你了。」

杜蘅笑著道：「有用得著我的地方，儘管用，不然我爹又要說我是個吃乾飯的了。」

杜大老爺笑道：「如今誰還敢說你是個吃乾飯的，我第一個不答應。二郎，不是我說，論起這生意經來，你比起我當年還強得多呢！」

杜蘅聞言，得意笑道：「爹，您聽見了沒有，大伯還誇我呢！」

杜二老爺也無奈地搖頭笑笑。說起來，他對杜蘅確實也是愧疚得很，身為太醫，事務繁忙，並不曾盡到做父親的責任，偏生杜二太太又是一味溺愛，所以杜蘅如今雖然有些小毛病，但能學成這樣已經是不容易了。這中間當然更有杜大老爺的功勞，自從杜蘅跟著杜大老爺學生意之後，明顯品性比以前好了不少。

「你是你大伯親手教出來的，你大伯不誇你誇誰？我就喜歡你大哥，謙遜有禮、學識淵博。」

杜二老爺挖苦杜蘅的時候，還不忘誇獎一下杜若，劉七巧也是無語了。

眾人離開外書房，杜蘅笑著跟在劉七巧和杜若的身後，開口道：「大嫂子，以後有什麼吩咐，只管讓丫鬟通知我一聲，我一定幫妳辦得妥妥貼貼的，從明天開始，我就親自去寶育堂監工去了！」

這一晃眼，兩、三日又過去了，眾人按例去福壽堂給杜老太太請安。劉七巧出門的時候特意看過黃曆，今天是七月初七，她的生日。像她這樣一及笄就出嫁的姑娘並不多，一出嫁就生孩子的也不是很多。說起來她因為懷胎，也沒少擔心這身子終是沒太長開，如今雖然恢復得差不多了，但之前的衣服穿在身上已經有些緊了。

眾人閒聊完了家常，杜老太太擰眉道：「今兒是乞巧，我怎麼覺得應該還有別的事情，難道今天真的沒有別的事情了？」

劉七巧心道大約是老太太想起了她的生辰，可誰知道杜若偏偏低著頭，一言不發，難道讓她自己說，今天我生日，你們得給我慶祝生日？這……也太丟人了些。

杜老太太見眾人不說話，便也有些掃興，開口道：「算了算了，一定是我老糊塗記錯了，你們都散了吧。」

這時候，杜芊才忍不住噗哧一聲笑了起來，道：「老太太沒記錯，今兒是大嫂子的生辰呀，大嫂子閨名七巧，就是這個原因呢！」

杜老太太一拍腦門道：「瞧我這個老糊塗，竟然一點也想不起來。」又問杜大太太道：「我這個當太婆的沒想到也就算了，妳這個當婆婆的怎麼也沒想起來呢？」

杜大太太站起來，笑著道：「瞧老太太說的，這件事情我怎麼能忘了呢？我不過就是想給七巧一個驚喜罷了。」

杜大太太說著，讓身邊的丫鬟出去傳話道：「去廚房傳膳吧，今兒陪老太太在福壽堂一起用早膳，晚上已經在聽風水榭備下了宴席，給七巧慶生。」

劉七巧知道杜大太太定然不會忘記她的生辰，無奈她們不提，她也不好意思問，於是便一直憋著，總算給憋出來了。

「今兒妳是壽星，可不准再亂跑了。」杜老太太開口道，又對著杜家兩個老爺吩咐道：「你們今晚也早些回來，我們有些日子沒一起吃過團圓飯了，正好這個月吃一頓，下個月是中秋，又可以聚一聚。」

兩位老爺見杜老太太興致正好，自然是連連點頭應了。

趙氏最近身子已經見好，如今杜二太太不在府上，杜大太太又是一個隨興的人，把打理家事的事情又交給了她，沒人給她使絆子，她倒也張羅得得心應手的。

劉七巧和杜若吃過了早膳，一起從福壽堂回來，兩人並肩走著。

劉七巧抬頭睨了杜若一眼，故意不理他，杜若悄悄牽住了她的手，湊到她耳邊。道：「娘子，是我想給妳一個驚喜，故意讓大家都不要提的，妳可千萬不要生氣。」

劉七巧瞥了杜若一眼，見他眼下帶著一些烏青。這幾日半夜，只要杜文韜哭起來，他這個親爹必定是要起來抱上一會兒，才幾天工夫，都熬出了黑眼圈來了。

她伸手撫摸了一下杜若的眼下，笑著道：「算了，看你最近表現良好，我就先饒過你了。東西呢？」

「東西？什麼東西？」杜若故意裝傻。

「沒有就算了。」

劉七巧轉過身子，也不繼續再問了。其實她自己也清楚，在古代這個物資匱乏的社會，窮人家的生日禮物可能是一碗加了澆頭的長壽麵，而富人家無非也就是衣服、首飾、面料等家常用的東西。杜若送她的及笄禮物她很是喜歡，一直戴著呢，也不知道今年杜若會送給她什麼禮物呢？

杜若想了想，走上前，從袖子裡偷偷拿出一個錦盒，遞給劉七巧道：「這個也是我親手刻的，以後妳開了寶育堂，總能用得著的。」

劉七巧接過錦盒，打開一看，裡面是一枚四四方方的印章，小篆的字體憨態可掬，不過上面刻的可不是「劉七巧」，而是「杜氏七巧」。她接過印章，不由有些不好意思。雖然知道古代的習慣是妻冠夫姓，不過真的這麼寫了，當真還是不習慣。

劉七巧把這印章放回了錦盒，捧在手中道：「什麼時候刻的？」

「在太醫院不出去看診的時候，偷偷刻的，要是被二叔看見了，可是要罰俸祿的。」杜若見杜二老爺就在前面不遠處，壓低了聲音道。

「怪不得你每天回來就跑小書房看書，原來在太醫院偷偷幹這事情。罷了，以後半夜不要起來抱兒子了，好好睡一覺比較重要。」

「那怎麼行呢？我這幾日抱他，白天他看見我就興奮地笑了，越發黏我了，我恨不得多點時間陪他。」杜若笑著說道。

看來杜若是享受到當爹的樂趣了。劉七巧往他懷裡靠了靠，湊到他耳邊道：「那你晚上早些回來，今兒我抱著哥兒一起出來玩玩。」

杜若點了點頭，依依不捨地去太醫院上值了。

到了晚上，一家人吃了團圓飯替劉七巧慶生之後便各自回到房中。劉七巧沐浴更衣之後，在外頭的院子裡繞了一圈消食，杜若則窩在書房，一直到了亥時也不見杜若出來，劉七巧便摸了進去，只見杜若的書桌上放著厚厚的一疊醫案，堆得他腦袋都看不見了。

杜若見劉七巧進來，開口道：「妳先睡吧，前幾日落下的事情我要開始好好整理整理了。」

劉七巧上前，又為杜若點了一盞蠟燭。

「這些東西你哪兒來的？這麼多是要做什麼？」

杜若笑著道：「這些可是寶貝呢！」他一邊說，一邊放下筆，拿了一本指給劉七巧看道：「三十年前的醫案，這是胡大夫行醫以來記錄下的醫案，前一陣子遇上了一個女病人，胡大夫就去翻以前的醫案，萌生了想要整理一本婦科醫典的想法。可是他年紀大了，精力有限，他那兩個徒弟又太年輕，所以就把這事情交給我了。」

第一百八十一章

劉七巧見杜若一臉得意，笑著道：「瞧把你給樂的，其實我心裡清楚得很，胡人夫是很想收你當徒弟的，可是杜家家學淵博，怎麼可能再去拜別的師父呢？所以他才這麼說的，他老人家的心思，你還意會不到嗎？」

杜若經劉七巧一點撥，驚道：「唉呀，我怎麼沒想到這個，被妳這麼一說豈不正是？」「胡大夫又不是太醫院的大夫，這些醫案他若是不拿出來，你從哪裡看？明知道你會偷師，還這樣毫無保留地交給你，不是這個心思，難道還有別的心思？」

杜若連連拍著腦袋道：「還是娘子睿智，我竟沒有想到這一點。明日一定要稟明了老爺，讓老爺親自登門，好好謝謝胡大夫。」

劉七巧笑著道：「我瞧著親自登門謝就不用了，胡大夫還帶著兩個徒弟呢，這事讓他們知道多不好。逢年過節的多塞點紅包就是了，不然這樣，明兒我親自登門，跟胡太太話話家常。」

「這個好，還是娘子想得周到。」杜若誇讚劉七巧道。

其實就算沒有杜若這事，劉七巧也打算去一趟胡大夫家。寶育堂開了之後，少不得還要讓胡大夫坐鎮，她已經讓杜蘅給胡大夫安排好了休息的廂房和診室，但既然想著讓人坐鎮，必定是要親自去請的。

第二天一早，用過了早膳，劉七巧便備了厚禮，往胡大夫家去了。

胡太太心寬體胖，是一個很和藹的老太太，可惜命不大好，生了兩個兒子都夭折了，留下三個閨女，如今也早已各自成家。胡太太就在老家的族裡過繼了一個兒子過來，來京城的時候，那孩子都已經十三、四歲了，跟著胡大夫學醫術，正是胡大夫兩個徒弟中的一個。難得那孩子乖巧，感念兩位老人家的恩情，很是孝順，胡太太也老懷安慰，如今也到了給他張羅媳婦的年紀了。

胡太太見劉七巧帶著厚禮過來，已是受寵若驚，親自迎了出來道：「大少奶奶今兒怎麼就過來了？人過來就好，還帶著這些東西做什麼呢？」

劉七巧一邊跟著胡太太往裡頭走，一邊回道：「空著手怎麼好意思上門呢，說起來，還是有些事情要和夫人商量呢。」

胡太太好奇問道：「大少奶奶有什麼事情需要和我商量的呢？咱在家也不管事情，只是若要和老頭子商量，怕今兒也等不著了，還不知道他要幾點才能回來呢！」

劉七巧笑著道：「其實也沒什麼大事情，就是最近我預備要開一間寶育堂，專門給我們女人看病的，當然裡頭包括了生孩子、坐月子等一系列的事情，我想等到時候就讓胡大夫去我那兒坐診。」

兩人落坐，丫鬟送了茶上來，胡太太才笑著道：「他都給寶善堂做了一輩子的夥計了，還不是你們東家說讓他去哪兒他就去哪兒唄！」

劉七巧笑道：「那也得他同意才行，他要是不答應，我是不會作他的主的。」

胡太太見劉七巧這麼說，倒是有些受寵若驚了，她三十年前跟著胡大夫進城，要不是杜家收留，這會兒還不知道會是個什麼光景。

「大少奶奶這話說得，我們家老胡再沒有不願意的。不是我說，當年要不是杜家拉我們一把，只怕連我們都沒了；後來韃子打進來，朝廷南遷，杜家也帶著我們一家幾口人到南方去，這都多少年過去了，這時候跟我說這些，不是看不起我們嗎？」

劉七巧倒是沒想到胡太太會這麼說，笑著道：「夫人這麼說，我反倒不好意思了。實話不瞞夫人，胡大夫的醫術高明，在京城一帶看婦科已經是聲名大噪，我也確實知道，有別的人家一直想著請胡大夫過去。人往高處走，水往低處流，這道理人人都懂，但是我告訴夫人一句話，寶育堂絕對會是胡大夫的最高處。」

劉七巧這番話是聽得胡太太心花怒放，點頭道：「少奶奶好本事，頭一回聽說有女人出門做生意的，可真是給我們女人長臉了。」

劉七巧笑道：「我還怕別人說我不夠稱職，不會相夫教子呢，只有夫人這麼誇我。」

劉七巧從胡家出來，又去了一趟公主府，等回來的時候已經是申時三刻，還沒走到門口就聽見杜文韜在那邊嚎了。這小傢伙最近脾氣見長，動不動就號哭，劉七巧甚至覺得，是不是因為最近杜若父愛氾濫，在半夜抱他抱多了造成的。

不過她也不是狠心的媽媽，看見哭得可憐兮兮的杜文韜，還是把他抱到懷裡哄了起來。

杜文韜一直往劉七巧的懷裡拱，拱了半天也不見她解開衣襟，就哭得更大聲了。

劉七巧一邊安撫杜文韜，一邊道：「兒子乖，娘才出門回來，渾身都是汗，等娘洗香香再來餵你好不好？」

那小傢伙就跟聽懂了一樣，停下了哭，睜著水汪汪的大眼睛看著劉七巧。劉七巧急忙讓丫鬟們打了水進房沐浴更衣，換了一套乾淨的衣裳。

趙奶娘抱著小傢伙進來，笑著道：「少奶奶說哥兒這脾氣倒是像誰呢，明明餓了，我餵他還不肯吃，還一個勁兒地把頭偏開，難不成我的奶味道沒有大少奶奶的好？」

劉七巧接過杜文韜，把他摟在懷中餵奶，又看了一眼趙奶娘，想來想去也只有那麼一個理由，那就是趙奶娘年紀大了點。綠柳她嫂子雖然還要照顧自己家孩子，但是人家看上去還是一個十七、八歲的姑娘，趙奶娘雖然只有二十五、六，可比起綠柳她嫂子和劉七巧可真不是大了一點而已，眼角的皺紋都已經看得見了。

劉七巧捏了捏杜文韜的屁屁，見他滿足地吸著奶，故意逗他。「小小年紀，你怎麼能就這麼有色心呢？趙奶娘的奶也要喝，不能挑食！」

杜文韜吸著吸著忽然嗆了一下，然後哇哇地哭了起來，劉七巧見他可憐，又安慰道：「好了好了，娘原諒你了，但是以後一定要少哭，男子漢大丈夫，老是哭會娶不到老婆。」

杜若這會兒正好也從外面回來，就聽到這麼一句話，便好奇問道：「孩子還這麼小，妳就給他張羅起老婆來了？這不還早呢！」

劉七巧笑著道：「很早嗎？我聽說好多人都有訂娃娃親的，不是嗎？」

杜若道：「那是特別好的人家才這樣做的，一般人家也不講究這個，我倒是覺得這娃娃親沒什麼好的，瞧朱姑娘，還不就是給娃娃親耽誤的。」

劉七巧有些感慨道：「那也是命中注定，若沒有那娃娃親耽誤，只怕朱老闆也不會死，朱姑娘和包公子也不會遇上。」

杜若見她有些感慨，笑著上前摟著她道：「我只要命中注定遇上妳就行了。」

劉七巧見杜若這張嘴裡難得蹦出一句那麼中聽的甜言蜜語，笑著道：「那是當然的，你不遇見我，還想遇見誰？」

把吃飽喝足的杜文韜遞給杜若，她起身整理了一下衣襟，道：「胡大夫的事情，基本上應該算是搞定了，我沒想到胡太太是這樣念舊的人，其實我之前還真聽說過，濟世堂有人出重金想聘胡大夫過去。」

杜若笑道：「濟世堂每年都會來我們寶善堂挖幾個人過去，但是多數人去了一、兩年之後還會回來。」

「那你們還用他？」

「用啊！為什麼不用，父親聘他們來就是給病人看病的，只要醫術好、能幫得上病人，我們寶善堂就能把他留下。生意上的事情，那些大夫也不清楚，所以不礙事的。」

「爹可是我聽過全天下最寬厚的老闆了。」劉七巧對自己的公公越發佩服了。

杜若笑著道：「那些人肯回來，自然也說明了濟世堂有不如我們寶善堂的地方，所以他們回來也是好事。」

「好吧……你們能這麼想，真的是……」心地太善良了。劉七巧壓著話沒說。

日子過得不快也不慢，一轉眼卻又快到了中秋，寶育堂的籌建工作如火如荼，劉七巧這幾日也越發忙了起來，整天窩在書房裡寫寫畫畫的，也不知道在做些什麼。

杜若湊過來看了一眼，見劉七巧在上面寫了「教案」兩個字，好奇問道：「娘子寫教案，是打算做什麼的？」

劉七巧笑著道：「寶育堂要開業，雖然我們原來寶善堂的穩婆有十七、八個，但她們都是各憑經驗接生的，並沒有好好培訓，我想把她們集合起來一起上幾堂課，然後互相切磋一下技術，這樣我也放心。」

杜若開口道：「那些婆子平常都是按照區域劃分，掛靠在各個分號的，其實有些也不是家養的奴才，不過就是掛上了寶善堂的牌子，請的人更多些。當時進來時二叔都有一一查問，很多婆子都已經在杜家幹了十幾年了。還有七、八個是家養的奴才，後來精通了接生的技術之後，就專門出門給人接生，也不在府上服侍了，像賀嬤嬤和周嬤嬤就是。」

劉七巧一邊記錄，一邊道：「賀嬤嬤和周嬤嬤我都見過，賀嬤嬤的技術已經很好了，膽大心細，我倒是不擔心，前一陣子我連刮宮術都教給她了。周嬤嬤是一個求穩的人，話不多，但我看得出來技術也是很好。其他的嬤嬤過年回來領賞銀的時候見過，倒是沒怎麼留心。」

劉七巧放下了筆，繼續道：「前陣子聽賀嬤嬤說，去年一年，寶善堂的產婦出去接生的，已經沒有遇上一屍兩命的事情了，有幾個是產婦大出血沒保住，但孩子保住了；真正孩子沒了大人保住了的反而很少。」這也是她覺得古代比較殘酷的一點，雖然孩子的生命也很重要，但在兩者矛盾的情況下，作為一個大夫，她會義無反顧地選擇保住母親的生命。可大多數男人覺得，大人沒了，不過就是換一個老婆的事情，似乎對生活並沒有什麼太大的影響，而孩子、子嗣，才是最重要的根本。

劉七巧寫好了教案，便讓紫蘇命人去把賀嬤嬤給請回了百草院。

不一會兒，賀嬤嬤跟著紫蘇進了百草院，劉七巧命小丫鬟送了茶上來，才開門見山提起了上課的事情。

賀嬤嬤一杯茶沒來得及喝完，放下茶盞，急急忙忙道：「大少奶奶快別，我這大字不認識幾個，怎麼能給人上課呢？那不是會被人家笑掉大牙了。」

劉七巧開口道：「賀嬤嬤，妳不用謙虛了，妳接生我也在邊上瞧過幾次，我自己也是妳接生的，在這方面，妳的經驗比我豐富。再說了，又沒說教課的都是要識字的，這樣吧，與其說是讓妳去教課，不如說是讓妳去收個學徒，不過這學徒呢不是一個，是這麼多人。妳也不必講得太詳細，那些壓箱底的技術自己留著，就說一說怎麼照顧孕婦、如何安慰產婦，還有新生兒生出來之後，第一步應該怎麼護理？以後她們都要在寶育堂上工，要是這些簡單的事情都不知道，我如何放心讓她們留下？」

賀嬤嬤聽劉七巧這麼說，這才鬆了一口氣。「原來大少奶奶是讓我訓練幾個丫鬟呀，瞧妳把我給嚇的，只要不讓我真的跟先生上課一樣的，那就行。這些東西靠嘴說說，等以後要是真的有了客人上門，在我身後看著做幾天，也就會了。」

「那這樣就太好了，賀嬤嬤妳看一下幾天能講完，這講課的銀子我單獨再給妳。」

賀嬤嬤推託道：「哪裡敢要主子的銀子，我本來就是杜家的家生子，原本就在府上服侍，如今太太能讓我出去，賺了拆紅的銀子一分不短少我的，我已經是感激不盡了，哪能再收大少奶奶的銀子呢？」

「這可不行，在我這兒沒有這規矩，妳替我講課，我就要給妳銀子，這是規矩。」劉七巧說著，命紫蘇從房中的錢匣子裡頭拿出十兩銀子來，遞給賀嬤嬤道：「這樣吧，妳回去好好想一想，準備講個五天，我後天再請個識文斷字的，把妳每天講的內容都記下來，這樣若是下次來了新的下人，妳就可以照著本子講了。」

賀嬤嬤見劉七巧想得周到，連連點頭，忽然又想了想道：「大少奶奶，下回可得讓識字的人講了，我這不認識字，就算他記了下來，我也不認識呀……」

劉七巧笑著道：「好好好，到時候讓他提醒妳就好了。」

沒想到過一陣子，太后娘娘忽然下了一道懿旨，說是請了劉七巧和賀嬤嬤進宮給宮裡頭的宮女和醫女講一下這些課程，務必保證皇上能在今後的日子裡開枝散葉，保證每一個皇家子孫都可以茁壯成長。

太后娘娘金口玉言，劉七巧自然是不能推辭的，便定下了日子，進宮給宮女講課，太后娘娘為此還親自問皇上借了殿試的宣和殿來給她講課。

太監領著劉七巧和賀嬤嬤從大殿的正門進去，只見宮女、醫女們都席地而坐，每個人前面都放著一張小几，上頭放著筆墨紙硯，這架勢哪裡像是來聽課的，倒像是來考狀元的。

劉七巧才進去，就看見容嬤嬤迎了上來。容嬤嬤開口道：「七巧，這講課的地方，可夠排場了？」

劉七巧站在臺階上看了一眼，黑壓壓的上百個宮女坐在前面，見了她都行禮道：「杜夫人萬安。」

劉七巧點頭還了禮，才又對容嬤嬤道：「嬤嬤，妳這是嚇唬我呢！我當只是十幾個人的小院子，我們一起說話、講講經驗而已，妳這派頭，我倒是不敢說了。」

正說著，從大殿的外頭又進來幾個人，劉七巧抬頭一看，見是杜二老爺帶著太醫院的全體太醫們也都來了。這哪裡是普通的講課？簡直就是學術講座了。

站在一旁的賀嬤嬤扯了扯劉七巧的袖子道：「奶奶，人這麼多，我……我可講不出來，我尿急。」

劉七巧知道賀嬤嬤緊張，其實前幾天賀嬤嬤在給寶育堂的人講課的時候，講得是相當的精彩，幾個年紀大的婆子大家圍坐在一起，說起當時自己生孩子的經歷，便是那些沒生過孩子的姑娘們，也聽得津津有味的。可如今這浩浩蕩蕩的人坐在裡頭，且都是一些沒生過孩子的，只怕賀嬤嬤能說話不結巴就很不錯了。

劉七巧側身拍了拍賀嬤嬤的手背，道：「嬤嬤別緊張，不過就是多幾個人罷了，妳要是緊張，就到後面去聽著，咱今天來也已經來了，總不能這個時候打退堂鼓吧？」

賀嬤嬤點點頭道：「我原本還以為就跟在公主府那邊一樣，就是大家圍著一起說說話，這陣勢，老婆子我腿軟了。」

第一百八十二章

容嬤嬤見狀，把賀嬤嬤給領到了最後面，劉七巧這才在前面臺階上的矮几前坐了下來，看著一屋子的年輕姑娘們，開始講課。

「首先，我要問一問大家，大家今兒過來聽課都是為了什麼？」

下面的人聽見劉七巧開口發問，一個個愣著看劉七巧，誰也不開口說話。過了一會兒，見她不慌不忙的，下頭的人倒是有些摸不清狀況了，竊竊私語了起來。

劉七巧指了一個在下頭竊竊私語的宮女問道：「妳先來說說，妳什麼要在這兒聽課？」

那姑娘有些不好意思，低下頭道：「太后娘娘的旨意，說是每個宮裡派個通文墨又心細的宮女，過來聽寶善堂少奶奶給我們講課，其他的，我就不大清楚了。」

劉七巧點了點頭，又問：「那妳們這些人中，有多少人是曾經服侍過孕婦的，舉起手來我看看。」

這話一出，倒是有幾個宮女舉起了手。劉七巧瞧著那宮女有些眼熟，喊了她站起來，問道：「那我問妳，服侍孕婦和服侍一般人有什麼區別？」

那宮女擰眉想了半天，才開口道：「其實……好像也沒有特別不一樣，就是三餐飲食，主子的口味變了，還有一些飲食宜忌，好多東西以前能吃的，有了身子就不能吃了。」

劉七巧點點頭，又喊了另外一個宮女補充，那宮女開口道：「最大的區別就是，主子有了身孕，性子會比以前急躁些……」她說著說著，聲音越發低了下去。邊上有宮女玩笑道：「好呀，妳敢說蕭妃娘娘的壞話。」

劉七巧解釋道：「這可不是壞話，這都是正常的，有了身孕之後，人的身體裡因為有了新的生命，所以會打破我們原來的平衡，而這種平衡打破了之後，會產生很多現象，包括噁心、嘔吐、情緒急躁、出恭的次數增多。還有一些人會因為這些現象，陷入一種不愉悅的狀態，甚至脾氣暴躁。」

大家聽劉七巧這麼說，紛紛有了點興趣，睜大眼睛繼續聽。

「除了這些身體上內在的變化，外在的變化就是孕婦的肚子會慢慢大起來，這是直接影響孕婦的第一因素。在這個時候，給予孕婦更多的關心，讓她們降低心理和身上的不適，是至關重要的。皇上日理萬機，所以這些事情就得交給妳們這些服侍的人。」

大家聽劉七巧這麼說，又開始竊竊私語起來。有人說：「從來沒聽說過懷個孩子還這麼複雜的。」

還有人說：「我娘說了，是個女人就會生孩子，生孩子當真有這麼多講究的嗎？」

劉七巧也不著急，等大家討論得差不多了，才又開口問道：「剛才那兩位服侍過懷孕主子的姑娘，我問妳們，妳們主子當時懷孕的時候，是變好看了，還是變難看了？」

這問題誰敢回答，不就是等於背地裡說主子壞話嗎？所以劉七巧也不等她們回答，繼續開口道：「女人懷孕，身材走樣、大腹便便，要是違心地讓妳們說好看，實在也說不過去。而且懷孕的過程中，很多人會出現臉上長斑、腹部長紋、小腿變粗、身材臃腫。試想各位主子們沒懷孕的時候都是纖纖佳人，一懷孕就變成了這個模樣，誰的心裡頭會高興呢？」

終於有人點了點頭，又有人道：「能給皇上開枝散葉，那是天大的好事，娘娘們怎麼會不高興呢？」

劉七巧便又接著道：「這就是我要說的下一點，憂愁。先不說別的，大家夥兒就想想自己吧，自己要是一個男孩子，會被送進宮當下人嗎？相信很多人都會回答不會，這又是一個問題。在子嗣方面，男孩和女孩的區別在產婦的心裡根深柢固，所以她會因為男女問題擔憂。我相信在座的人有九成以上希望頭一胎能生男孩，還有一成覺得頭一胎生女孩也無所謂的人，心裡肯定想著，大不了多生幾個。」

眾人再一次被劉七巧給說中了心事，心裡頓時就有些不好意思了。

劉七巧知道，在這裡宣揚男女平等那是沒有用的，唯一可行的，就是讓她們知道自己也是一個有用的人，透過自己的努力，可以達到相對的平等。

「但我想說，雖然我們想要生男孩，可這世上若是只有男子，陰陽不和，那麼子嗣就會越來越少，畢竟只有我們女性肩負著生兒育女的重任。」劉七巧說著，對著最後一排的幾個太醫道：「所以各位太醫，一定要好好對待家裡頭的娘子，她們為你生兒育女，可是辛苦得很呢！」

宮女們聞言，往後面瞧了瞧，見幾個老太醫都不約而同地抬起袖子遮臉，只有杜若泰然自若的坐在那邊，眸中含笑地看著劉七巧繼續講課。

「好了，下面我們回歸正題。從一個孕婦懷孕開始，作為照顧她的人，我們應該如何去了解她、幫助她，從而無微不至地照顧她和她腹中的孩子，這就是我所要講的內容。」劉七巧一口氣說完，原本的緊張情緒也因為剛才輕鬆的氣氛而變淡了，大家都很自覺地抬頭看著劉七巧，聽她講課。

不久，劉七巧看著宮女們聽完了她的課，一個個捲著几案上寫得密密麻麻的手札離去，杜若也在那邊奮筆疾書，寫完最後一個字，舒了一口氣。劉七巧走到他跟前，發現杜若的筆記清晰明瞭，尤其是一手蠅頭小楷寫得特別秀氣。

「七巧，妳今兒講得可真好，我從來不知道一個女人站在講臺前還能有這種氣魄，簡直讓我自愧不如。」杜若抬頭看著她，誇讚道。

「你這叫情人眼裡出西施，不靠譜的，我要問二叔。」

杜二老爺正在和一旁的同僚說話，聽見劉七巧問他，轉頭道：「大郎說得沒錯，可惜七巧妳是個女的，如果是個男的，到了朝堂上，只怕也可以舌戰群雄了。」

劉七巧玩笑道：「二叔怎麼跟大郎一樣，就光說討好我的話，聽著都不誠懇，不好。」

「要是他們說得不誠懇，朕說的定然是錯不了的。杜夫人，方才妳的講課朕在外面也聽了幾句，果然是巾幗不讓鬚眉，怪不得母后非要我將這個宣和殿讓給妳用，朕原本還不大樂意，所以特意過來看了看，如此看來，杜夫人果然非同一般，配得上宣和殿這個地方。」這個時候，皇帝忽然從外面走了進來。

眾人急忙俯身行禮，皇帝免了大家的禮數，開口道：「杜院判方才那句話說得沒錯，杜夫人的口才便是在金鑾殿上，怕也沒有幾個朝臣能辯駁的了。」

劉七巧笑道：「皇上謬讚了，臣婦不過是就事論事，難得那些宮女、醫女願意聽，如果她們能記在心裡，自然是更好的。」

皇帝笑著道：「這樣吧，朕記得上回妳給梁貴妃接生的時候，朕說過要給妳幾個賞賜，後來妳也沒有提出要什麼賞賜，朕今天興致好，賞妳幾個字吧。」

皇帝金口一開，身後的太監宮女們便紛紛忙碌了起來，不一會兒，案上便擺上了大幅的宣紙，皇帝拿起筆，蘸飽了墨水，在宣紙上落下，筆走龍蛇，幾個大字頃刻間就呈現在眾人的眼前。

杜太醫上前，從左到右唸了出來。「天下第一穩婆。」

劉七巧雖然覺得天下第一穩婆聽起來似乎有那麼點……俗氣，可這畢竟是御賜的題辭，只能笑咪咪地謝恩。

皇帝大手一揮，把毛筆放下，吩咐身邊的大太監道：「你親自安排下去，照著這個字做成匾額，賜給杜家。」

杜二老爺聞言，急忙帶著杜若、劉七巧一起下跪，又謝了一回恩。

眾人坐在馬車上回府，杜二老爺還在感嘆。「七巧，這回妳又給杜家掙面子了。」

劉七巧鬱悶難當，心道：這皇帝也真夠小氣的，實質的賞賜沒多少，就拿幾個字來搪塞自己。

「二叔，你說皇上這麼喜歡送人字，要是回頭他拿自己的字給你們發餉銀，你還謝恩嗎？」

杜二老爺佯裝生氣，瞪了劉七巧一眼。「七巧，皇上的墨寶那可是無價之寶啊，有了皇上這個招牌，就等於是源源不斷的黃金流進了寶育堂。」

其實劉七巧自然也是知道這個道理的，不過她開的總歸是女人生孩子的地方，光有皇上一個人的支持恐怕還不夠。

又過了幾日，正好是八月初八。說起來也是巧合，八月初八正是劉七巧嫁進杜家的日子，今年八月初八，卻正好是杜文韜過百日的日子。上回滿月宴，因為連著杜茵的婚事，一切從簡，這次杜大老爺是卯足了勁兒要大辦一場，邀請的客人可不是一般的多，再加上不少人知道大長公主要來為杜家長房的大孫少爺唸經祈福，因此很多老太太們都過來湊熱鬧了。

眾人正說著，外頭的紫蘇進來回話道：「回老太太們，派去水月庵接了塵師太的車已經到了，師太這會兒正往後頭來了，各位老太太請去水榭那邊入座聽經吧。」

眾老太太聽說大長公主來了，便忘了方才的話題，高高興興道：「大家一起去，一起去，了塵師太可是鮮少出水月庵講經的，這會兒我們有耳福了。」

劉七巧瞧著這些老太太們一臉的興奮和期待，想著不知道以後自己到了這個年紀，是不是也會熱衷於八卦和聽佛經這兩件事情。

不過今兒收穫最大的人還是她，上回找了杜蘅安排人幫她的寶育堂畫了畫冊做為宣傳手冊，已經有一本到了她的手上，今兒她才把畫冊拿出來，那些個太太奶奶看了，無不嘆為觀止。

說起來京城的有錢人不少，但並不是所有的有錢人都有能力住最好的院子。像　些前朝留下來的豪門大宅，大多都在開國的時候就賞賜給了有功的大臣，除了那些功勛之家，一些新貴人家還是小門小戶的。

大家看著這畫冊上的院落，無不感嘆，原來這京城裡還有一處這麼好的宅子，便是沒打算再生孩子的太太們，也都起了要去參觀參觀的心思。

寧夫人首先道：「七巧，不如趁著如今還沒開張，妳先請我們去遊玩遊玩，以後裡面住了人，只怕我們這些閒雜人等就不方便進去了。」

劉七巧見大家都有這個興致，自然是欣然答應，約定等過了中秋，下帖子讓大家一起過去玩一趟。

這個時候，外頭忽然有小丫鬟急急忙忙跑了進來。「回老太太、太太、大少奶奶，外頭……外頭宮裡的公公送匾額來了，還帶了好些賞賜，老爺們已經在外頭擺了供桌準備接旨了，讓奴婢請太太們都去外頭。」

眾人聞言，都高興道：「我這輩子還是頭一回接到聖旨，倒是一起出去瞧瞧。」

劉七巧急忙上前，和杜茵一人一邊攙扶著杜老太太往杜家外院去，只見儀門之外早已經備妥了桌案祭品，皇上身邊的易公公和太后娘娘身邊的容嬤嬤都在邊上站著，見杜家一家老小的人都來齊了，這才上前道：「奉天承運皇帝詔曰，杜門兒媳劉氏，醫術高明、性情純良、臨危不亂、處變不驚，曾數度救人於危難，特賜『天下第一穩婆』牌匾，欽此。」

眾人叩首謝恩，兩個小太監舉著蓋住紅布的牌匾上前，走到劉七巧跟前，將聖旨遞到她的手中道：「杜夫人，揭匾吧。」

劉七巧手裡捧著聖旨，竟然有一種無與倫比的激動心情，簡直比當初拿到碩士畢業證書還覺得忐忑。

她想了想，開口道：「易公公，七巧想讓老太太揭這個紅綢，不知可否？」

易公公退到一旁道：「杜夫人請便。」

劉七巧大喜，扶著杜老太太上前，看著那紅綢道：「老太太，這匾額是杜家的。」

杜老太太一時也感慨得熱淚盈眶，開口道：「我這一輩子，雖說沒有什麼大福分，卻也揭過兩次這御賜的牌匾。第一次是三十年前，朱雀大街的寶善堂開業，當時是先帝親筆寫的招牌，老太爺拉著我的手一起揭開的；今兒我的孫媳婦又給我掙了這麼一個匾額，我要拉著我孫媳婦的手，一起揭開。」

杜老太太說著，和劉七巧一人一邊，伸手摸上那紅綢，兩人相視一笑，大紅綢緞飛上藍天，露出黑得燙金的幾個大字。

眾人一片歡笑，杜家大門口，早有小廝放了點燃了的長長鞭炮，噼哩啪啦地響了起來……

第一百八十三章

寶育堂工期將近竣工，倒是和杜蘅估計得差不多，正好可以趕在重陽節前完成，但是劉七巧覺得重陽開業有些倉促，所以推後了幾天，具體的日子已經給了杜大老爺備選，也不知道杜大老爺最後會選上哪一天。

這日，劉七巧帶著洪家少奶奶、周蕙、周菁，還有梁家大姑奶奶等人，一併同遊了寶育堂。

劉七巧一開始最擔心的是使用頻率，公主府每個小院都錯落有致，但是裡頭的廂房卻不多，所以她很細心地把最小、最別致的三個小院拿來當成高檔病房。

首先帶著大家參加的是麒麟院，麒麟院在公主府的東北角，非常清靜，門外有一條小溪，從牆根下引至院內，越過小橋，方看見朱紅色的大門，白牆之外綠樹成蔭，小溪邊上還有一個涼亭，可以看四周風景。

綠柳上前打開院門，裡頭早已經候著三個小丫鬟、兩個年輕媳婦。

院子裡一塵不染，裡頭的陳設古樸，除了那些古董字畫都收了起來，換成了稍微普通的裝飾品之外，其他的家具杯盞都是原先公主府留用的東西。

眾人看了，不禁讚嘆道：「在這樣的小院裡頭，便是不生孩子，就是讀書，只怕也要讀出一個狀元來了。」

劉七巧領著她們繼續向前，又看了一下產房陳設，將那些東西的用處都一一介紹了一遍，眾人也聽得很仔細。

寧夫人感嘆道：「來這兒哪裡是來生孩子的，分明就是來享福的。能在這邊住上個十天半個月的，只怕都要年輕幾歲了。」

眾人哄笑了一回，劉七巧又帶著他們參觀了梧桐院和文曲院，幾個太太奶奶也算是盡興而歸了。

劉七巧送了眾人離開，接著自己也離開寶育堂，想起過兩日要去參加太后娘娘的重陽宴會，少不得親自去杏花樓訂了最上等的重陽糕。雖說宮裡的重陽糕也好吃，可終究吃不出這市井味來。

劉七巧訂完重陽糕，順道去了一趟寶善堂。杜大老爺今兒正召集了幾個掌櫃一起研究寶育堂的定價問題，這些價格都是劉七巧定下來的，每個價格都寫明了細項，包括折舊費、人工費、場地占用費，還有花木維護費，帳房先生也是難得看見這樣細緻的預算，有幾個帳房抱著帳本研究了半天，最後搖搖頭道：「老爺，大少奶奶這帳務做的，我還真有些看不明白。」

杜大老爺原本也沒看明白，不過後來劉七巧給他解釋之後，他頓時明白了，開口道：「我倒是覺得她這算得很精細，其實我今兒帶這帳本過來給你們看，並不是想讓你們給我出什麼主意，我的意思是，你們照著這帳本的明細，把每個店裡面的東西也按照這個版本來做一下核算，這樣我就可以知道哪些藥賣得貴、哪些藥賣得便宜了。」

眾掌櫃的一聽，嚇得冷汗都冒出來了。

劉七巧在外面聽著，也沒想到杜大老爺會有這麼一招，笑著進門道：「爹，我是因為沒有相同行業可參照，才用這種辦法來定價，店裡頭藥材那都是賣了很多年的，而且也跟各家都比過價格了，所以爹不必用我這個辦法。我這個價格也是試行，要是過幾個月和預期的盈利不符合，還要做調整的。」

眾人見劉七巧來救場，紛紛擦了擦冷汗，附和道：「大少奶奶說得對，寶善堂的價格那都是十幾年前定下的，每年根據藥材的價格再微調，應該是錯不了的。至於大少奶奶那寶育堂的生意定價如何，我們還真說不上來。」

杜大老爺看眾人那一臉為難的樣子，也知道這個辦法可能實行不了了，點頭道：「那就這麼辦吧，都散了吧。」

杜大老爺送眾人離開，這才過來問劉七巧道：「今兒帶幾位夫人們去瞧了，大家反應怎麼樣？」

劉七巧謙遜道：「倒是都說好的，不過常人還是覺得家裡更方便些。爹不用擔心，我相信還是會有人來，這世上想平平安安生下孩子的大有人在。」

杜大老爺點頭道：「最近妳太忙，也要注意身子，既然寶育堂那邊已經竣工了，妳就好好休息幾日。我昨天看了一下妳送來的那些黃道吉日，九月二十八是個好日子，宜開業、動土、上樑，明兒我回了老太太，就定那天讓寶育堂開業吧。」

劉七巧想了想，便答應了下來。「那就都聽爹的安排了。」

過了兩日正巧是重陽，劉七巧跟著杜老太太一起去宮裡參加重陽宴。

不過才兩年沒見，之前見過的姑娘們都已經嫁為人婦了，今兒她還認識的姑娘倒是沒幾個了。老王妃最近身子不爽利，並沒有來參加宴會，倒是幾位侯夫人都高高興興來赴宴，還有一些官家太太，劉七巧有認識的，也有不認識的，不過除了她是個年輕的之外，其他的清一色都是老太太。

太后娘娘見劉七巧和杜老太太都到了，喊了她到自己的跟前，見那些官家太太們都落坐了，開口道：「今兒我跟妳們介紹一下，這就是寶善堂的大少奶奶劉七巧，她的寶育堂這個月就要開張了，妳們家裡頭凡是有人要生孩子的，儘管送過去，她要是收銀子收貴了，妳們告訴我，我讓她給妳們打個折。」

劉七巧哪裡想到太后娘娘居然公然在宴會上給自己招攬生意，真是感動得五體投地，福了福身子道：「眾位老太太，承蒙太后娘娘看得起，我也在這兒跟老太太們說幾句。大家都知道，一個家族最重要的問題就是子嗣問題，子嗣繁盛則家族興旺，七巧很希望能幫到大家。」

富安侯夫人首先表示支持，笑著道：「我先給我媳婦報個名，她是明年三月的產期，七巧，妳可給我留一個好院子啊。」

劉七巧笑著點頭道：「好的、好的，明年三月。」

富安侯夫人才說完話，那邊，安靖侯老夫人也道：「那七巧也給我孫媳婦留給位置吧，她的日子就在年底，也快了。」

劉七巧急忙又記下來，就這樣，飯還沒開吃呢，已經有六、七個老太太報了名。這現成拍太后娘娘馬屁的機會，可不得牢牢抓緊了，也顧不得家裡頭兒媳婦、孫媳婦同意不同意，先排隊就成了。

劉七巧數了一下，從開業到明年二月，高檔院落算是有著落了。

到了九月二十那日，宜搬遷、動土，杜大老爺決定在這一天把胡大夫，以及為胡大夫建立的醫療團隊搬遷過去。杜家幾乎就是全家出動，都去寶育堂參觀，就連杜老太太都興致勃勃地一起過去了。

胡大夫坐在寬敞的診室裡頭，瞧著大書案上放著他平時喜歡翻閱的醫書典籍，後面的大書架堆滿了這些年的醫案病卷，感嘆道：「老頭子我這輩子也沒想到自己能有這麼一個寬敞的地方給病人看病。」胡大夫說著，連忙上前向杜大老爺和劉七巧行禮。

劉七巧急忙將胡大夫給攔住了。「胡大夫，以後我這寶育堂就由你來坐陣了，從今天開始，胡大夫就不用再出門看病了，任憑再高貴的客人，想要請你看病都要親自上門、按序排隊。不過我這裡做了一個標記，每天有十個人，可以享受超前待遇，但是掛號的銀子是平常人的十倍。」

杜若一聽，嚇了一跳。「十倍？妳的意思是說，這個人請胡大夫看病，不算藥錢，進來就要付五兩銀子？」

「是啊，付五兩銀子就可以不排隊；付五百錢的，就要排隊。」

杜若擔憂道：「那百姓們說我們嫌貧愛富怎麼辦？」

劉七巧笑道：「你放心吧，胡大夫值這個價。她們不過是花錢買一個優先權而已，這也是生意，跟嫌貧愛富有什麼關係呢？再說每天有十個人，總共也不會耽誤一個時辰，我可以用這十個人多賺十倍的錢，難道不好嗎？」

一旁的杜蘅聽了，拍手稱讚道：「好好好，簡直太好了！富貴人家看一次病五兩銀子也算不得什麼大錢，又不是天天看病，總比起排一整天的隊強些，大嫂這個辦法好。」

杜若瞧了一眼劉七巧，一時頗覺得有些無話可說了。

劉七巧又把由賀嬤嬤領頭的幾個穩婆都叫了過來，開口道：「從明兒開始寶育堂就要試營業了，今天起，要是妳們認識的將要臨盆的產婦，從試營業這一天開始到正式開業那一天為止，在寶育堂出生的孩子，分文不收銀子，只要她們肯過來生孩子，妳們拉一個人來，我賞妳們一吊錢。」

杜若這回又不理解了，問道：「娘子，妳這還沒開張呢，怎麼先倒貼起銀子來了，這樣我們豈不是會虧本了？」

劉七巧又瞧了杜若一眼，發現他在生意上真的沒有半點天賦，笑著道：「相公如果走在路上，有兩家飯館，你不知道哪家的菜好吃，你會去有人的那家飯館呢？還是去沒人的那家飯館？」

「當然是有人的，有人在裡面吃飯，肯定是因為這家飯館的菜好吃一些。」杜若點頭道。

劉七巧便笑道：「那我的道理也一樣啦，先吸引大家過來，有了客人，客人才會幫我們宣傳；有人宣傳了才會有源源不斷的客人，相公你說是不是？」

杜若這回算是明白了，自己娶回家的這個娘子，不光接生厲害，腦子裡的生意經也是不少的。

杜蘅對劉七巧更是佩服得五體投地，崇拜道：「大嫂子出手果然非同一般，真是讓人耳目一新。」

那邊杜大老爺參觀了一圈，這會兒也從外面進來，開口道：「二郎既然這麼說，那就多向你大嫂子學習學習。」

杜蘅抓抓腦袋道：「我學生意，不學接生。」

眾人聞言，都哈哈大笑了起來。

十幾個穩婆幾乎覆蓋了小半個京城，被她們這麼一宣傳，第二天果然有產婦坐著小推車來了。當然其中不乏有幾個是看熱鬧的，劉七巧請胡大夫給她們把了脈搏，預產期至少還有一個月的都先請回去了。

丫鬟們帶著產婦們在院子裡稍微逛了一會兒，囑咐她們哪些地方是能去或不能去的。

劉七巧為了防止人多出亂子，一早就讓杜蘅做了一批類似腰牌的東西，按照等級劃分，不同的人拿不同顏色的腰牌，各處有婆子守著，沒有腰牌是不能隨意走動的。

正好這日，劉七巧收了一個外地隨家人進京的孕婦，正陪著她在院子裡閒逛，走到一處月洞門口，就看見門口守著兩個婆子。那人便問道：「我剛才瞧見有人要從那邊過來，被她們攔了下來，那若是我想從這邊過去，她們可會攔著我？」

「那倒不會，我開寶育堂是想讓夫人們都可以安心養胎順產，首要條件就是安靜，要是園子裡人多了，自然就喧鬧了起來；環境不好了，過來我這邊寶育堂的人就會越來越少了，所以像招弟院和來福院兩個院子裡的人，是不能去別的地方的。而鵬程院和錦繡園裡的人也不能去梧桐院、麒麟院和文曲院。」

「我明白了，原來是這樣。妳這麼做倒是想得周到了，我原先過來的時候，心裡還想著，讓我和一些市井女子住在一個院子裡，我可不大願意，如今妳這麼說，我倒是放心了，果然洪家少奶奶推薦的地方是不會錯的。」

那孕婦想了想，又開口道：「既然有娘娘要了梧桐院，那我就選一個文曲院，這次我陪著相公進京，也是為了他後年科舉能夠高中。」

劉七巧點頭道：「那好，許夫人只管帶著家人住進去就是了。其實文曲院裡頭環境清幽，便是許少爺過來陪許夫人幾日，那裡也有小書房，可以供許少爺讀書寫字。」劉七巧說著，便帶著許夫人往文曲院那邊去，只見小橋流水、樹蔭婆娑，幾棵青竹掩映在白牆之外，分外好看。

劉七巧帶著她來到門口，丫鬟推門進去，許夫人四處走了，這才笑道：「不知道的誰會以為這是來生孩子的，還以為是來常住的呢，就這兒吧。那這費用呢？」

「一天十五兩銀子，住一天算一天，吃用另算，許夫人如果家裡帶人過來，可以自己在小廚房裡面開伙，每個院子裡都有自己的廚房。如果許夫人不打算自己張羅這些，我們這邊有張表，上頭標明價碼，和外頭菜館裡的是一樣的。不過我們這裡的菜色都是按照孕婦和產婦的身體狀況特製的，只怕許夫人要是想吃一些自己平常愛吃的東西，還是要自己開伙。」

許夫人點點頭道：「住一天十五兩銀子，確實不算便宜，在你們這兒住上半年，都可以在京郊買一個大宅子了。」

劉七巧也笑道：「京郊的宅子可沒有穩婆和大夫，京郊那邊若是半夜肚子疼了，請個穩婆還不知道要跑幾里路呢！」

許夫人也笑了起來。「也是，孩子又不是年年都生，便是多花了這幾個銀子又怎麼樣呢？」

「許夫人說得是，其實錢財都是身外之物，便是家財萬貫的人無非也就是求一個衣食無憂，若是身子不好了，只怕再多的錢也是沒有用。」

「洪家少奶奶也是這麼勸我的，她就是因為生孩子傷了身子，所以直到現在身子還是不如以前。她老是向我抱怨說，若是早些年就有寶育堂，那就好了。」

「好事不嫌晚，便是現在開業，以後還是會有很多的人會來我們寶育堂生孩子的。」

劉七巧正說著，外頭的小丫鬟急急忙忙上前行禮道：「大少奶奶，方才從外頭拉來了一個產婦，大出血，胡大夫和賀嬤嬤瞧了都說不行了，孩子卡在裡頭就是出不來。胡大夫說我們寶育堂還沒開張呢，不能先死人在裡頭，不吉利，正叫那家人把產婦給拉回去呢。」

劉七巧聞言，也是心中一跳，連胡大夫都說了這樣的話，只怕是凶多吉少了。

她不等那丫鬟站定，慌忙對許夫人道：「許夫人，前頭有產婦過來，我先去瞧瞧，許夫人和丫鬟們先在裡頭坐坐。」

劉七巧說著，讓那丫鬟帶著她往前頭去了。那丫鬟一邊走，一邊道：「大少奶奶，奴婢頭一次見過這樣的人，到現在還嚇得手腳發抖，有些不聽使喚呢！」

劉七巧安慰道：「妳以後見多了就不怕了，生孩子從來不是一件容易事情。」

那丫鬟聞言，心裡也是著急，又走快了幾步，劉七巧緊緊跟在她身後。才到通往前院的月洞門口，她就瞧見綠柳已經在那邊翹首以待，見她過來了，急忙上前道：「大少奶奶快去瞧一瞧，人怕是不行了，那家人死活不肯走，說要大少奶奶把孩子給弄出來。」

第一百八十四章

劉七巧跟著綠柳進去，就見胡大夫看診的小院裡停著一輛小推車，上頭躺著一個產婦，身下的被褥已經被血水染紅，唇色蒼白地睡在那邊。

胡大夫見劉七巧進來，迎上來道：「大少奶奶，是難產，聽說從前天晚上一直生到今天早上，兩天兩夜都沒生下來。這會兒大人已經不行了，已是彌留之際，孩子還在裡面，只怕也快不好了。」

小推車旁站著一男一女兩個中年人，見劉七巧過來，跪倒在地哭著道：「大慈大悲送子觀音，您一定要救救我的兒媳婦，救救我的孫子啊！這是我兒子的遺腹子，我們老錢家不能沒這個孩子……」

劉七巧看了一眼那產婦，搖了搖頭道：「大伯大娘，不是我不救你兒媳婦，這會兒就是真的觀音再世也是救不了她的，現在唯一的辦法就是看看能不能把孩子救回來。」

胡大夫聞言，焦急道：「大少奶奶，這還沒開張呢，就在裡頭死人，不吉利。」

劉七巧想了想，開口道：「做這一行生意的，沒有不死人的，便是現在她死了，別人也總知道這是從寶育堂送出去的了。胡大夫，想想辦法，看看能不能續她一口氣，讓她多活一會兒，看看自己的孩子吧。」

她回頭對賀嬤嬤道：「賀嬤嬤，去把我的那套工具拿過來，把她抬進裡頭，我準備給她剖腹生子。」

那兩個中年人見劉七巧願意救了，雙雙向劉七巧磕頭道：「少奶奶大恩大德……大恩大德！」

「兩位老人家起來吧，話我只說一遍，你們送來得太晚了，現在孩子是不是好的，我也不能保證，只能拿出來再看了。」劉七巧說著，先進到裡面，換了一身雪白的衣袍。產婦現在已經被送到了手術檯上，下身依然還有血水流出來，人已經完全失去知覺，不能言語了。

胡大夫見劉七巧下了決心要救人，只嘆了一口氣，命小徒弟拿了藥丸過來，送給那產婦服下。

劉七巧上前，用剪刀剪開了裹在她身上的衣物，伸手摸她的肚皮。肚皮還在一陣陣發緊，說明還有宮縮，孩子很有可能還是活著的。

劉七巧的手指有一瞬間有些顫抖。這一刀下去，很有可能產婦就會死去，這還是她第一次看著一個人死在自己的手術刀下。

她嘆了一口氣，彎腰湊到那產婦的耳邊，小聲道：「我現在幫妳把孩子拿下來，如果妳還想再看他最後一眼，就不要睡了。」

產婦似乎是聽見了劉七巧的話，眼角滑落一滴淚。

劉七巧讓胡大夫、賀嬤嬤還有紫蘇在一旁幫忙，其他人全部都退出門外去。對於剖腹產的技術，劉七巧其實也很想找一個接班人培養一下，只是像賀嬤嬤這個年紀的人肯定不適合再學習的了，紫蘇倒是一個很合適的人選……

劉七巧想了想，把紫蘇叫到自己的邊上，轉頭對她說：「妳看著我的動作，每一步都記在心裡。第一步，把肚子切開，注意這裡面是有肌肉的，妳看著點，要按照肌肉紋理切下去，這樣造成的傷害最小。」

劉七巧一刀下去，已經有血順著傷口溢出來，紫蘇強忍著噁心，認真看著。產婦的肚皮被剖開，露出子宮壁，依稀能看見宮縮造成的變形。紫蘇嚇得臉色都蒼白了，這個時候產婦的手忽然從手術檯上滑落下去，原本帶著宮縮的腹部，忽然就像洩了氣的皮球一樣癟了下去。

胡大大急忙上前，握住產婦的脈搏測了一下，搖頭道：「少奶奶，產婦死了。」

劉七巧額頭上溢出細密的汗珠，正色道：「我知道，是死了，但願孩子沒死。」

她拿起刀，在產婦的子宮上劃下，一層淺色胎膜包裹之下，嬰兒發紫的小臉安然地睡在裡面。她讓紫蘇掰開產婦的肚皮，把嬰兒從子宮裡頭抱出來。

嬰兒渾身發紫，看來窒息已久，劉七巧剪斷臍帶，提起嬰兒的腳心拍打幾下，空氣從嬰兒的口腔進入肺部，一聲響亮的哭聲從產房裡傳了出去。

劉七巧忽然覺得身子一軟，將孩子遞給賀嬤嬤道：「嬤嬤，把孩子處理一下，抱出去給他爺爺奶奶看看吧。」

賀嬤嬤接過孩子，笑著道：「是個男孩兒，真的是個男孩兒呢！」

紫蘇見劉七巧有些累了，自告奮勇道：「奶奶，給產婦縫針的事情交給我吧，反正她現在已經去了，應該不會覺得疼了吧。」

劉七巧點點頭，退後幾步坐在躺椅上，將手上的羊皮手套摘下來，抬起袖子擦了擦額頭上的汗道，神態有些飄忽。

「少奶奶，要不您去後頭歇一會兒？」胡大夫上前問道。

劉七巧稍稍緩了一會兒，開口道：「我沒事。胡大夫，前頭還有好些客人等著你呢，你這要是再不回去，她們可要闖進來了。」

胡大夫一看那房間角落裡頭放著的沙漏，笑著道：「唉喲，可不是，我得先回去了。」

紫蘇縫好了產婦的傷口，拿著一塊白布蓋住她的頭，見劉七巧還在一邊坐著，上前問道：「大少奶奶，出去吧，讓她家裡人把她給領回去吧。」

劉七巧點了點頭，站起來道：「要是她早些送過來，也許就不會死了……可這世上哪裡會有如果呢？」

她從手術室出去，只見外頭好些人都圍著去看那小孩子，大家都沈浸在新生命來到的快樂中，卻沒有幾個人想起裡頭已經死去的人。那對中年夫婦抱著小男孩，臉上露出開懷的笑容。幾個來這裡待產的看熱鬧的產婦也圍著小孩子轉，一個勁兒地誇小孩子長得好看。

劉七巧嘆了一口氣，開口道：「孩子他娘已經沒了，你們把她帶回去吧。」

這話一說出口，才有幾個產婦反應過來，收了臉上的喜氣，看著劉七巧道：「大少奶奶，妳別難過，這不他們送來的時候人都不行了，妳從死人肚子裡搶出一個孩子來已經不容易了，我們都明白。」

劉七巧勉強擠出一絲笑，開口道：「我知道妳們懂這個道理，但我還是有些難過，我不保證來寶育堂生孩子的人每個人都能順順利利，可是我可以保證把風險降到最低，就算有什麼意外，也可以讓妳們得到最快最好的搶救，而不是什麼都遲了。」

大家都愣在那裡，聽她說完這一席話，忽然覺得這趟來寶育堂真的是來對了。其中一個產婦推了推那個抱著嬰兒的中年婦女，那中年夫婦會意，跪下來道：「杜夫人，謝謝您救了我的孫兒，我們全家感激您的大恩大德。」那婦人說著，對一旁的中年男子道：「給錢，快給拆紅的銀子！」

劉七巧擺擺手道：「拆紅銀子不要了，我說過，試營業期間所有人生孩子費用全免，你們回去吧，好好地把孩子他娘安葬了。」

兩人聞言，從地上站起來，抱著嬰兒去手術室裡看那死了的產婦。

劉七巧回到杜家的時候，時辰已經不早了，加上她下午累了一陣子，晚上便沒有什麼胃口，讓連翹去杜大太太那邊告了假。

杜若從太醫院回來便聽說了此事，逕自往百草院來，喊了紫蘇問話道：「大少奶奶怎麼了？今兒出門的時候不是還好好的嗎？說是今兒有個重要的客人要來，怎麼回來就沒精打采了？」

紫蘇聞言，一邊給杜若倒茶，一邊道：「今兒送來一個產婦，來的時候就已經快沒氣了，胡大夫和賀嬤嬤都說這樣的人不能收，收了救不回來會壞了寶育堂的名聲，大少奶奶堅持留了下來，最後孩子活了、產婦死了。」

杜若聽紫蘇說完，知道劉七巧在想些什麼，想了想道：「行了，妳去如意居說一聲，就說我今兒也不過去用晚膳了，然後再去一趟廚房，讓廚房熬一些粥，弄幾個小菜，我和少奶奶兩個人清清淡淡地吃一些。」

紫蘇領命而去。杜若起身站起來，挽了簾子往房裡頭去。杜文韜今兒倒是像知道自己娘親心情不好，雖然這會兒醒著，但乖巧得很，安心窩在奶娘的懷裡一個勁兒地玩手指。杜若想了想，抱著杜文韜進房去找劉七巧。

杜若抱著孩子進裡屋，劉七巧正拿著一本書合眸靠著，聽見外頭有聲響，抬起眼皮看了一眼，見他抱著杜文韜進來，便打起精神，從杜若手中把杜文韜給抱了過來。「你從外面回來，衣服也不換一件就抱孩子。」

杜若笑了笑，立馬有小丫鬟上前為他去櫃子裡拿了家常穿的衣服出來。

杜若從淨房出來，見劉七巧把杜文韜放在軟榻上，自言自語跟他說話。

「兒子，你說那些人都是什麼心態，活生生的人就這麼給拖死了，生了一個兒子就高興得跟什麼似的，難道生孩子的就不是人嗎？兒子，你說我要是生你的時候出什麼意外，也不知道你爹會不會擔心？」

杜若聞言，急忙上去道：「七巧，妳又胡說八道些什麼呢？我豈是那樣的人。」

劉七巧見杜若出來了，皺皺眉頭道：「我就是開一個玩笑而已，你何必當真？」

杜若冷著臉，把兒子往懷裡一抱，正色道：「玩笑都不准開，不然兒子還以為我不疼妳呢！兒子兒子，快來勸勸你娘，你娘今天救了一個小弟弟，可厲害了。」

杜文韜聞言，咿咿呀呀地學著杜若說話，劉七巧頓時覺得心情好了不少，坐起來，伸手抱住兩人道：「我開寶育堂是為了給人接生不假，可要是人人都等快死了再把人送過來，只怕寶育堂很快就會變成火葬場了……」

杜若雖然不知道火葬場為何物，但劉七巧前面一句，他還是聽懂了的。

杜若開口勸慰道：「七巧，妳不必太難過了，今兒的事情胡大夫和賀嬤嬤都說了，那人是不能收的。大夫見了治不好的病人不治了那也是常事，畢竟大夫也是普通人，並不是神仙，妳今兒能搶回一條命，已經是妳的本事了。」

劉七巧點了點頭，嘆了一口氣，靠在杜若的肩膀上。「道理我都懂，可是有時候想了想，還是會覺得難過。今兒那產婦我看過，其實身子是不錯的，都是拖的時間太長了，所以才……不說了，人都已經死了。」她無精打采道：「沒想到我寶育堂還沒開業，倒已經先死了一個人了。」

杜若伸手揉了揉劉七巧的髮頂，笑著道：「沒事，大家都是明眼人，今兒那麼多產婦婆子們都看著呢。」

兩人你一眼我一句地互相安慰著，等劉七巧抬起頭來的時候，杜文韜已經在杜若的懷裡呼呼大睡，口水還掛在杜若的袖子上，樣子別提有多可愛了。

過了一時，兩人在房裡單獨用了一些晚膳，杜若連書都沒有看，早早就陪著劉七巧安歇。

九月二十八，宜開業、動土、上樑，加上那日劉七巧剖腹取出的孩子，在試營業的這七天裡頭，寶育堂一共迎來了九個小生命。除了那天送來的這個是剖腹產之外，其他八個孩子都是順產，其中有四胎還是頭一胎。

一大早，杜家兩房人馬便浩浩蕩蕩地往寶育堂而去，當然參加開業典禮的不光有杜家的人，還有洪家大少奶奶和洪少爺、戶部尚孔大人、趙氏娘家、寧家、富安侯和富安侯夫人，以及幾個和杜大老爺交好的生意場上的朋友。

劉七巧陪著杜老太太坐在最前頭的馬車裡，杜老太太時不時還掀起了簾子瞧一眼兩邊的馬路，笑著對劉七巧道：「七巧，想不到妳這寶育堂還真的開成了，看來大長公主說妳會旺我們杜家，可真的沒說錯呢！」

劉七巧笑著道：「那可不是？出家人不打誑語，大長公主說過的話自然是說一不二的。」

杜老太太見劉七巧一臉得意的樣子，忍不住伸手在她臉上捏了一把。「瞧瞧，說妳胖妳還真喘上了。但願老天保佑，我們杜家能一直都這樣順順利利的就好了。」

劉七巧也挽起簾子，看看跟在後頭的車隊，心裡默默想道：會的……一定會的……

馬車陸續停在寶育堂門口的大街上，大門左右都是開闊的街道，早有小廝在路上闢出了一條小道，攔著看熱鬧的百姓們遠遠地站在外頭。

劉七巧拉著杜老太太的手，走到寶育堂的大門下。黑底金字的招牌已經掛在了門口，在陽光下灼灼閃耀著，杜家一家老小都站在這招牌底下。

杜大老爺看著前來的眾人，情緒激動，深深吸了一口氣，開口道：「眾位親朋好友、眾位街坊鄉親，我寶善堂杜家在京城也算是百年老店，雖說算不上為京城百姓們造福，但我們謹遵祖先的遺訓：懸壺濟世，澤被蒼生，希望京城的百姓安康樂業。今天，寶善堂再開分號，這間寶育堂是我的兒媳劉七巧為了京城成千上萬個孕婦而開的，希望從此之後，京城百姓家家戶戶都能夠子孫繁榮、家族昌盛。」

眾人聞言，紛紛拍手叫好。

杜大老爺扶著杜老太太往後臺階上退了幾步，幾個小廝上前把一早就安置在街道上的那些煙花爆竹點燃，一瞬間，整個街道上都轟鳴不斷，爆竹紛紛響起，劉七巧捣著耳朵，往杜若的懷裡靠了靠，兩人相視而笑。

杜大太太站在一旁，臉上也帶著欣喜的笑容，一邊吩咐下人們道：「快……快去把那些銅錢撒出去，讓大家一起沾沾我們的喜氣！」

丫鬟們聞言，喊了幾個婆子，每人手裡捧著一茶盤的銅錢，站在人群面前歡歡喜喜地撒出去，大街上一片歡聲笑語，老百姓們紛紛上前搶銅錢，高聲歡呼。

劉七巧靠在杜若的懷裡，聞著他身上熟悉的中藥香味，忽然覺得有些恍惚。她伸手抱住杜若，看著此情此景，淚濕了眼眶。

——全書完

巧手回春 6 完

國家圖書館出版品預行編目資料

巧手回春 / 芳菲著. --
初版. -- 臺北市 : 狗屋, 2016.07-
冊 ; 公分. --（文創風）
ISBN 978-986-328-619-6（第6冊：平裝）. --

857.7　　105008043

著作者　芳菲
編輯　張蕙芸
校對　黃亭蓁　許雯婷
發行所　狗屋出版社有限公司
地址　台北市104中山區龍江路71巷15號1樓
電話　02-2776-5889～0
發行字號　局版台業字845號
法律顧問　蕭雄淋律師
總經銷　知遠文化事業有限公司
電話　02-2664-8800
初版　2016年8月
國際書碼　ISBN-13　978-986-328-619-6
原著書名　《回到古代开产科》，由北京晉江原創網絡科技有限公司授權出版

定價250元
狗屋劃撥帳號：19001626
網址：love.doghouse.com.tw　E-mail：love@doghouse.com.tw